有一种力量,叫文学;
有一种美好,叫回忆;
有一种感动,叫青春;
有一种生命,在鲁院!

城市很近
家很远

鲁迅文学院「百草园」书系

孟学祥 ◎ 著

现实的动荡冲击带来的城市与乡村的巨大冲突，传统道德与现实生活矛盾的价值观碰撞，农村发展与农民利益保护的复杂问题，是《城市很近家很远》思考最多的问题

CHENGSHI HENJIN
JIA HENYUAN

江西高校出版社

图书在版编目（CIP）数据

城市很近家很远 / 孟学祥著. —南昌：江西高校出版社，2017.5
（鲁迅文学院"百草园"书系）
ISBN 978-7-5493-5510-5

Ⅰ.①城… Ⅱ.①孟… Ⅲ.①散文集—中国—当代 Ⅳ.①I267

中国版本图书馆CIP数据核字(2017)第117927号

出版发行	江西高校出版社
社　　址	江西省南昌市洪都北大道96号
总编室电话	（0791）88504319
销售电话	（0791）88595089
网　　址	www.juacp.com
印　　刷	北京一鑫印务有限责任公司
经　　销	全国新华书店
开　　本	700mm×1000mm　1/16
印　　张	15
字　　数	180千字
版　　次	2017年5月第1版 2020年7月第2次印刷
书　　号	ISBN 978-7-5493-5510-5
定　　价	39.00元

赣版权登字-07-2017-551

版权所有　侵权必究

图书若有印装问题，请随时向本社印制部（0791-88513257）退换

目录 Contents

还　债 …………………………………… 1
城市很近家很远 ………………………… 26
修　房 …………………………………… 55
惊慌失措 ………………………………… 84
七彩山谷 ………………………………… 119
饥荒岁月 ………………………………… 152
熊出没 …………………………………… 189

还 债

一

父亲把家人都遣出去,把我单独留下来,叫我帮他拿一万元钱去替他还债。父亲说他就要死了,他说他已经接连好多个晚上都听见了灵魂出窍的声音。说到灵魂出窍的时候,父亲猛烈咳嗽起来。父亲咳嗽的声音沉闷压抑,仿佛就咳出了死亡的气息。父亲边咳边告诉我,他一定要把这个债还上,否则他就没脸死去。父亲说他做了一件见不得人的事,原以为没有人知道,让事情悄悄烂在心底就行了,快要死的时候这件事却从心底跑出来了。父亲告诉我,二十五年前我姐考上大学时,他去给我姐借学费,走了好多个寨子都没有借到,他心灰意冷地走到大井那个地方时,天已经黑尽了。那天上还挂着半个月亮,半个月亮就像一盏灯,一直在父亲的前面挂着,父亲走一步月亮也走一步,走到大井背后坡上,父亲在月亮的亮光中看见了一头牛,一头很漂亮的大黄牯牛。父亲肯定地说,是一头大黄牯,健壮的肌肉,全身上下没有一点杂毛。黄牯拖着一根绳子,站在路中央,父亲看它时它也看着父亲。父亲接连喊了好几声"哪家的牛",没有人应答,父亲就绕开牛往前走。不可思议的是,牛却跟上了他,父亲走牛也走,父亲停牛也停,后来父亲就把拴着牛的绳子抓在了自己的手中。父亲说,我牵着牛走了一天两夜,走到甲坝牛马市场,把这头牛卖了,得了一千二百元钱,把你姐送去上了大学。

父亲依旧咳嗽得很厉害。父亲告诉我这些的时候语言都是断断续续的,仿佛一台老掉牙的风箱,总是漏着气,有些话就说得很含糊,让人听得不是很连贯。我很担心父亲还没有把话说完气就跑光了,父亲仿佛看出了我的心思。他说:"你不用担心,债没还上我是不会死的,就是所有的痰都堵在嗓子眼,我都不会死去。"

父亲说他把我姐送去大学回来后,就听说大井一个叫王国炳的人家丢了一头牛,全家人包括寨邻亲戚找了几天都没有找到,后来这个王国炳就疯了。父亲认为他牵走的肯定就是王国炳家的牛,父亲叫我帮他把一万元钱拿去还给王国炳。父亲说:"只有还上这个钱,我才能放心地死去。"父亲还在咳嗽,嘴角还在漏气,我还是听不大清楚父亲的话。我不知道父亲说的这个人到底是叫王国炳,还是王国兵,或者王国平,还有王国民什么的?父亲说到这个人的名字时,名字的最后一个字我总是听不清楚。我想让父亲把话说清楚,让我听明白,去还债时才能准确找到这个人。父亲一声接一声地咳着,咳了好久还是吐不出一口痰,最后连话也说不出来了。父亲对我摆了摆手,意思是他不想说话了,或者是他已经说不出话了。

我从我姐他们单位借了一台越野车,那是一台切诺基,现在除了姐任职的农业部门,已经很少有单位使用这种车了。姐带我去借车时问我去大井干什么,我只说去看一个朋友,这个朋友的父亲懂得一种治咳嗽的药方,我去找来给父亲试试。姐单位的驾驶员把车交给我的时候告诉我,车只能开到纳料那个地方,从纳料去大井还有一段路,路太窄,车开不进去,只能走路,或者可以骑摩托车进去。

我去大井之前,父亲已经住进了医院。在医院的病房里,父亲紧抓着我的手不放,直到我附在他耳边说,我今天就去大井,今天就去帮他还债,他才把我的手放开。我开着切诺基上路的时候,父亲还在咳嗽。从生病以来,父亲总是没完没了地咳嗽。

切诺基是一台老车,在姐他们单位已经服务了八年,我开着它上路时,开始感觉很不习惯,离合器就像被什么东西粘住了一样,要下很大劲才能踩到位，在路上跑了好久，车身到处发热以后，离合器才慢慢变得轻松起来。只是到上坡的时候，我又明显感觉到车子的老迈和吃力了。我把油门轰到底，但车子还是走不快，我只能耐着性子在油门的轰鸣声中慢慢地往前挪着走。

车在公路上跑着，一座座青山从我眼前滑过，也有小鸟从我车前飞过。我的老家就在大山里面，打开门就得跟山打交道，每次我在外玩野了，父母呼唤我的名字时，大山都会跟着父母把我的名字回应出来，这样无论我躲在什么地方，都无法逃脱父母的呼唤。父母总是在我想寻找自己独立的空间时把我的名字撒遍大山，慢慢地我在讨厌听到父母呼唤我的名字时，也对山生出了一种说不清楚的仇恨。从上学读书那天开始，我就千方百计想从山里逃出来，逃到一个没有山的地方，或者是距离山比较远的地方，过一个舒舒心心的日子。但参加工作真正从山里走出来住到县城后，我却又很怀念大山了，特别是学会开车并自己购买了车子后，动不动就带上家人，或邀上几个朋友，把车开进山里，把带去的食物摆放在山里的草地上，在山里玩够后才开着车回家。父亲搬到县城和我们居住的态度是很决绝的，搬家前他把山里的房子都卖了，然后他对山里的亲戚们说，我的孩子都在县城，以后我死也死在那边，不回来了，我要在那里看着他们，让他们替我把日子过好。由此我推断父亲对山也是厌倦了的，也是想早日摆脱掉山的羁绊。

往大井去的路几乎都是在大山中绕行，一座山一座山地绕，几座山绕下来，人就感觉有些疲倦，车到纳料时我就有点扛不住了。几只狗追在车背后，一直把我和车追进一个亲戚家的院子。那个被我称作表舅的人从家里走出来，他对我的到来有些吃惊，他喝退了那些狗，然后把我让进家。有几只狗还很不服气，我进家了它们也想跟着进去，表舅从门边拿出一根棍子在手上挥，狗们才不甘心地边叫边离去。

表舅问到了我的父亲，我不敢告诉表舅父亲快要死了，更不敢对表舅说父亲要我到大井去帮他还债。我对表舅说父亲很好，父亲叫我开车到大井来找他的一个朋友，一个叫王国炳的朋友。表舅想了一下说："大井没有叫王国炳的人，有一个叫王国民的人，早死了，还有一个叫王国兵，是个疯子，好多年都不见了，家人都不知他跑去了哪里，找了好久都没有找到。对了，还有一个叫王国平，是个麻风病人，不住在寨子里，这些年一直住在大井背后的田湾中。"

没有王国炳，有王国民王国兵王国平也行，他们当中的某一个人说不定就是父亲还债的对象。表舅要留我吃饭，他说孩子们在外面上班的上班，打工的打工，家中就剩下他和表舅妈两个老人，他们已经好久没有好好做一顿饭吃了。表舅说今天看到我很高兴，希望我能留下来，陪他们两个老人好好吃一顿饭。我很想留下来陪表舅和表舅妈吃一顿饭，但我知道父亲已经等不及了，父亲还在等着我把还好债的消息带回去，他好体面地死去。我似乎闻到了父亲带给我的死亡气息，父亲咳嗽的声音总是响在我的耳边，让我一点都不敢耽搁。

表舅还在说我的父亲，他说他应该回老家来看看，这几年老家变化太大了，家家都盖上了小洋楼，吃的和用的跟城里也没什么区别了。表舅还想再说下去，我打断了他的话。我说："表舅，父亲是想回来的，他要我先来看看，找到了他的老朋友，再去把他接过来。"表舅说："你父亲也真是，光想到老朋友就不想我们这些老亲戚了，不管找不找得到老朋友，他也可以来我们这些老亲戚家走走啊。"我再次打断表舅的话，我说："表舅，时间不早了，我先去大井吧，去大井找到父亲的朋友，再回来和您和表舅妈吃饭。"表舅说："你可以开车到大井去，大井的路过年前就修好了。那些在外打工的人要开车回家来过年，他们就寄钱回来，请人把路修宽了。路宽得两辆小车都可以齐头开进去。"

表舅还想陪我到大井去，我谢绝了。从表舅家出来后，我看到还有几只狗围在我的车前，它们看见我开门上车后又开始吼叫起来，然而我一发动车子，一按喇叭，它们的吼叫就变成了哀叫，边哀叫边很快从车子边跑开，跑到很远的地方才停下来继续吼叫。准备来帮我赶狗的表舅，看见狗们被喇叭声吓得屁滚尿流，就对我说："看吧，都是些没见过世面的狗，欺生，瞎叫，有个声音盖过它们，它们还不是怕了。"我开车走的时候，表舅还站在房门前大声喊："最好不要住在大井，回来和我们吃顿饭。"

二

去大井的路的确已经被拓宽了，但也没有像表舅说的那样能并排跑两辆小车。车爬到一道山脊的时候，我看到太阳已经开始偏西，远处的山岭被太阳抹成了橘黄色，有一群鸟从树林里飞出来，就像一小片云，从车子上空掠过。而不远处也有一片云，那片云罩着的地方，就是我要去的大井。

大井出奇的安静，不像纳料那样，车子一开进寨，就有一大群狗围上来。在大井，我也听见狗叫声，但不是一群，而只是一些个体，叫声就显得很单调，且叫声距离我很远，远到我只是听见叫声，却看不见狗在什么地方。我在大井的村头找了一个停车的地方，那是一个独立的农家小院，与寨子的大批房屋隔着一小段距离。我把车开进院子，把头从车里伸出来，喊了几声，屋里却没有人走出来。我停好车，去拍了几下关着的门，仍听不见人回答。几个背着书包的孩子站在路边远远地看着我，我向他们走去时，他们想转身离开，我叫住了他们。我问房子的主人到哪里去了？孩子们你看我我看你，然后其中一个稍大点的孩子回答，这房子的主人住在寨子背后的田湾里，他是一个麻风病人。我问这个人叫什么名字，是不是叫王国平？孩子们都摇摇头说不知道。我向孩子们打听有没有叫王国炳、王国兵或者王国平的人，孩子们都说不知道，我还想再问，他们却从我的身边跑开了。他们一边跑一边还时不时地回头向我张望，仿佛害怕我也跑着去追赶他们。

我顺着一条水泥路往寨子里走去，走不远，我就被站在路边的一只狗吓了一大跳，那是一只大得足以把我扑倒的大黄狗。黄狗背对着阳光站着，看见我也不叫唤，只是用眼光死死地盯着我。我知道这样的狗才是最可怕的，它不会胡乱对着陌生人叫唤，但它却随时都会扑到陌生人身上来。我在原地站了下来，做好随时应对狗向我扑来的准备。我不敢用目光和狗对视，故意抬头看着天上，假装欣赏天空的云彩，只是用眼角的余光偷偷地注视着狗的一举一动。我就这样和狗对着站了一会，狗也许是觉得我这个人没有恶意，或者是觉得我这个人没有必要让它对我动粗，竟转身走开了。狗离开的时候，我才感觉到双脚软得几乎要抬不起来了。

我平息了因狗带来的恐惧，继续向寨子里走去。走近寨子，我犯难了，这条从村头延伸过来的水泥路，在接近寨子后就四通八达地分向了各家各户，我不知道我应该往哪一条路走，我不知道我要去找的这些人，他们住在哪一间房屋里面？就在我徘徊犹豫不决的时候，从寨子里走来了一位老人，一位佝偻着腰的老奶奶，走到距我身边不远时她站下了，却不看我，而是盯着在远处大山中延伸盘绕的那条公路。

我走过去和老人打招呼，我连叫两声，老人才回过头来看我。

你是叫我吗？

我想打听一个人，一个叫王国炳的人。

老人说，没有这个人，肯定没有这个人，这个寨子里的人，凡是国字辈的人都是老人了，这些老人的名字我都知道。

这个人是一个疯子。听到我说疯子时，老人的眼睛亮了起来。老人用目光一寸一寸地打量我，从我的脚到我的头，从我的腰到我的手，打量得我毛骨悚然。老人问我是疯子的什么人，为什么要找这个疯子？我说我不是疯子的什么人，我只是受人之托来找他，帮人偿还别人欠他的债。我的话一说完，老人的目光就暗淡下去了，又恢复到了与我初见时那种恍惚无神的状态中。然后我就听见老人自言自语地说，找不到他了，我都找不到他，别人更难找到他了。他走了二十多年，没有人知道他去了哪里，二十多年来，也没听人说过在哪里见到过他。

从老人的只言片语中，我估计这位站在我身边的老人应该与疯子有着某种特殊的关系。我问老人疯子是她的什么人？老人突然大声说，我是他的婆娘！二十多年前他把两个幼小的孩子丢给我，就一去不回来了。说完，老人突然蹲在地上哽咽起来，倒把我弄得手足无措。

哽咽了一会,老人站起来对我说:"对不起,一提到他我就想哭,我嫁给他只和他好好过了五年的日子,后来就出事了,他把这个家丢给我,我一直这么苦熬着,熬到孩子们长大成家,也没有人能帮我一把。"老人告诉我,她和疯子王国兵是一九七八年结的婚,没想到结婚四年多就出事了。

老人说:"一九八三年,大井有两个专门偷鸡摸狗的年轻人,一个叫王国恒,一个叫王国录,有一天他们从邻寨偷得鸡在家煮吃时,王国兵碰上了,他们就叫王国兵和他们一起吃。后来这两个人被抓走了,他们供出了王国兵,王国兵也被抓走了,一个月后,王国兵被放回来,回来后人就疯了。"

一九八三年就疯了的王国兵显然不是我要找的人,但是已经有了一个线索,我决不能轻易就将这个线索丢掉。或许是父亲记错了,毕竟已经过去了这么多年,说不定当时父亲就是牵了疯子王国兵的牛去卖,然后错记成牵了王国炳的牛。

老人说:"我和王国兵有两个孩子,一个女儿,一个儿子,他疯的时候女儿四岁零一个月,儿子刚好一岁半,从那以后他就没管过家。在老人的叙说中,王国兵开始疯的时候,还不是真疯,只能算半疯,即有时疯癫有时清醒,疯癫的时候就到处游荡,清醒的时候也能帮家里干点简单的农活。几年后就真疯了,就不记事了,家中农活也干不成了,出门也找不到回家的路了。"

我想尽快从老人的嘴里知道王国兵是不是我要找的对象,我打断了老人的话。我想如果我不打断她的话,她会对我说到天黑,说不定只要我愿意听,她还会对我说到明天都说不完。我说:"大娘,你们家丢过牛吗?特别是二十五年前你们家是否丢失过一头大黄牯?"

老人说:"我们家从没丢过牛,我们家也没有牛丢,二十五年前我们家就已经没有牛了,我们家的牛都卖来给疯子治病了。剩下一头小牛,原想喂大来犁地,疯子走丢后,我们把那头牛也卖了,卖得的钱都用来做路费到处去找疯子。我们到贵州、广西、云南好多地方都找过,人没有找到,我们的家产却全部败光了。"老人说话很急促,语速也很快,总是有种害怕被人打断的感觉。看得出来,老人是想把心里的话都倾诉出来给人听，让人帮她分担长期潜藏在内心的那份痛苦。或许每一个人上了年纪后，都有种特别想向人倾诉的欲望，就像我父亲，上了年纪后就特别爱唠叨，特别想说话。没生病的父亲说话就很啰唆，生病后说话就更啰唆了，有时还边说话边咳嗽，一句话半天都说不清楚，于是我们家人就不爱听他说话，每当父亲要说话的时候我们都借故去做事情，然后抛下他一个人孤零零地对着空荡荡的屋子说。后来父亲就不对我们说话了，父亲想说话的时候就咳嗽，猛烈地咳嗽，咳得脸红筋胀，咳得特别难受的样子。

老人仍在絮絮叨叨地诉说着她的不幸："疯子把我这一生都毁了，我在寨子里活得还不如人家没了丈夫的寡妇，那些寡妇都还有改嫁的权利，我嫁又嫁不得，走也走不掉，就这么一年年耗着。过去一天天都在想，也许明天疯子就会回来了，明天盼明天，明天又再盼明天，我就这么一天天把自己盼老了。"

看得出来，老人的身体确实已经衰老了，头发已经花白，牙齿空了好几颗，乳房像瘪了气的气球，手脚变成了枯柴，整个脸也凹陷下去了。老人说："过去疯子回家的时候多少还能够找到进家的门，现在寨子变样了，孩子们也新修了房子，我怕疯子回来后找不到家，一有空我就到这里来等，看见疯子回来好把他领回家。"

我不知道怎么安慰老人，就想送两百元钱给老人，老人不要我的钱。老人说："我现在不缺钱，我的两个儿女都在外打工，每个月都汇钱给我用，他们汇来的钱我都用不完。"

老人问我为什么要到大井来找王国炳？我说我是帮父亲来还债的，二十五年前为了送我姐去上大学，我父亲在到处借钱无果，走投无路的时候，在坡上顺手牵了别人家的一头牛去卖，才得钱供我姐读书。我父亲后来还听人说这牛是王国炳家丢的，王国炳还是个疯子。听了我的话，老人说："牛肯定不会是我们家的，二十五年前我们家疯子已经走丢了，我们家疯子走丢的时候，家中仅有的一头小牛也被我们卖来找他了。大井也没有王国炳这个人，别人肯定说错了，你父亲牵走的牛不会住在是大井的人家丢的。"末了老人问我："你父亲叫什么名字？"我说出来后，老人惊讶地说："哎呀，你父亲就是六硐的孟石成呀！他现在还好吗？"不等我回答，老人又说："二十多年了，他的脾气还像以前那么火暴吗？唉，他年轻的时候脾气不好，经常惹是生非，特别是在六硐那一带，打打闹闹是比较有名的，但手脚还算干净，没听说过他做过偷鸡摸狗的事，没想到还会去牵别人家的牛……唉，人啊，真不敢想。说到底，你父亲还算是一个好人，为人还是很不错，也肯帮人。以前我们家疯子走丢，你父亲碰到了，都要把他带回家吃住，亲自护送他回来，即使没时间亲自送，也要叫人捎信给我们去把疯子接回家。回去问问你父亲，看我们家疯子欠没欠他的钱？不要不好意思，疯子欠了，我来帮他归还。哎，你父亲真实诚，事都过去了这么多年，也没得人来清算，却想着自己来还孽债，真难为他了。孩子，听大娘一句话，找得到就还，找不到就算了，回家就跟你父亲说，年轻的时候，哪个都荒唐过，要是都像他那样来认死理的话，没几个人能还得清。"

　　我不能把时间都耗在这位老人身上，我得赶快去寻找下一个线索。就在刚才，姐打电话给我，问我到大井没有，找到药没有？说父亲已经快不行了，医生已经来给他吸了几次痰，可父亲还在咳着，咳得很难受。姐说如果找不到药就不找了，赶快回去，再晚恐怕就见不上父亲了。姐的电话虽然让我在空气中再次闻到了父亲死亡的气息，但我知道父亲还不会立刻死去，我不帮他把这个债还上，他是不会闭眼的。老人希望我能到她家去吃晚饭甚至到她家去住一晚，被我谢绝了。临走的时候，老人告诉我，这个寨里还有一个叫王国平的人，得了麻风病，不住在寨子上，而是住在寨子背后的田湾里，你可以去问问，说不定借钱给你父亲的就是他。

三

　　一路往西的太阳快变成夕阳了，我走在通往大井背后田湾的路上，看到路的两边已经被周围的大山投下了斑驳的阴影。这是一片丰收的田湾，快要成熟的水稻恍如一片金色的海洋，伴随着山谷里的微风在轻轻摇晃。有一群小鸟徜徉在稻浪的上空，时不时地从空中落下，选择性地吃上一两口，又轻轻地飞到天空盘旋徜徉。

王国平住的房子就在稻浪的边上，靠近山脚的地方，一踏进田湾，那栋孤零零的木屋就映入了眼帘中。还没有走近木屋，我就看到了王国平，他就站在木屋门前，看着我一步一步地向他的木屋走近。快走近木屋时，我看到了一条狗，刚才在寨子那边和我对视的大黄狗，此刻它就站在王国平的旁边，和王国平一样，用目光注视着我向他们走去的脚步。我站了下来，王国平说："你过来吧，大黄不会咬人，它和我一样，只是对到这里来的人感到好奇而已。"我犹犹豫豫，还是不敢向木屋靠近，我不敢肯定王国平的大黄除了对我好奇外，会不会对我亲密地来上一口。见我不敢走近，王国平拍了拍狗的头，对它说："大黄，到一边去，你看你已经把客人都吓着了。"大黄看了王国平一眼，又看了我一眼，然后有点不情愿地扭身到一边的篱笆下打盹去了。

我走进王国平用竹篱笆围成的院子，王国平对我说："我是一个得过麻风病的人，你不怕吗？"我说不怕，现在的麻风病已经不是什么大病，已经能治好，传染性也能预防了。王国平说："政府的人也这么说，但我们这里的人不相信，大家总是躲着我，不愿意到我这里来坐，不愿意吃我种出来的东西，不愿意同我喝一个井流出来的水。政府动员我，叫我搬到寨子里头去住。可大家还是嫌弃我，不准我进寨，政府帮我修的房子也要距离寨子好远才行。你看房子修好了，我都没有搬过去，我宁愿让那房子空着，哪一天我不在了，那房子也还是干净的，政府还可以把房子送给那些没有房子住的人。我感谢政府看得起我，我也要有自知之明，我不搬过去住，就不会和寨上的人结怨，就不会给政府增添麻烦。"王国平问我来找他干什么？我说我是来替人还债的。

我问王国平二十五年前丢没丢失过一头牛，一头大黄牯？王国平说："二十五年前我还住在麻风村，根本没有牛来丢。再说了，像我这样的人，即使有牛也不会丢，这周围附近没有哪一个人敢到麻风病人家来偷东西。我就是开着门睡觉，除了路过的野兽或者飞鸟、蛇虫什么的外，不会有人乱进我的家。"

我问王国平，您知不知道二十五年前这个寨子里还有谁丢过牛？王国平说："知道，怎么不知道？这个寨子里丢牛的人家可多了，不要说二十五年前，就是最近几年，都还经常有牛丢失。年轻人出去打工后，光是一些老人和孩子在家，一些坏人就常常趁这个机会，到寨子里来偷牛。说偷还好听点，有时被发现了他们就明抢。都是些老弱病残，只好眼睁睁地让他们把牛牵走。现在要好多了，政府组织人搞联防后，丢牛的事情就很少发生了。"为了不让王国平往远了扯，我打断了他的话，我只想了解二十五年前大井寨子谁家丢了牛，而且丢的是一头黄牯牛，那种全身上下没有一点杂毛的黄牛。王国平想了一下说："我不记得了，二十五年前我还在麻风村，就是靠广西大山里的那个麻风村，那时我还在那里治病，谁家丢没丢牛我就不清楚了。"

看来王国平不是我要找的人了。我准备和他告别的时候，他问我："同志，你是派出所的吗？"我说我不是。他说那你怎么来调查起二十五年前丢牛的事呢？我犹豫了一下，还是把还债的事说给了王国平听。我说二十五年前，我父亲在路上落难的时候，走到大井这个地方，被一个丢牛的人碰到了，这个丢牛的人帮助了他，还借给他两百元钱，让他渡过了难关。后来我们家的日子好过后，我父亲就一直在找这个人还钱，到现在也没有找到。听了我的话，王国平感叹说："想不到现在这个社会还有你父亲这样的实诚人，还记得二十五年前的债务，都过去这么多年了，还想着来还钱，真了不起。"我对王国平说："欠债还钱，天经地义的事，欠了别人的债不还，人的心啊，一辈子都不会得到安宁。"王国平接过我的话说："我也是这样，二十三年前，我欠了别人的一个情，这么多年都没有还上，心中一直都感到空落和不安。"

我还得去找人，还得赶快去为父亲还债，我不能把时间都耗在王国平这里。我告别王国平准备离开的时候，王国平对我说："同志，你是哪里人，你父亲叫什么名字？你把你父亲的名字告诉我，给我留个电话，我也帮你打听打听，碰到你要找的人我可以电话告诉你们，现在像你们这样的好人不多了。"我说出了父亲的名字，准备把电话号码留给王国平时，他却打断了我的话。"等等，你父亲是谁？你父亲是孟石成，是不是六硐的孟石成？哎呀，你父亲跟没跟你说过？二十三年前，他救过一个麻风病人！我就是那个麻风病人，我欠的就是他的人情。"王国平说。

我从来不知道父亲在二十三年前还救过一个麻风病人，父亲也从来没跟我提过这件事。二十三年前我在县城读高中，姐在省城上大学，对于家中发生的事，父母不说，我们也就全然不知。

王国平说："二十三年前，我从麻风村医好病回家，走到你们寨脚时，天就黑了，从你们寨到我们大井，还要走六七个钟头，我又累又饿，又不敢到哪家去讨水喝讨饭吃，只好继续穿过你们寨往前走，走到你们寨门口的田坝中间天就黑尽了。我手上没有电筒，也没有火把，就是有这些，我也真走不动了。那时刚打完米，田里还堆着很多稻草，我就从田里抱来一捆稻草，铺到一棵大树脚下，打算在田坝中间过一夜，天亮再走。我在路边铺稻草的时候，你父亲刚好挑着一担稻草从那里走过，他问我铺稻草干什么，我说铺来睡觉。我告诉你父亲我家住在大井，刚从麻风村治病回来，走到这里天黑了，在这里睡一觉天亮再回家。你父亲就把我邀到你们家去住，我跟他说我是麻风病人，他说麻风病医好后就没有病了，就不让人害怕了。那天我不光在你们家住了一夜，还和你父亲喝了酒。第二天我走的时候，你父亲还送给我十斤米，叫我带回家吃。那个时候我大井的家已经败了，我得了麻风病后我的家人都被大井人赶出了寨子。不久我的父母就相继过世了，我的弟妹们上门的上门，嫁人的嫁人，都远离了大井，我的老婆带着儿子更不知跑到什么地方去了。我恨透了大井人，从麻风村回来，我就是想回家去报复那些赶我家人走的大井人，我要与他们同归于尽。在从麻风村回来的路上，我顺路到四寨场坝上买了一包老鼠药，我想把这包药投放到井里去，让大井人也尝尝家破人亡的味道。住在你家那晚，你父亲看见我的老鼠药，问我用来做什么，开始我说用来药老鼠。也许是我的脸色不对，你父亲不相信，一直追问我，后来我就跟他讲了实话。听了我的想法后，你父亲劝我不要做傻事，不要害人。我开始不听他的劝,他说我不听劝就不放我回家,要送我去公社。你母亲也来劝我,劝了大半夜,他们把我劝通了。其实,主要还是你父母的好心让我想通了。是你父亲救了我,你父亲的好心也救了整个大井。"

我真的没想到会在这里听到这样一个近乎天方夜谭的故事,没想到父亲还会有这样一个善举,更没想到一个简单的善举会救赎一个人的灵魂,会拯救一个寨子的厄运。我知道父亲以前在村子里的名声不是怎么好,像前面那位大娘说的一样,也不是什么好人。父亲不光经常和寨邻闹矛盾,对母亲、对我和姐都经常是暴力相向,我们只要做什么让他看不顺眼的事,轻则破口大骂,重则拳脚相加。我和姐的成长轨迹,一直都充斥在父亲的暴力阴影中。父亲虽然都让我们读了书上了学,把我们培养成有工作的人,但他的冷酷和严厉却常常让我们感到害怕。父亲留在我记忆里最多的就是打人骂人,过去的每一天,不是我挨打就是姐挨骂,要不是有母亲护着,说不定我和姐就会被他打残废。这样的情况一直持续到我和姐都工作了,都远离了父亲的视线。父亲搬到县城和我一起生活后,虽然不打人了,对家人却还动不动就破口大骂,有时还会对我们的子女动粗,直到有一天他老了,生病咳嗽了,我们家那种呵斥人的声音才停止下来。

王国平说:"我一直想报答你父亲的恩情,前面日子一直都不好过,等我有钱后去找你父亲,才知道他已经搬到县城和你们住了。你父亲现在还好吗?"犹豫了一下,我还是对王国平说出了来大井的目的。我说父亲快要死了,死之前他叫我到大井来,就是帮他来还这笔孽债的。我的话还没有说完,王国平就叫了起来:"不可能,你父亲不可能偷牛!他那样的好人决不会去偷人家的牛,打死我都不会相信!再说,大井也没有叫王国炳的人,没有,肯定没有这个名字,大井国字辈的人,包括死去的先人,没有哪一个我不知道名字的。肯定是你父亲老糊涂了,乱编出来的话。"我说是真的,我父亲并没有老糊涂,他只是生病了,经常咳嗽,说话不太连贯,但脑筋决不糊涂。我的话让王国平沉默了,沉默了一会他说:"赶快回家去照顾你父亲吧,我欠着他的一份情,我再帮你找找,找到后我帮他还这笔债。"

我谢绝了王国平帮父亲还债的请求。我一定要找到这个人，一定要亲手把这笔债还上，不亲手还上债父亲肯定不会原谅我。见我态度很坚决，王国平也不再勉强我。他建议我到大井寨的王国民家去问问，王国民家以前丢过牛，好像就是一头牯子牛，王国民虽然不在了，他的大儿子在家，大儿子也五十多岁了，二十五年前的事，他应该有印象。最后王国平对我说："我老了，去不成县城看你父亲了，你帮我把我问候他的话带到。你父亲真的是一个好人，不管以前他做过什么事，在我的心中他永远是一个真正的好人！你要尽心尽力医好你父亲的病，让他多活几年，多享几年清福。"停了一会，他声音低了下来，"万一，万一他真的走了，麻烦你打个电话告诉我，我虽然不能到县城去为他烧纸，我也会在这里为他烧炷香、炒盘菜，倒杯酒送他上路。"

四

有几只鸟站在王国平家的篱笆上鸣叫着，那是些不同于在田里稻浪中飞翔的麻雀，它们有着长长的尾巴，漂亮的羽毛，火红的鸡冠。王国平见我注视那些鸟，告诉我那是火鸡，野生的。王国平到田湾来安家后，有一年下大雪，火鸡在山上没有吃的东西，就大着胆子跑到他院子里来找食吃，他就拿出一些剩饭剩菜喂给它们，时间一长，这些火鸡就干脆不走了，还把家安到了王国平的柴房里。白天这些火鸡从王国平家飞出去，到野外去觅食嬉戏，太阳快要落山的时候，它们就从野外飞回来，先是站在篱笆上，天黑后才飞回王国平家柴房里的窝。火鸡的出现让我一下子对王国平的生活羡慕起来，住在风景如画的田湾里，喝着清凉的山泉水，守着四周的青山绿水，聆听美丽火鸡的歌声，还有一只忠诚的狗相伴。要不是想着父亲还躺在医院的病床上，等着我带回帮他还债的消息，我真想留下来，也在这里享受一夜安静的日子。我在恍惚不定时，王国平过来告诉我："我已经给国民哥的儿子王晓虎打了电话，你过去吧，他在寨子边的路口等你。"

王国平把我送到院门口，大黄跟着我走出了院门。王国平说让大黄送我过去，寨上的人不喜欢他，但他们都喜欢大黄，大黄走到哪一家都能够找到饭吃。走出院门后，大黄就走到了我前面，开始是小跑，跑了一段见我没能跟上来，大黄就只好站下来，待我走近后才又慢慢悠悠地向前走去。

我在路口见到了王晓虎，大黄把我带到王晓虎身边，对着王晓虎叫了两声，仿佛是将我介绍给王晓虎，王晓虎伸出手摸了摸大黄的头，大黄回头看了看我，也是叫了两声，就头也不回跑进了寨子。王晓虎从袋里摸出烟，分了一根给我，我说我不会，王晓虎又把烟放回袋里。王晓虎要把我让到家里去，我不去。我们就站在路边，我告诉王晓虎，我只想向他核实几件事情，核实清楚后我还要继续赶路，还要开车回县城去。

我和王晓虎在路边找一颗石头坐了下来。夕阳已经西下，晚霞染红了天际，白天留给我的时间已经不多了。父亲还躺在医院的病床上等我给他带回消息，不赶快帮父亲把债还上，父亲肯定会在咳嗽中一边狠命地想吐痰，一边断断续续地骂我不会办事。想到父亲的咳嗽，我就十分难过，父亲的咳嗽总是让我没来由地有种紧张的感觉。每天晚上，父亲咳嗽的声音都弥漫在我们家的整个屋子，痰却总是吐不出来。我们家所有人都常常在父亲的咳嗽声中惊醒过来，醒来后我们就盼着天亮，天一亮，父亲的咳嗽就不再像夜深人静时那样轰鸣。时间已经不允许我再做任何耽搁了，虽然父亲说我不帮他把债还上，他就不会闭眼死去，但我还是很担心父亲，特别是当长长的黑夜将我们都包裹的时候，我更担心父亲，黑夜里发生的任何事情，我们都是无法预测和把握的。

我把来意开门见山地告诉了王晓虎，特别细谈了父亲告诉我他如何看到牛，如何顺手把牛牵走的情景细节。末了我问王晓虎，他家二十五年前是不是丢了牛？我说话的时候，王晓虎把烟掏出来，准备点上，犹豫了一下，他把烟让给我，我摆了摆手，他就自顾自地把烟点上，一口接一口地抽起来。王晓虎抽烟很猛，吐出的烟雾也很浓，看得出，他是一个烟瘾很大的人。我把话说完，王晓虎的一根烟也抽光了。王晓虎把烟头扔到地上，用脚狠劲地把烟头踩灭，抬起头，我听见王晓虎长长地呼出了一口气。

王晓虎说:"我真不想再提丢牛的事了,我们家的人都不愿意提这个事,这是我们家的伤痛。我们家不光丢了牛,还死了人。我父亲因为家里的牛丢了,伤心过度,吐了一大摊血后就没再起来。从那个时候起,我们兄弟就发誓,哪一天我们要是抓到那个偷我们家牛的贼,我们一定会砍下他的双手,用他的手来祭奠我们的父亲。我父亲王国民在大井算是一个有头有脸的人物,他勤劳,会持家,是家中的顶梁柱。我们家虽然是四兄弟,家中人口多,但我父亲在的时候,我们并没吃多少苦。我父亲没了以后,我们家就垮了,不久我娘也生病去世了。没有了父母的照顾,我还在上学的两个兄弟,不得不辍学回家,最后连媳妇都讨不上,只好到别人家里去做了上门女婿。"

王晓虎又抽烟了,烟雾中我突然窥视到了王晓虎眼里的仇恨,这种仇恨是压抑的,也是迷茫的,正因为如此,王晓虎的狠话中就多了一些空洞和无奈。王晓虎才五十出头,看上去却像一个饱经风霜的小老头,额头上皱纹深切,脸上的皮肤黝黑粗糙,嘴唇四周布满着粗硬的胡茬,拿烟的手上青筋毕露,说话声音沙哑,听起来仿佛是缥缈在空气中的迷雾。

王晓虎家有四兄弟,二十五年前,除了老大王晓虎和老二王晓龙娶妻成家外,两个小兄弟都还在上学。在王晓虎的叙说中,我知道二十五年前王国民养着三头牛,两匹马,这在当时的农村来说,就像家中开了个小银行,想什么时候取现都可以什么时候取现。王国民的三头牛中,一头水母牛、一头黄母牛,都是能够给他家带来源源不断财富的希望,一头水牯牛,是他家农活的重要帮手,两匹马都是上好的儿马,是他们家上山干活,进城赶集的得力助手。与大多数的农村家庭一样,王国民家的牲口棚和人居住的房屋是分开的,牲口棚就建在他们家大屋的门口。为了照顾牲口,也为了防贼,王国民将自己的床安到了牲口棚的木楼上。王晓虎说:"那个时候,我父亲尽心尽力地照顾这些牛马,比照顾我们几兄弟都还要细心。白天除了把它们放到山上去吃草外,每天他都还要割一挑青草回来,半夜起来撒给牲口们吃,生怕亏待了它们。细致的喂养,精心的防范,有一天还是出事了。"王晓虎说："我记得那是初冬的一个晚上，天上没有月亮，熄灯后天地一片漆黑。屋外风呼呼地刮着，吹得我们家房子的墙嗡嗡回响。我们家除了老三和老四在外面住校读书外，全家人都在家。吃成晚饭后我们就把门关着，在家烧火取暖。为了不让圈中的牛马挨冻，父亲叫上我和老二，帮他用木板封住圈墙四周漏风的地方，做完这些活，父亲就叫我们回家休息，然后他自己也爬到圈楼上去睡觉了。"至于牛马是怎样丢掉的，王晓虎说他们一家人都不知道。第二天早上他妈妈起床，热水去喂牛马的时候，看见圈门大开，他父亲还在圈楼上呼呼大睡，他二弟爬上去摇了好久，父亲才从睡梦中懵懵懂懂地惊醒过来。

当年王国民家喂有两只看家狗，这两只狗平时就睡在牛圈旁边，只要有生人接近家门或牛圈，它们就会狂吠不止，甚至于还会扑上去撕咬来人。王晓虎说："那晚上我们都睡得很死，也没有听见狗叫，早上发现牛马不见后，我们才注意到，两只狗也被人下药毒死了。"从圈楼上下来的王国民，看见狗被毒死，牛马被盗走，当场吐了一摊血，就倒下了。

王晓虎说："那段时间，我们一方面要医治父亲，一方面又要寻找被偷的牛马。我们动员家中的所有亲戚族下，花了近一个月的时间，南到广西月里、南丹，北到都匀、麻江，东到独山、麻尾，西到大塘、惠水等地都找遍了，也没有发现蛛丝马迹，我们还派人到邻近的马场、甲坝、四寨、者密等牛马市场去蹲守，也没发现有人牵我们家的牛去卖。"

丢失牛马以后，灾难就降临了王晓虎家，雇请亲戚族下去帮助寻找丢失的牛马，让他们家欠下了一大屁股的债，牛马没有找到，家底也全部败光了。牛马丢失不到一个月，王国民也含恨过世了。

王晓虎说："你不晓得那段时间我们家日子是怎么过的，用黑暗来形容也不为过。我父亲死的时候眼都不肯闭上，我们几兄弟和我妈每个人都去抹了一遍，他也不肯把眼睛闭上。他那是在告诉我们，要我们一定要帮他把牛马找到，要把偷我们牛马的人抓到。直到我们几兄弟跪在他床前发下毒誓后，他的眼睛才合上。"

安葬了王国民不久，由于失去老伴的悲痛，王晓虎的母亲也一病不起，不到两个月，也追随老伴王国民去了。这个家在一年中就失去了两个当家人，家一下子就垮掉了。王晓虎说："前些年，我们几兄弟除了种庄稼，打工挣钱养家糊口外，就是干一件事，四处打听寻找那些偷我们家牛马的贼，只有抓到那些贼，我们的父母在九泉之下，才会心安。"二十五年来，王晓虎和他的兄弟们从未中断过寻找偷牛贼的线索，只要听说哪里抓到了偷牛贼，他们都要跑去打听，都要去寻找线索。在寻找中，他们还积极提供线索，帮助临近乡镇的派出所破获了好几起偷窃牛马的案子。

王晓虎家的遭遇彻底震撼了我的内心，我没有想到王国民这样的农民，对自己饲养的牛马是如此的上心，以至于牛马丢失后，自己的生命也就跟着丢失了。王晓虎还在抽烟，我数了一下，我们交谈的这十来分钟里，他就抽了六根烟。香烟似乎从未离开过他的手，吐出来的烟雾也从未离开过他的脸，他的脸看上去也就特别抽象和朦胧。直到跟我说完他的父亲，说完他家庭的遭遇，伸出手到脸上去抹一把的时候，我才发现他流泪了。

我安慰王晓虎，说不定偷他们家牛马的贼早就被抓住了，只不过他们不知道而已。不是有句话这样说的吗，手莫伸，伸手必被捉。是贼就改不了贼性，他们肯定还要去偷，还要犯案，犯案就有被收拾的可能，他们不可能总有那么多侥幸。说不定那些贼早就被关进牢房，或者被枪毙了也有可能，总之，他们不会逃脱惩罚的。

王晓虎说："你说的我也想到了，再加上我也老了，这两年心也淡了，不再像从前那样仇恨了，我的兄弟们也已当家，也要养家糊口了。这些年我们虽还在寻找那些偷牛贼，但不再像从前那样当成一件事来做了。"从大恨到放下，说起容易做起难，而王晓虎兄弟们能做到这点，不知道在内心做了多少次的争斗，才会被迫无奈地把心中的恨放下。我突然对面前这个瘦小干巴的老头生出了崇敬之心。在内心做了一番挣扎后，我掏出三百元钱，递给王晓虎，叫他帮我去买点纸钱香烛，烧给他们的父亲，表示我对王国民这个淳朴农民的敬仰。王晓虎稍稍犹豫了一下，还是把钱接了过去。

王晓虎说虽然他知道我父亲牵的不是他家的牛，但我父亲牵了别人家的牛，也一样是偷牛贼了，一样让人痛恨。接了我的钱后，他说他一直认为偷牛贼是这个世界上最坏的人，没人性，逼死人命，把好好的人家搞得家破人亡。不过现在他看到我这么大老远来为父亲还债赎罪，他不但不恨我父亲，反而对我父亲产生了同情。

知道父亲牵的不是王国民家的牛后，我就想离开了。王晓虎给我提供了好几个线索，综合那些线索，基本上都不是我要去找的人，有些是丢失牛的时间不对，有些是所丢失牛的颜色和种类不对。就在我迷茫得不知该往何处去的时候，王晓虎说："纳料那边我们家有个堂叔叫王国品，他曾经也丢失过牛，是哪年丢失的，丢失的是什么样的牛，我记不清了，你可以到那边去问问他。"

夕阳的大部分已经落到了山的后面，大井的大半个寨子已经覆盖了大山投下的阴影。大井的线索已经全部断了，再停留大井已经没有必要。我谢绝了王晓虎要我吃晚饭再走的邀请，决定赶到纳料表舅那里去陪表舅和表舅妈吃晚饭，顺便向表舅打听王国品这个人，说不定将会是柳暗花明又一村呢。

五

告别王晓虎，在走往车子边的路上，我接到了姐打来的电话，姐在电话中说父亲已经把嗓子眼里的一口痰吐出来了，并且还喝下了半碗鸡汤，这是个好兆头。我知道父亲是不会急着死的，我没有把帮他还好债的消息带回去，他是不会闭眼睛的。姐嘱咐我回转的路上车开慢一点，实在太累就找个地方休息，天亮再回也不迟。姐在电话中说，估计父亲能挺得过今晚。

我在那栋属于王国平的空房院子里看到车子的时候，也看到了王国平的那只大黄狗，狗就卧在我车子旁边，仿佛是专门在这里帮我看车一样，我走近车子时狗站了起来，并对我摇着尾巴，露出友好的表示。我伸出手去，试着抚摸了一下它的头，它居然伸出红红的舌头，舔到了我的手上，舔得我的心暖融融的，泛出一股说不清的温暖。我打开车门上车后，狗退到了不远处的大门边，我的车子开出王国平的院子，我听见狗叫了两声。从反光镜里，我看见狗从院子里跑出来，追着车子跑了几步，然后才停下来。而那一刻，我很想把车停下来，把这只友好的狗捎上，让它也跟着我出去见见世面。

父亲的问题和我今天所走的路就像一个圆圈，我从纳料经过，慢慢地绕着，结果又慢慢绕回经过的纳料。我不知道我在纳料会不会找到王国品，王国品如果不是我要找的人，我还会绕到什么地方去？夕阳下山了，鸟儿归家了，一路上只见鸟儿成群结队在空中翱翔，呼朋唤友，翩翩鸣叫。车子时而行走在阳光中，时而奔跑在阴影里，我的心情也在这种时而阳光时而阴影的环境中起伏着，奔走一天，没有帮父亲把债还上，却听到了许多与父亲的欠债毫不相干的故事，这些故事看似与父亲欠下的债无关，但细细想来，它们与父亲的欠债却有着千丝万缕的联系。父亲搬到县城和我们居住后，原以为离开了这片土地，就忘掉了与这片土地结下的恩怨，殊不知这种在骨子里早就凝结下的恩怨，不是他想忘就能够忘掉的，只要有机会，这些恩怨就会从心底跑出来，更加痛苦地折磨着他的思想和生命。

车刚进纳料，我就看到了表舅。表舅站在村头的公路边，身影被阳光拖曳得长长地铺在山坡上。表舅的身边跟着几只狗，狗们看见车子出现后就开始吠叫起来。我把车停在表舅身边，表舅也把吵闹不休的狗们给吼了下去。我叫了一声表舅，表舅说："吃完晚饭再走，你表舅妈早已把饭做好了，我怕你不肯停下来，特意到这里来等你。"我告诉表舅，他即使不到路边来等我，我也会到他家去，请他帮忙在纳料寻找一个叫王国品的人。

表舅妈杀了一只鸡，还在门外我就闻到了清炖鸡肉的清香，奔波一天，只是中午路过一个小镇时，在一个小饭馆里吃了点东西，一路上除了喝水，到现在我还一口饭都没有吃到。因为心思全部放到了寻找线索帮父亲还债这件事上，所以也就没有感觉到饥饿。现在被鸡肉的清香一激，肚子竟不争气地咕咕叫了起来。饭桌上表舅要我陪他喝酒，我平时本不善饮酒，加上又要开车，我谢绝了表舅的盛情。表舅妈也过来劝我，说我奔波了一天，应该是很累了，多少喝一点酒解解乏。我坚持滴酒不沾，表舅叫表舅妈取来饮料，叫我以饮料代酒，陪他喝两口，我欣然应允。两杯酒下肚后，表舅问我："你刚才说要找一个叫王国品的人，你找王国品干什么？"我犹豫了一下，把父亲顺手牵牛去卖，如今生病后良心不安，叫我来替他还这笔孽债的事向表舅和盘托出。

屋外的天已经黑了，奔波一天的我一无所获，父亲还躺在医院等我的消息，一路上我除了听来一些杂七杂八的故事外，还没有寻找到一点很具体的线索。现在除了设法找到王晓虎提供的王国品外，我已经再也找不到更好的办法。

我告诉表舅，下午在这里休息的时候，我对他说了谎话，其实我父亲不好，父亲病得很重，眼看就快要死了。病重的父亲对我说了一件事，说他二十五年前牵了大井叫王国炳的一头黄牯牛去卖，换钱供我姐上了大学。父亲希望在死之前把这笔多年前欠下的孽债还上，还上债他的心才能够安宁。我把到了大井，找了好多人，大井根本就没有王国炳这个人，那些丢牛的人家，也没有丢失过一头像父亲所说的那头大黄牯的事统统说给了表舅听。

最后我对表舅说，大井有个叫王晓虎的人给我提供了一个线索，说是纳料有个叫王国品的人，他家二十五年前丢失过一头牛，叫我过来问问。我说话的时候，表舅一直在认真地听着，表舅妈有好几次想张嘴打断我，被表舅用手势制止住了。我说完后，表舅连着喝了两杯酒，把酒杯放下后对我说："你不用去找了，我就是你要找的王国品。"听了表舅的话，我正准备夹起一块鸡肉的筷子停在了半空。我惊愕地看着表舅，又看着表舅妈，然后让已经夹上来的鸡肉又掉回了锅里。长期以来，我只知道这个表舅姓王，并不知道他的名字，父亲叫我来帮他还债的时候，我并没有把还债的事与这个表舅联系起来。

表舅说，如果白天你对我说实话，你就不用跑那么多冤枉路，费那么多周折了。

表舅又喝下了一杯酒，表舅妈把刚才我夹起又掉下去的鸡肉夹到了我碗里，他们都劝我吃饭。我还怎么吃得下去，线索就摆在眼前，不弄清楚，我是吃不下去饭的。表舅叫我赶快吃饭，吃完饭他才好把事情的来龙去脉讲给我听。我三两口地扒完饭,在表舅的相劝下又喝了一碗鸡汤,然后放下碗。表舅连着喝了两杯酒,吃了一小碗饭后也把碗放了下来。趁表舅妈收拾桌面的时候,表舅把我叫到客厅。

表舅说:"我全听出来了,你父亲叫找的人肯定不是什么王国炳,就是我——王国品。按你的描述,你父亲牵走的牛肯定就是我丢失的。我丢失的牛正是一头大黄牯,全身上下没有一点杂毛的大黄牯,毛发金黄、油亮,全身充满着使不完的力气,活儿从早干到晚也不知道累。牛虽然是我家丢失的,但却不是我家的。"表舅的话把我弄糊涂了,牛从他家丢失,却不是他家的牛,难道是他借别人的牛来使,然后牛走丢了,再然后就被我父亲牵走了。

表舅告诉我,他年轻时也不是什么好人,经常与人合伙在外面偷别人的牛卖。寨子上的人认为他在外面做牛马生意,却不知道他在外面是个偷牛贼,专偷人家的牛马。表舅说:"你父亲牵走的那头牛就是我和一个叫张大奎的人从广西南丹偷来的,把牛牵到家后,我看到那头牛比较好使,就给了张大奎两百元钱,把牛留下来做了我们家的耕牛,对外我就说那头牛是我花一千一百元钱买来的。牛到我们家只五天,才犁过一回地,一天下午我叫你表弟牵牛去外面吃草,你表弟贪玩,把牛捆到一棵小树上就去和伙伴们玩耍,等他玩够回来找牛时,牛挣脱绳子不知跑到什么地方去了。我们在周围山坡上找到天黑也没有找到牛,再加上牛是偷来的,我们也不敢大张旗鼓寻找,牛走丢了也只能自认倒霉。"

似乎又是一个天方夜谭的故事。我无法用准确的语言来形容我此刻的心情,我的心思完全被今天所遇到的这些杂七杂八的故事搅乱了。我不知道表舅告诉我的这些事是不是真的,如果是真的,那么我父亲卖掉的就是我表舅偷来的牛。而父亲叫我来找的王国炳真的应该就是王国品。那就是说,父亲早知道他卖掉的是王国品偷来的牛,之所以这么多年一直不来还这笔债,是因为他早就知道王国品是偷牛贼,他抓住了王国品的软肋,所以才那么心安理得和理直气壮。等他快要死的时候,才良心发现,含含糊糊地把事情说出来,叫我跑这么一趟,以求得王国品对他的原谅。

表舅说:"开始我认为牛不会自己走丢,我怀疑是张大奎又来把牛牵去卖了。为这件事,我还去找张大奎问过,我们两个还因言语不投机打了起来,差点都动起了刀子。和张大奎打完一架回到家,过后,我也就没太把这件事放在心上,因为是偷来的牛,丢了就丢了,我也只损失两百元钱,而且那钱也来得不干净。我没想到牛会落到你父亲手上,更没想到你父亲会把牛牵出去卖。"说到这里,表舅突然像想起了什么,停顿了一下,然后说:"等等,你说你父亲是在大井背后坡上捡到的牛,不对,这么一会工夫,牛不可能跑那么远,就是被人从这里牵去,也不可能一下子就牵到那边的坡上。我怀疑牛就是你父亲从这里牵走的,他没对你说实话。"

表舅说:"牛不见后,我们去看拴牛的小树,没有看到扯断的痕迹,也没有看到有牛绳被扯断的迹象。肯定是你父亲把牛绳解开,把牛牵走的。我想起来了,那天,你父亲来向我借钱,说要借钱送你姐去上大学,我身上只有一百元钱,我把一百元钱借给他,他不要,说要两千,我说没有两千,他就认为是我不想借钱给他,才故意推托。三言两语,我们就吵了起来,最后不欢而散,他走的时候是生气走的,连我给的一百元钱都没拿走。真没想到,他走时会顺手把我的牛牵去卖。"

表舅说:"那天我真的没有钱,你不知道,那个时候的我,除了偷之外,还爱赌、贪吃,偷牛卖得的钱,都被我用来赌博和吃光了,每次回到家都所剩无几。你父亲顺手把牛牵走,他肯定知道牵的就是我的牛,不然他不会叫你来寻找还债。开始你说你要到大井去找王国炳,你走后我一直在纳闷,大井什么时候有个叫王国炳的人,我们和大井的王家都是家门族下,我怎么就不知道呢?"

听了表舅的话,我也怀疑父亲就是从表弟放牛的地方直接把牛牵去卖掉的。我明白了,父亲含含糊糊地说出王国炳这个名字,其实就是王国品,他知道我去大井必须经过纳料,所以才把地名说成大井。他以为大井还不能开车进去,我到了纳料后一定会把车停到王国品家院子,以为我一见到王国品就会真相大白,然后就不用再往大井跑了。但我还是不明白父亲为什么会跟我说到疯子,说到因为丢失牛而发疯的人。只能这样解释,或许已经被死神侵入大脑的父亲真的糊涂了，对二十五年前发生的事已经开始恍惚了。

表舅在纳料应该也算是个有头有脸的人，还当过纳料的村领导，刚从村主任的位置上退下来没几年。表舅在纳料当主任的时候，带着纳料人做了好多事，还得过很多表彰，一次到县里去开表彰会，还到我们家去看过我父亲。这样的一个人，无论我怎样去挖空心思，都不能够把他与偷牛贼联系起来。如果不是表舅亲自告诉我他是个贼，而是别人告诉我，我肯定认为是这个人在栽赃胡说。

我问表舅："你真的偷过牛？"表舅说："我骗你干什么，清白的人谁又愿意把脏水往自己的身上泼。"沉默了一会，我问表舅，您恨我父亲吗？表舅说："恨，也不恨。"我问为什么？表舅说："刚知道牛是你父亲牵去卖的时候，我心里一下子就涌起了对他的恨，细想后我又不恨了。其实我也有不对的地方，当时你父亲有难，求到我，我就应该把牛卖了，帮他一把，很多事就过去了。你父亲早就知道我是个偷牛贼，但他却一直在维护我的声誉，没有把我偷牛的事说出来。有一次我在者密那边偷人家的牛，被发现后遭追打，正好你父亲走亲戚碰到，他帮着我抵挡人家的追打，陪着我挨打不说，还拿出钱来补给那些人我才脱身。这样一个让我信赖的兄长偷我的牛去卖，如果不是因为走到没有出路的那一步，他是绝不会干出这种事的。"

我为表舅的大度动容起来，我掏出父亲的一万元钱，递给表舅，说是父亲用来还债的钱。表舅没有收钱，而是把钱又挡回了我的手中。表舅说："我怎么能要你父亲的钱呢，牛又不是我的，偷牛已经让我背上了难以洗清的罪孽，我要是再收下这个钱，我的罪孽就更加深重了。"

表舅和张大奎打一架回到家，刚好碰到大井王国民家的牛马被人偷走，王国民一气之下含恨去世。作为堂兄弟的他到大井去给王国民送葬，看到王国民一家的惨境，内心受到了很大的冲击。王国民丢失牛败家的事对表舅触动很大，更让他认识到，牛原来在庄户人家的心目中占着很重的分量，偷窃庄户人家的牛，不光是偷窃家中的财富，还会偷掉一个人的性命。表舅说："从那以后，我就洗手不干了。"我问表舅知不知道王国民家的牛是谁偷的？表舅说："不知道，那么多年我也一直在查，也问过那些道上的熟人，他们都不知道，估计是外面我不知道的人过来干的。"听到表舅这样说，我也不好再问下去了。

这些年来，表舅一直在做善事，做好事，手上只要积累了一点钱，他就用来帮助那些需要帮助的人。这些年来，他带头捐钱修学校、修路，捐钱给别人看病，捐钱给贫困人家的孩子上学读书……他当村主任领的补贴，表弟给他的生活费，他几乎都用来捐献了。有人说，那是因为他当村主任，要抢表现，所以才会这么干，过去我也这样认为。今天了解到表舅的经历后，我才知道表舅也像父亲一样，过去一直都在做亏心事，做荒唐事，老来良心发现后，才想到去偿还过去欠下的孽债。然而父亲却不懂得像表舅那样用自己独特的方式来还债，而是默默地承受着，煎熬着，到快要死的时候，才想到要用一大笔钱来还债。从某种意义上来说，表舅比父亲诚实，比父亲光明磊落，他能够懂得用自己生时的肩膀来承担自己造下的罪孽，而不是等到快要死的时候才半遮半掩地让后人去帮他解脱。

谈到过去的荒唐，表舅一直觉得很愧疚，觉得没脸面对那些曾经被他偷过的人家。但表舅不主张我父亲这种大张旗鼓的还债方式。他说，年轻时的荒唐，用很多金钱都还不清。与其这样急匆匆去清算良心上的不安，何不由着自己的心愿，多做一些让自己心安的事情，这样心就会有个着落处，就不会太纠结和后悔。

我知道表舅在当村主任期间得过很多荣誉，但每当召开荣誉表彰会的时候，他往往都会缺席，那些荣誉有时是别人帮他带回来，有时是他在县城教书的儿子去帮他代领，实在不能缺席了他才去领。领回家的荣誉，表舅也不像别人那样，把荣誉证书摆在家里最显眼的地方或张贴在墙壁上，供人景仰。听教书的表弟跟我说，表舅所得到的荣誉证书，全部被他锁在箱子底，别人想看都看不到。

表舅没有留我过夜，而是催促我赶快上路回县城。临出门，表舅往我口袋塞了几千元钱，并不容我推辞，说这钱是拿给我父亲治病的，让我一定要把钱收下，把父亲的病治好。表舅说，告诉你父亲，好好活着。等我把庄稼收进家，就进城去看他，我还得请他给我壮胆，去归还我年轻时欠下的那些债。

城市很近家很远

一

张秋明和陈智力进的不是一个工厂，一个在玩具厂，一个在家具厂。两个厂都经常加班，尽管他们在城市边缘租下一个属于他们自己的家，但是他们在一起相聚的时间却很少，只有在陈智力连续加班后获得一个休息时间，张秋明才有机会同陈智力聚在一起，夫妻间也才能够找到温存的机会。对于一对新婚宴尔的小夫妻来说，十天半月才相聚那么一回，渴望和等待见面的机会就成了一种煎熬。春天来临了，一部分民工都返乡去种庄稼而工厂里的工人就更加吃紧，厂方为了赶进度常常叫工人们加班，一加就是四五个小时，张秋明回家就常常碰不到陈智力，即使两个人好不容易聚在一起，张秋明也感觉到陈智力的气势大不如前。

下班走进出租屋的张秋明看不到陈智力，心中就感觉空空荡荡，感到一种前所未有的失落，有时连饭都懒得吃就早早躺到了床上。独自一人躺在床上的时候她就特别想着他们都在家的那些日子：一同上坡干活，一同携手回家，一同做家务，相拥相偎躺到床上聊天……那是多么惬意的日子啊。

张秋明听到门响时，并没有意识到她没有把门关好，而以为门是被陈智力打开的。当意识到进来的不是陈智力时，她的头上、脸蛋以及颈部已经全部被一件衣服给蒙住了。张秋明在疼痛中挣扎，叫喊，在床上滚动，大约挣扎了十多分钟，张秋明已经没有了力气，也失去了挣扎的勇气。等她感觉到蒙在脸上的衣服有所松动时，她使劲地摔开了蒙在脸上的衣服，好一会后眼睛才慢慢睁开。但她却什么也看不见，屋里的灯不知在什么时候已经被关上了。刚才压在脸上的那一双手现在已经移到了她的乳房上，并在她的乳房那个地方来回游荡着，无论她怎样挣扎，那手就像一块磁铁一样，紧紧地依附在乳房上。张秋明使劲呼喊陈智力的名字，嘴巴张开刚喊了一声，一个声音就恶狠狠地说：再喊，再喊就整死你。张秋明不敢再出声。而此时陈智力还在厂里紧张地干活，老板说今天不加班，只要把手上的活干完就可以回家去休息。陈智力就想早点把活干完，然后回家给张秋明一个惊喜。

　　张秋明摸到一只枕头，她只能用这只枕头来做最后的抵抗，她把枕头当作武器向压在她身上的那个人打去，那个人的头扬了一下，枕头被挡开了，枕头被挡开时那人的手也从她的乳房上移开。当张秋明听到枕头掉落地上的声音时，那双手又重新落到了她的乳房上，随后一张嘴也落到了她的脸上、眼睛上、鼻子上和嘴巴上，随后自己的身体也被一个强壮的身体紧紧压在了床上。张秋明努力呼喊陈智力，说智力快来救我，我快完了。但她的声音却没能从喉咙里冲出来，一张大嘴已经严严实实地盖住了她能够送出声音的地方。

　　待一切过程像水上的波澜归于平静之后，张秋明听到了自己的呼吸声，身上的那个黑影不知是什么时候离开的。张秋明打开灯，看到自己的乳头上有两个深深的牙印，疼痛从牙印里漫出来，慢慢扩散然后一下子就浸透了她的全身。张秋明用手在乳头上轻轻地揉着，揉着揉着疼痛感就减轻了许多，揉着揉着张秋明就听见自己喊了一声，但喊的什么她已经想不起来了，也许喊的是丈夫陈智力的名字，也许喊的是别的什么？因为还没有等她弄清楚自己喊的是什么，疼痛和屈辱的浪潮就让她昏了过去。

　　张秋明感到有点口渴，她想去找水喝，从床上爬起来时她才感到自己的身子就像散了架一样，一点力气都没有。在床边坐了好一会，她才穿上衣服并走过去端起水杯，喝下大半杯水。随后张秋明将屋子里里外外检查了一遍，屋里所有的东西都还整整齐齐地放在它们原来待着的地方，没有被动过也没有被翻找过的痕迹。什么东西都没有缺，衣服口袋里的一百多元钱没有被动过，放在床垫里的三张存单也没有被动过，存单上的数字全部是她和陈智力这一年多打工的积蓄，已经有了五位数字。也就是说这个人进家来的目的不是为了东西和钱，而是冲着自己来的。这个人是谁呢？正在张秋明努力去想那个人的时候，门外传来了用钥匙开门的声音。声音把张秋明吓了一大跳，她紧张地问是谁，听到陈智力的回答，张秋明悬着的心才慢慢落下来。

陈智力进门看到张秋明站在屋子中央，两眼紧盯着自己，这让他感到有一点奇怪。以前他每一次回到家，张秋明都已经睡到了床上。但他并没有多想，而是关切地问张秋明："你怎么了，为什么到现在还不睡觉？明天还要上班呢。"

张秋明看见陈智力的那一刹那，心都还没有完全平静下来。她没有想到陈智力现在会回来，她更弄不清楚陈智力现在为什么会回来？陈智力的问话灌进她的耳朵里，她的脑子还是一片空白。陈智力从黑夜里挤进有光线的屋子里，五官挤在灯光下，脸上看不出一点表情。

陈智力看到张秋明呆呆地看着自己不说话，他以为张秋明刚刚被自己惊醒。关上门后，他走过去拉起张秋明的手，轻轻问她："是不是我吵到你了，我本来今晚是要在厂里加班的，老板后来不要我们加班了。我没有告诉你是想让你有一个惊喜，没想到吵到了你。你先去睡吧，我洗好脸后就马上过来。"

陈智力洗脸时想把房间的灯关了，这是陈智力的习惯。每次回家晚了他不会轻易去打开房间的灯，目的就是为了让张秋明好好休息。他的手刚一接触到开关绳，张秋明就大声喊了起来："不，不要关灯。"

张秋明的声音把陈智力吓了一大跳，他下意识地把手从灯绳处拿开，张着嘴巴不解地看着张秋明。在陈智力的目光注视下，张秋明突然意识到了自己的失态，她努力笑了一下，做出撒娇的样子对陈智力说："我不想关灯，我要看你洗脸，我要等你一起上床。"

陈智力还站在原处看着张秋明。张秋明过去推了他一把，叫他快点去洗。此时的张秋明已经完全恢复了情绪。

陈智力拥着张秋明躺在床上，陈智力的手伸向张秋明的身上，张秋明条件反射似的从床上弹了起来，她的这个动作吓了陈智力一大跳，陈智力不快地问："你怎么了？"

张秋明抓住陈智力再一次伸过来的手，把它们从自己身边拿开，轻轻说我也想洗一洗，汗太大了。

张秋明走进卫生间，关上了卫生间的门。陈智力躺在床上，想着进家时张秋明的一些反常行为，总觉得今天晚上张秋明的行为有些不可思议。张秋明回到床上时，陈智力要把灯关掉，张秋明不让。陈智力看了张秋明一眼，张秋明的脸红红的，就像三月的桃花一样鲜艳夺目。陈智力突然想到刚谈恋爱，他和张秋明第一次在老家桃园里幽会时的情境，那时张秋明的脸红红的，就像是桃花粘到了脸上，那是他们唯一一次在白天也是在野外的幽会。

张秋明和陈智力并排仰躺在床上，张秋明叫了一声智力，陈智力支起身子，把张秋明拥入怀中，当他习惯性地用手往张秋明的脸上摸去时，却摸到了一手的泪水。陈智力惊住了，片刻之后才回过神来。陈智力问："秋明，你怎么了？"

张秋明对陈智力的问话未做任何反应，索性让眼泪像断了线的珠子似的从脸上流下来。陈智力一边叫着张秋明的名字，一边手足无措地在张秋明的脸上、手上、身子上轻轻地抹着，他感到无法理解，张秋明怎么说哭就哭了呢？

好久好久以后，张秋明才止住哭声，她把自己往陈智力的身上靠了靠，用一副幽幽的口气对陈智力说："智力，我们回家种地吧！"

陈智力以为自己听错了，他在黑暗中努力睁大眼睛，想看到张秋明脸上的表情。黑暗中他没有办法看清楚，他只能用手把张秋明紧紧抱住，让张秋明光滑的皮肤和自己的皮肤紧贴在一起，使张秋明的心跳和自己的心跳一起有节奏地律动着。陈智力问张秋明刚才说什么，张秋明这一次加大了音量说："智力，我们回家种地吧！"

张秋明昨夜一夜都没有睡好，睡梦中有一个人老是紧紧压在她身上，压得她几乎喘不过气来，这个人一会儿是陈智力，一会儿又是她不认识的人。她刚迷迷糊糊地睡着，陈智力就把她叫醒了，起床时她看到窗外已经透出了朦胧的晨光。陈智力的厂子比较远，每天总是比她先走出家门，出门前陈智力对她说："秋明，我先走了，早餐我已做好放在桌子上。"

说完这句话，陈智力就推开门走了出去。这就是陈智力和张秋明两个人在城市谋生的生活，每天去上班，两人就是这么匆匆忙忙各奔东西。告别就像是一种公式，就是那么一两句简简单单的话，有时连这两句话都可以省下不说，起床后两人共同合力把早餐做好，匆匆扒拉进肚子里，然后就匆匆锁上门离开。出门后一个往东一个往南，就像两个完全不相识的陌路人。

张秋明对着镜子梳妆时发现自己的眼圈红红的，用粉描了好多遍才勉强能够盖住。

走出家门之后，张秋明的身体还是感到了一种不适感。她感到害怕，害怕大街上的人和工友们，会从她脸上的变化看到她昨夜所经受的耻辱。

一直到走进厂区，张秋明的情绪才基本恢复，她的心什么也不敢再想了，一走上工作台她就成了一个货真价实的打工妹。张秋明是厂里的老工人，也是很娴熟的技术工，平时的活干得又快又好。但今天张秋明的手却不大听使唤，别人的活出来了，她的活都还没有开始，大脑老是集中不起来。紧张的干活阶段没有谁发现她的反常，直到工间休息时见她还站在工作台上发呆。几个要好的姐妹过来叫她，叫了好几声她才听见。姐妹们问怎么了？张秋明却答非所问地不是说这就是说那，直到管工的过来问她是不是家中出事了她才清醒过来。

二

　　进入生产旺季，工厂的活越来越紧，张秋明与陈智力在一起的机会越来越少，特别是陈智力的工厂进行调班，陈智力调到夜班，他们两人就很少再有见面的机会。上白班的张秋明下班回到家，看到的只有陈智力为她做好的饭菜。开始张秋明吃着这些饭菜还感到很温馨，独自吃了一个多星期后，张秋明开始感到腻味。一天下班，张秋明在外边的小吃摊上吃了一小碗面条，进到家后，把陈智力做好的饭菜倒进了下水道。她和陈智力没有冰箱，这样的饭菜如果不吃掉，第二天就会变馊。第一次倒掉陈智力做的饭菜，张秋明觉得过意不去，觉得很对不起陈智力，第二次、第三次倒掉，张秋明就觉得自己是在侮辱陈智力了。一天快要下班，张秋明给陈智力打了一个电话，她知道陈智力这个时候该起床做饭了，她对陈智力说："智力，今天不要为我准备饭菜了。"

　　陈智力问她为什么？她说："我不想吃饭了，过一会我回来自己煮面条吃。"

　　打过几次电话，陈智力就对张秋明说："你也不要光吃面条，不行的话，你就在外边买吃吧，吃饱吃好，第二天才有精神干活。"

　　张秋明很想对陈智力说："智力，难道你就只知道吃饭干活吗？"但是张秋明没有说，她什么都没有说。

　　张秋明一直有一种预感，预感到那个曾经侵犯过她的人还会再来，于是每天回家，有意无意地不把门关死，进家也没有把灯打开，而是静静地坐在黑暗里，睁大眼睛紧盯着那道虚掩的门。张秋明渴望那个人来，又害怕那个人来，她就在这种焦躁和难耐中，一天天地期待着。

　　终于等来了那个人。他进门时张秋明就看到他了，门被关上的那一刹那，张秋明说："你终于来了。"张秋明的话吓了那个人一跳，那个人一下子就站在了门边。张秋明又说："你胆真大，你就不怕我报警吗?"

那个人不说话,还是在门边站着。张秋明注意到他很紧张,他的手在微微颤抖。虽然他的脸上蒙着一块布,但露着的那双眼睛,却不停地转动着东张西望。这一刻,张秋明看到了那眼睛后面的胆怯。张秋明想不到这样一个人也知道害怕。张秋明就想,这个人肯定也是一个打工仔,肯定还不是那种很坏的人。

那个人在门边站了好一会,终于适应了屋里的光线。当他看到屋里只有张秋明一个人,看到屋里不像是潜伏着危机,他终于开口了,他说:"我知道你不会报警,我知道你也想我。"

他的话一出口,张秋明就很生气,张秋明对那个人说:"你凭什么知道我不会报警?你凭什么说我一定会想你?"

那个人说:"凭我的感觉,那天从你这里出去,我就知道你不会报警,我知道你也很寂寞,我知道你也想得到男人的安慰。"

那个人边说边向张秋明走了过来,不容张秋明多说,就一把把张秋明抱进了怀里。张秋明闻到了一股气味,一股男人的气味,这股气味与丈夫陈智力的气味,有着截然不同的感受。陈智力的气味是压抑的气味,是沉重的气味,是让人感到疲累的气味。而这个人的气味却是一种放荡的气味,是一种无所顾忌的气味,是让人什么都不想,只想尽情去享受男女之悦的气味。张秋明的心中还在挣扎,还在自欺欺人地做着与身体的需要有着截然不同感受的挣扎。张秋明一边无力地推着那个人,一边说:"难道你不知道这样做是在犯罪吗?"

那个人更紧地拥着张秋明,用嘴隔着那层蒙脸的布,吹气如兰地在张秋明的耳边说:"我知道我这样做是在犯罪,但我控制不住我自己。那天晚上从你这里出去后,我以为你会报警,我就躲了起来。后来我忍不住又偷偷地来看过几次,见你没有报警,发现你回家时,门还总是没有关死。开始我以为是你给我做的圈套,我就在你家的附近观察了许久,后来我实在忍不住了。我想就是你给我安圈套我也要来,同你见一面就是被抓住了也值得。"

那个人的话让张秋明恨死了自己,可是那个人却没容她多想,那个人把张秋明更紧地往他的怀里拉,张秋明的乳房隔着衣服很紧地贴在了那个人身上。张秋明感到自己的乳房胀了起来，很紧地顶在那个人的胸膛，也感觉到那个人也很紧地抱住了自己。尽管如此，张秋明的内心还在做着苦苦地挣扎，内心在一遍又一遍地叫唤着："智力，我是被强迫的，我不想背叛你，我真的不是自愿的。他是在犯罪，是他强迫我的。"

那个人无法知道张秋明此刻的内心所想，他只知道他的需要，他只知道张秋明也有这种需要。张秋明的那两个乳房就像两座活火山，烧得他的心什么都不想了。他的手伸进张秋明的衣服里，一下子就捉住了那两个让他日思夜想的乳房，他在捉住的那一刹那闷哼了一声，张秋明也在那一刻呻吟了一声，一股快感就从乳房漫向了全身。

张秋明终于被那个人抱到了床上，张秋明一边挣扎一边喃喃地说："你是在犯罪，你是在犯罪！"

那个人脱掉张秋明的衣服，不，准确地说，是张秋明在帮助那个人脱掉了自己的衣服。衣服被脱下来后，张秋明就知道，现在自己的这个身体已经不属于自己了，它已经不再听命于自己的意识，欲望已经把它引向了罪恶。那个人也脱光了衣服，当他扑到张秋明的身上时，张秋明对他说："把你脸上的布也取下来吧。"

那个人就在那一刻呆了一下，直到张秋明又说了一遍。片刻的犹豫后，那个人还是把脸上的面罩取了下来。于是，张秋明就在黑暗中看到了那个人的脸，那是一张很年轻而且还略显稚气的脸。张秋明想，这张脸可能二十岁都还不到，张秋明于是在心中叹了一口气。那个人向张秋明进攻了，他用手在张秋明的头上、耳朵、脸上、身上、大腿上揉来揉去。张秋明叫了出来，张秋明一边扭曲着自己的身体，一边大声地叫着说："你这个魔鬼，你是在犯罪。啊！你这个魔鬼，你是在犯罪，你是在犯罪！"

那个人像是为了安抚张秋明，更像是为了制止住张秋明的叫喊，用嘴不停地在张秋明的脸上寻找着，他终于找到了张秋明的嘴，然后用嘴堵住了张秋明的叫喊。觉得这样做还无法制止住张秋明的叫喊，他又把舌头伸进了张秋明的嘴里，同张秋明的舌头搅在了一起。不知过了多长时间，那个人从张秋明的身上歪了下来，躺到了张秋明旁边。张秋明的意识又回到了自己身上,她嗅到了欲望结束后身体发出的汗臭,男人的汗味混合着欲望的味道,弥漫在她的四周。她的身上出了一层细汗,骨头几乎被刚才的疯狂震散架了。她知道他就躺在自己的身边,是一个伸手就可触摸到的真实男性躯体,刚才就是这个男性躯体,带给她那种犯罪般的快感,让她产生罪恶,而且这个罪恶让她觉得自己很贱很不要脸,让她永远都不能原谅自己。城市夜晚的喧闹和来来往往的车辆声音,从张秋明的耳边飘过,她想从这些声音里辨出靠近门边的脚步声,这样她就可以名正言顺地喊叫,这样她就可以得到解脱,她一次又一次地失望了。她听到了一个叫门声,但那不是在叫她的门,所叫的门打开后,那个叫门声很快就干干净净地消逝了。

躺在身边的那个人坐了起来,张秋明听见了他下床找衣服的声音。张秋明也从床上坐了起来,并对那个人说:"不准走!"

那个人愣了一下,然后继续找衣服,找到衣服后从衣袋里摸出一张钱,塞到张秋明手里,对她说:"你拿去吧。"

凭感觉,张秋明知道手里的这张钱是一张一百元的大票,那个人把钱塞进她手里时,她的眼泪就不争气地流了出来。要说刚才那个人带给她的是犯罪感的话,那么现在这张钱带给她的就是最大的耻辱,这个耻辱不但侮辱了她的人格,还侮辱了她的感情。张秋明抹了一把眼泪,把手中拿着的钱扔在床上,跳下床从那人的手中抢下衣服,扔到了远处,对他说:"你不能就这样走了。"

那个人待了一会,对张秋明说:"真的,我只有这么多,而且还是今天刚从一个老乡那里借来做生活费的。不信我去拿衣服来翻给你看,一点多余的都没有了。"

张秋明给了那个人一巴掌,那个人捉住了张秋明的手,那个人说:"我长这么大除了被父母打过,还没有被外人打过,我要让你记住打我的代价。"

那个人又把张秋明扑到床上,用赤裸着的身体向张秋明进攻起来,一边进攻一边恶狠狠地说:"我叫你打我,我叫你打我,我要叫你付出代价!"张秋明和那个人在床上滚来滚去,那张钱在他们的身子下也被碾来碾去。开始,张秋明还感到钱硌在自己的背部所带来的痛楚,不一会她就什么也感觉不到了,只有身体深处的那种快感,才带给她最真实的感受。

待一切都平静下来,张秋明的手还紧紧地搂在那个人的腰上,那个人想掰开张秋明的手,刚一有动作,张秋明就把他抱得更紧。张秋明对他说:"你休想就这么走了,我是不会让你就这么走掉的。"

那个人对张秋明说:"可我什么都没有了,真的。要不,你叫警察来抓我吧,我保证不跑。"

张秋明不说话,而是把头更紧地往那个人的怀里拱,然后一口就咬住了那个人的胸部,咬得那个人大声叫了起来。

张秋明把嘴从那个人的胸前移开,然后对那个人说:"你走吧。"

那个人穿好衣服,张秋明从床上摸出那张已经被碾压得皱巴巴的钱,递到他的手里说:"把你的钱拿去。"

那个人犹豫了一下,还是从张秋明手里接过了那张钱,并又拥抱了张秋明一下,轻轻在她耳边说:"我会记住你的。"

"你还没告诉我你是哪里人?叫什么名字?"

那个人说出了一个名字,他说这名字是真的,他不会骗张秋明。那个人还说了一个地址,说那个地址是西部某省一个边远的山区,说那里很穷,生活在那里的人都没有钱用。

那个人还说他今年二十二岁,从家出来已经半年了,由于没有文化,在这里找不到工作,从家带来的钱用完后,就在老乡那里东一顿西一顿地混饭吃。老乡们见他迟迟找不到工作,就开始嫌弃他,慢慢疏远他,他只好到处流浪。白天害怕查暂住证,他就到山上去住,晚上才从山上下来找点吃的东西。

张秋明一直在听,一直静静地听他把话说完。张秋明没想到他会对她说这么多,没想到他会把什么都告诉她。一直到他说完,张秋明都没有说一句话。那个人不再说话时,张秋明开口了,张秋明对那个人说:"没有文化没有本事,你出门来做哪样?你以为这里的钱是好找的吗?"

那个人说他家太穷了,他才想到走出来。开始听人说这边的工作好找，没想到这边可做的事情虽然很多，但哪个地方都不喜欢他这样一点技术没有，也没有多少文化的人。他说他现在很想家，又不敢回家，家里还指望他找钱去为家里修房子呢。

又是贫穷，又是没房子。张秋明的心疼了一下，她突然想到了自己和丈夫的努力，想到了现在还在厂里加班的丈夫，这一切还不都是因为贫穷，因为没房子吗？

张秋明从自己的衣服里拿出两百元钱，递给那个人，对他说："拿这点钱做路费回家吧，回家跟父母好好种地，你还小，不要在这个地方学坏了。"

那个人没有接张秋明手上的钱，向张秋明说了一声谢谢，然后拉开门走了出去，直到门在他的身后被关上，张秋明都还没有从愣神中醒过来。

三

半个多月后，陈智力的厂里不再加班，他终于又有了和张秋明在一起的机会。然而，张秋明却再也找不到从前两人在一起的那种感觉，这一点陈智力也感觉到了，而且，陈智力还感觉到自己的身体也是大不如前。躺在床上，夫妻间也不像从前那样去渴望身体上的接触，相反触摸到对方身体后却带来从未有过的陌生感。其实对于他们来说，夫妻之间的生活已经很次要，他们只是想通过身体的接触来取悦对方，维持夫妻间那点仅有的亲情关系，让对方从心理上得到一种快乐和安慰。但越这样他们越感到很不如意，太多的不如意更让他们感到很失落。

陈智力睡不着，张秋明睡不着，这种失眠已经困扰他们很长时间。即使是很深的夜晚，有一个人的身体轻轻动一下，另一个人的身体马上就会做出反应。张秋明说智力我睡不着，陈智力也说这鬼天气，闷闷的让人一点都不好睡。

有一天张秋明对陈智力说她可能怀孕了，陈智力一下子从床上弹起来，拉着张秋明问："不是说好我们现在不要孩子吗？"

"已经怀上了，你说怎么办呢？"

陈智力问："是哪个时候怀上的？"

张秋明说她也说不准准确时间，反正已经好长一段时间了。于是陈智力就扳着时间算，却算不出个所以然。陈智力的大脑恍恍惚惚的，他感到很沮丧。有孩子就意味着原来的计划全部被打乱，或许还不能正常去上班，不能正常上班，希望通过打工找钱回家修房子的愿望就很难再实现。

张秋明问陈智力要不要这个孩子，陈智力不说话，一动不动地躺在床上，睁着眼睛看着黑暗中的天花板。张秋明又问了一次，陈智力才回过神来，他反问张秋明："你说呢？"

张秋明的内心是复杂的，自从怀疑自己怀孕以来，她的内心就一直在斗争着。她感觉这个孩子不是陈智力的，而是那个人的。说心里话，她想要这个孩子，但她又害怕要这个孩子。她很希望陈智力对她说不想要这个孩子，于是她就可以去把这个尚未成形的生命，从她的身体里驱除出去。而现在陈智力又把这个问题抛给她，她不知道是什么意思。犹豫了好久，她生怕打破什么东西似的又去征求陈智力的意见，用小得不能再小的声音说："我去做掉吧？"

陈智力把张秋明紧紧抱在胸前，像抱一个宝贝，双手不停地在张秋明的身上摩挲。张秋明的眼泪流了出来，流在了陈智力的脸上。陈智力一边帮张秋明擦泪，一边对张秋明说："我虽然还听不到孩子的声音，但是我摸到了他的声音，他好像在对我说：'我是你的孩子，请你让我留下来吧。'"

张秋明哭得更厉害了，张秋明边哭边说："不，他说他还不愿意来，是不是智力？孩子是这么说的，他说他来得不是时候。他说他会给我们增加许多负担。"

张秋明的话还没有说完，陈智力也流出了眼泪，他没有让眼泪从眼角流出来，硬生生地把流到眼角的泪花咽了回去。他叹了一口气，这一口气叹得很长。陈智力的心中很不是滋味，听到张秋明说怀上孩子后，他想做的第一件事，就是如何动员张秋明把孩子做掉，他知道这样做对张秋明来说是残酷了一点，但至少他们还可以继续打工，还能够赚到更多的一点钱，然后再去生一个孩子。现在一切都乱了，如果张秋明一开口，就对陈智力说想生下这个孩子的话，陈智力会提出反对意见。当张秋明说不想要这个孩子时，陈智力就在那一瞬间改变了自己的主意，他突然想自己不能太自私了。是的，他们太寂寞了，张秋明太寂寞了，有一个孩子对于他们来说，日子可能会更欢快一些，虽然有孩子以后，他们现在一成不变的生活会被打乱，至少他们的生活压力，会因孩子的到来所生出的家庭乐趣而得到缓解。

张秋明刚才一直都还在犹豫，该不该要这个孩子？她也一直在想，如果陈智力提出反对意见不想要这个孩子，她还会考虑一番。刚才她说出的那一番话，一半是征求陈智力的意见，一半是试探陈智力的态度。陈智力越说要留下这个孩子，她就越觉得对不住陈智力，她委实想把孩子生下来，给陈智力一次做父亲的机会，她又害怕把孩子生下来。如果生下来的孩子不是陈智力的，她的心会一辈子都得不到安宁。

陈智力请了一天假，陪张秋明到医院去检查，检查完后医生疑惑地看了他们很久，然后才对他们说，张秋明没有怀孕，张秋明的例假没有按时来，是因为内分泌失调造成的。这种情况往往是因焦虑、生活压力增大和心情烦躁不安，而出现的一种暂时现象，只要注意把生活调理顺当、把心情调整好就会慢慢好起来。

医生说话时，陈智力看见张秋明的脸红了一下。陈智力想，张秋明怎么就那么傻呢，自己怀不怀孕都不知道，要跑到医院里来出这个丑（至少陈智力认为让别人来评判自己是否怀孕是一件丑事）。陈智力和张秋明悻悻地从医院走出来，走到大街上，张秋明说："智力，我们还是去上班吧，这样我们就只算请半天假，我们还可以拿到半天的工资。"

分手后张秋明就坐公共汽车去了她的厂里，张秋明叫陈智力也坐车去上班，陈智力答应了。可陈智力没有去坐车，陈智力不想去上班，送走张秋明，陈智力就这样闷头闷脑地在大街上走着。

陈智力不小心撞上了一个人，那个人的身上带着浓香，还没有看清所撞的人，一股浓香就钻进了陈智力的鼻孔。陈智力说对不起，可是被撞的那个女人说，她那里被陈智力撞疼了，问陈智力怎么办？说这话时，女人挺着她那高耸的乳房，用手指给陈智力看，说刚才陈智力撞的就是那里。陈智力只看了一眼就把眼睛别向了远处，陈智力发现自己在看女人时，心里突然就生出了一种不干净的想法。陈智力连说了几声对不起，想绕开女人向前走去，路却被女人挡住了。

女人把手搭在陈智力的肩膀上不让他走。女人对陈智力说："你不能就这么白撞我，你要给钱，不然我就喊了，我说你对我耍流氓。"陈智力想挣脱，女人却用高高的乳房裹住他。陈智力忽然明白女人是干什么的了，陈智力产生了一种从未有过的冲动。陈智力把同女人撕扯着的手收回来，并顺势抚到了女人的脸上，然后慢慢地往下移，他终于触摸到了女人高耸的乳房。陈智力对女人说："姐姐你好靓啊，撞疼这么靓的姐姐，我的心也不好受，干脆我连人都陪给姐姐吧。"

女人已经在这里站了一上午，期待了大半天，都没有等到她想等的人。从她身边经过的人倒是多，但那些人都不愿意靠近她，还有些人在经过她身边时就把脸别往一边，偷偷往地上吐口水。女人不在乎，她对这些反正已经习惯了。女人看到别人吐口水时心里就不痛快，就在心里骂，女人恨恨地骂那些人装什么假正经，说不定比老娘还更龌龊。

大半天没有生意做女人的心里很烦躁，烦躁的女人就没有好心情，没有好心情的女人看哪一个人都不顺眼，女人就想骂人。女人骂人是用心骂，女人把所恨的人从心里翻出来，一个个地骂，一遍遍地骂。女人开始是骂那些有着同她一样职业而又比她年轻的女人，骂那些把男人从她身边抢走的年轻女人。骂完那些年轻女人，女人就骂大街上的人，骂那些一个个从她身边经过而不愿意多看她一眼的男人。女人站在那里用心一遍又一遍地骂，直骂得心火上涌，也没有哪一个人肯上前去搭理她。

女人想，自己不能白白在这里站大半天，这时候女人就赖上了从这里经过的陈智力，女人原来只想从陈智力那里讹两个钱，女人没想到陈智力是那样的善解人意，还是那样的年轻，说出来的话更是那样的可人。陈智力的话让女人忘掉了心中的所有不快，像是刚刚尝了一口蜜，甜味还留在舌尖，并从舌尖上荡漾到心坎里。女人从来没有听到男人对她说过这么好听的话，很多男人到她那里就是急急地扑到她的身子上，把多余的能量释放到她的身子里，完事后裤子一拉，把钱往她身上一摔就急匆匆离开，走时都不多看她一眼。女人知道陈智力的话不会有很多真实的成分，可是她爱听，尤其是在这里站了大半天，受了这大半天的冷遇后她更爱听。

女人把嘴靠近陈智力耳边说："兄弟你蛮懂风情的嘛。你这个人姐要了，姐保证让你舒舒服服。你不要看那些人比姐年轻，她们的功夫还没有姐的高呢。"

陈智力被这种声音迷惑，整个灵魂似乎已不属于自己，他现在只想更紧地抓住这个女人，不使她离开自己的身体。陈智力把女人搂住，陈智力的胸碰到了女人的乳房，他的脸感受到了女人嘴里呼出的热气。

陈智力和女人像两个热恋中的情人，攀肩搭背朝不远处的出租屋走去。出租屋里是安静的，语言成为多余，只有动作才是这里最需要的。

大街上的人一个个从出租屋边走过，车子也一辆辆从不远处驶过，这些全然不影响出租屋里两个人的激情。陈智力像做了一场梦，在这个白天之前，他从来没有这样放纵过自己。与张秋明在一起，只是一种需要，根本就谈不上什么享受，而这个女人却带给他许多全新的感觉，让他懂得男人和女人间的那点事，不光是一种需要，同时也是一种享受。

完事后，陈智力掏出二十元钱给女人，女人不接，说要五十元。她说，没有五十元你就别想从这里走出去。陈智力犹豫了一下，把二十元放回衣服的口袋里，重新掏出了一张五十元的大票。女人接过钱后赶陈智力下床，陈智力还想在女人的床上多躺一会。女人说不行，钱货两清后就得走人，这是规矩。女人把陈智力的衣服扔给陈智力，叫他快点穿上。说完后女人看也不看陈智力，就急急忙忙从床上爬起来，急急忙忙往身上套衣服，边套边催陈智力也赶快把衣服穿上。

女人坐到镜子前去往脸上补妆，见陈智力还在那里没有把衣服穿上，女人很不高兴。女人对陈智力说："你怎么还不穿衣走人呢？"陈智力看了女人一眼，这一眼是复杂的，是怨恨的。陈智力想，女人的乳房虽然很大，但脖子却很小，只要双手一拢，轻轻一掐，肯定能掐断。陈智力从床上坐起来，没有去抓自己的衣服，想走到女人的身后去掐女人的脖子。女人就在这时化好了妆，化好了妆的女人回头看到了陈智力，说："兄弟，赶快穿衣服走吧，这种事不能做多，做多了伤身体。你不能老是睡在我这里，你睡在这里我就没活可干了，没活干我就找不到钱，我必须要找到新的活干才行。我家里有老人要养，孩子要上学读书，房子烂了要等我寄钱去修呢。"

女人的这几句话，熄灭了陈智力心中的那把邪火，同时也挽救了她自己的一条命和陈智力的一条命。陈智力默默穿上衣服，问女人为什么不好好打工要来做这个？女人不说话，女人看了陈智力一眼，然后女人催促陈智力说："你走吧。"

陈智力刚走到门边，女人叫住陈智力。女人把三十元钱递给陈智力，说："我知道这钱对你来说也不容易，拿去吧，我今天也学雷锋做一回好事，只收你二十元。"

陈智力没有接女人递过来的钱，走出了女人的大门，临出门前说："我不想在这个地方待了，我要回家去种地。"

四

推开屋门，看到张秋明在屋里，陈智力吓了一大跳。"你没去上班？"陈智力问。

张秋明不说话，目光久久停留在陈智力身上，似乎要把他的灵魂看透。张秋明靠近陈智力，闻到了他身上的香水味。那股气味就像一把重锤，一下子击中了她的心脏，张秋明有种想要呕吐的感觉。

张秋明问是不是去找了女人了？陈智力说："没有。"说出"没有"这个词，陈智力的底气明显不足。

张秋明走到陈智力身边，用鼻子在他的身上嗅来嗅去，陈智力的身上散发出的那一股陌生女人气味，让她一下子就断定陈智力肯定去找女人了。

张秋明对陈智力说："智力，你不去找女人，身上哪来的这一股香水味和陌生女人的气味？"

陈智力仍坚持说"没有"，陈智力没有在自己的身上闻出张秋明所说的气味。陈智力想，肯定是张秋明在有意诈他。从那个女人的出租屋出来，陈智力又在大街上溜达了好久，真有味道也早已散光了。陈智力却没有想到，女人对自己男人身上传出的别的女人气味比较敏感，而这种敏感是男人所无法感受得到的。陈智力越说"没有"，张秋明就越断定他刚才去找了另外的女人。

对于陈智力去找别的女人，张秋明认了。甚至于还希望陈智力在外边有别的女人，这样她就不会有愧疚，就不会感到对不起他。张秋明只希望陈智力对她说实话，陈智力却不对她说实话，这让她感到很气愤。陈智力这样做不光是欺骗了她的感情，还欺骗了她的思想。张秋明的右手突然举了起来，然后重重地落在陈智力的左脸上。张秋明听到"啪"的一声，她的右手就传来了一股麻木的感觉。她看见陈智力的身体动了一下，几乎歪到一边去。陈智力捂着火辣的左脸，感到张秋明这一掌就像一把刀一样，在切割他脸的同时，也在切割张秋明自己的心脏，不然她不会使这么大的力。陈智力想，看来我真的是把她的心给伤透了。

张秋明打完陈智力后就哭了，捂着脸反身跑出了屋子。陈智力看到张秋明的头发从头顶散落下来，一飘一飘地从门边消失。张秋明走后，陈智力也开始流泪，泪流了好一阵，他才擦去脸上的泪花，也走出了家门，他想他应该去把张秋明找回来。

陈智力在街边追上张秋明，他去拉张秋明。

张秋明对他说："不要拉我，我是死是活也不要你管。"

陈智力不说话，只是用力拉着张秋明。张秋明则拼命摇晃着身体，想以此来摆脱陈智力的手，一些路人停下来观看他们两人的举动。陈智力把张秋明抱进怀里，张秋明在陈智力的怀抱里猛烈挣扎，还是没能挣脱陈智力的怀抱。张秋明又抬手打了陈智力一耳光，这一耳光没有刚才那一耳光沉重。陈智力捉住张秋明的手，把张秋明的手往自己的脸上拉。

陈智力对张秋明说："你打吧，只要能让你的心情好受，你就狠狠地打吧。"

陈智力的话反而让张秋明的手停了下来，手停下来后张秋明不哭了。张秋明用手抹了一把脸上的泪，然后又用手抚着陈智力的脸，问他痛不痛？抚着抚着张秋明就又哭了起来。

陈智力是半推半抱着把张秋明弄回家的，张秋明倚在陈智力的身上，就像陈智力的身上吊着的一片肉。在他们的身后，紧盯着许多好奇和复杂的目光，突然有一个人说："有什么好看的？这年头，哪样事都有，哪样事都会发生。比这稀奇好看的事多得多了。两口子闹别扭，有什么好看的？真是无聊。"

陈智力和张秋明都各怀着心事，从此后他们虽然还睡在同一张床上，却已经没有了身体的接触。有时陈智力想同张秋明亲热，兴趣刚刚上来，陈智力就想到了那个女人，想到了从那个女人那里获得的那种享受。陈智力就觉得自己已经没有了欲望，自己的欲望已经全部留给了那个女人。那个女人不光让他背叛了自己的家庭，背叛了自己的老婆张秋明，还同时让他背叛了自己的身体。

张秋明原谅了陈智力，张秋明想，陈智力在外边有女人，然后她就和他扯平了，今后谁也不会觉得对不起谁了。张秋明不想同陈智力亲热，她受不了那天从陈智力身上嗅到的另一个女人的气味。特别是一想到陈智力同另外一个女人在一起颠鸾倒凤，她就有种想要呕吐的感觉。每当陈智力挨上她，向她传递出某种信息时，她都会叫陈智力去好好洗一洗，陈智力还没有洗好，两个人就已经都没有欲望了。

春天的气息越来越浓，街两边的树叶都换上了青翠的淡绿色，那些落叶的树都长出了新的叶子。陈智力想，这个时候应该是庄稼下种的时候了，把去年秋天收上来的种子，下到刚翻犁过的香喷喷的土里，要不了多久，土里就会长出惹人喜爱的幼苗来。

张秋明迷恋上了春天，迷恋春天那浓浓的勃发气息。春天的白天越来越长，有时下班回到屋子里，天都还没有黑尽。每当这个时候，张秋明就站在门口，看着不远处一棵已经长满绿叶的大树出神。张秋明的眼睛就像一把梳子，在树叶间梳来梳去，有时一梳就是很长时间。她在想什么呢？看到张秋明那目光痴呆心荡神迷的样子，陈智力就感到自己的心口堵得慌。

五

和陈智力玩得好的工友李国林要回家了，陈智力问他为什么现在要回家，李国林告诉陈智力，他老婆趁他这几年不在家，给他戴了绿帽子。

李国林对陈智力说："你说我外出打工是为什么？还不是为那个家。我在这边辛辛苦苦地干，老婆却在家和别人舒舒服服地享受，你说我在这里干还有什么意思？"

陈智力问："是不是要回去杀了和你老婆在一起的那个人，或者是不是把老婆给离了？"李国林沉默了好久，然后说："女人一个人在家也不容易。我很想老婆和孩子，老婆一个人在家带孩子，照顾老人，其实也挺难。"想想老婆的这些好处，他什么都忍了。他说："只要那个男人不再来缠着她，我就放过她。我更不能离了自己的老婆，没有她就没有人在家帮他管教孩子，孩子就不会成人。"他不想让自己的孩子没有妈，为了孩子，他能忍，他什么都能忍。

李国林走的那天请陈智力喝酒，结果陈智力喝醉了，这是他出来打工后第一次喝醉。

张秋明在厂子里加班，已经有很长时间都没有到出租屋里来过夜了。张秋明对陈智力说："我们分开一段时间，也许会好一些。"陈智力也想分开一段时间，可能感觉会好一些，他觉得两个人住在一起，互相影响，情绪都不太好。他同意了张秋明的建议，陈智力想把租下的房子退了，两个人都住到各自的厂里去，这样可以把房子租金节省下来。张秋明不同意，说："我们又不是长时间分开，我们只是暂时的。房子留在这里，就会想到在这里我们还有一个家，我们就还会多一份双方彼此的牵挂。"

自从张秋明住到厂里后，陈智力也开始迷恋上了吃完饭到屋外去散步的时光。以前陈智力认为，吃好晚饭到屋子外的大街上去走走看看，那是城里人的事，不是他这种打工仔应该做的事，那都是一些闲着无事的人才干的事情。现在陈智力却不想吃完饭，就把自己关在屋子里，更不想一个人早早睡到床上去。以前张秋明在家，他们都盼望天黑，天黑后再把灯关上，整个世界就是他们的了。现在陈智力却害怕天黑，天一黑，他就感到孤独和寂寞。

下了班从工厂的大门走出来，陈智力又一次走到了大街上。夕阳西下后，淡红色的光线斑驳在他的周围，他的目光也像一束阳光，在大街上的人流中窜来窜去，脚步跟着目光移动，不知不觉地就走进了一个地方。

从一间出租屋里走出来一个人，走到光线下，陈智力才看到是一个女人。那个女人叫了陈智力一声"老板"，吓了陈智力一大跳。陈智力说他不是老板。女人笑了一声说："你就是老板，你就是我的老板。"

陈智力跟着女人往出租屋里走去，他们经过一个不是太长的巷子，巷子里也有很多女人，她们都用一种贪婪的目光，紧盯着走在女人后面的陈智力。女人突然紧紧地把陈智力拉到自己身边，陈智力就利用这个机会，把自己藏到了女人的阴影里，以此来避过其他女人的目光。

不久，陈智力提着裤子从女人的出租屋里出来，巷子里的女人们都看着他，有人还放肆地问他一次过不过瘾，要不要换点新鲜的。陈智力勾着头加快了离去的步伐，走出巷子，长长地出了一口气，恶狠狠地骂了一句："一群可恶的母鸡！"

陈智力向自己的出租屋走去，走近出租屋，他刚好看到张秋明从出租屋里离去的背影。陈智力的头一下子就大了。他想，张秋明一定是在他去那个女人的出租屋时回来的，在屋子里不知等了多久，没见到陈智力后才离去。看着张秋明离去的身影，陈智力想叫住她，张嘴时，他突然想到了那天张秋明说在他身上嗅到有其他女人气味的话，就把嘴闭上了。陈智力用力吸了吸自己的鼻子，想印证一下自己是不是还带有女人的气味，如果没有气味了再叫住张秋明。张秋明就在这个时候走远了，陈智力再一次看到的，只是大街上众多的陌生背影。

陈智力在距自己出租屋不远的地方站着，他不想马上就回到屋子里去。他想，张秋明回来了，自己就不能把另外一个女人的气味带回去。他要站在这里，让大街上的风把残留在身上的女人气味吹散，他再走进家。大约过了几分钟，陈智力再一次看到了张秋明。张秋明一手提着一个大塑料袋，袋中的一次性饭盒刺入陈智力的眼睛。张秋明用手敲了一下门，然后掏出钥匙把门打开。张秋明推门的响声，敲打在陈智力的心尖上，紧张得有些快支持不住了。

陈智力的手机响了，张秋明对陈智力说："我回来了，已准备好晚饭，下班后就赶快回家吃饭。"张秋明知道陈智力今天没有加班，他们昨晚已经联系过，那个时候张秋明并没有说她今天要回家。

陈智力花二十元钱进了一家澡堂。接到张秋明的电话，陈智力说他在外面洗澡。挂上电话，陈智力就去了不远处的一家澡堂。

陈智力从澡堂出来，大街上已经灯火辉煌。出澡堂不远，陈智力就碰到了一个女人，女人笑嘻嘻地问他要不要特殊服务，他不说要也不说不要。陈智力从女人的身边走开，女人也没有过多纠缠他。

张秋明听到陈智力说在洗澡，她的心热了一下。"洗澡"这个词，曾经是她和陈智力之间的暗号，双方之间如果来兴趣了就说要去"洗澡"，另一方就会积极加以响应。自从上次不愉快的事情发生后，她和陈智力之间，好久都没有用到"洗澡"这个词了。

张秋明并没有细想，陈智力为什么要到外边去洗澡而不是到家中洗澡，她只是想，陈智力去洗澡了，她也可以在家中洗一个澡。于是张秋明就去洗了一个澡。

张秋明穿了一件半透明的睡衣，这是她为了今天回家而在下班前去买的，是一个要好的姐妹推荐给她的。那个姐妹说，这种睡衣特别性感，因为穿这件睡衣，害得她老公一晚上都在折腾她。那个姐妹陪张秋明去买了这件睡衣，试穿时，张秋明在镜中看到了自己。睡衣穿在身上，张秋明想起那个姐妹描绘她老公折腾她一晚上的情景，张秋明的心中就泛起了一股久违的灿烂春潮。张秋明没有告诉陈智力她今天要回家，她想要好好给陈智力一个惊喜。张秋明就为这个惊喜提前请了一个小时的假，她想她应该在陈智力到家前，去为陈智力把吃的东西准备好。

张秋明没有想到一件睡衣会有那么大的魅力。洗好澡后把睡衣穿到身上，对着镜子，她看到了睡衣中朦胧的自己，曲线玲珑，风韵迷人，她一下子就脸红了。陈智力回到家，张秋明已经在睡衣外套了一件外衣，张秋明问陈智力："你洗好澡了？"

陈智力说："洗好了。下班后工友们都到澡堂去洗澡，我也跟着去了一次澡堂。"张秋明并没有认真去听他在说些什么，她坐到陈智力身边，嘴对着他的耳朵说："我也洗过澡了。"张秋明说屋子里很热，叫陈智力把衣服脱了。她就脱去了睡衣外面的衣服，陈智力就看到了朦胧中的张秋明。

陈智力和张秋明都找回了那种久违的感觉。从激情中清醒过来，张秋明感觉这一次的感受，就像初次和陈智力在桃树林中一样：垫着树叶和嫩草，阳光从树叶和花朵的缝隙中洒下来，花花绿绿地洒在人身上，鲜花和野草的清香透进鼻子中，淌进心坎里……这一切都让人很着迷，很新鲜，很刺激。张秋明的睡衣是粉红色的，把睡衣穿在身上，问陈智力像不像一朵开放的桃花？陈智力既不说像也不说不像，而是把张秋明又一次拉进怀里。张秋明的身体又一次被陈智力打开，他又一次把自己埋进了张秋明的身体里。陈智力感觉到自己的身体就像一部发动机，源源不断地涌动着生命的源泉，让他一次又一次地向张秋明敞开和释放。张秋明想把睡衣脱下来，陈智力却不让。张秋明说："你这样会把我的桃花给弄坏的。"陈智力说："我就要把你的桃花弄坏，我就是要把你这朵桃花弄坏！"

陈智力没有想到自己的女人穿上睡衣，比他刚才经历过的那个女人还要新鲜，新鲜得让他欲罢不能，让他激情迸发，让他找到了从没有过的感觉。激情消退后，筋疲力尽的陈智力还紧紧把张秋明抱在怀里，舍不得放开。直到张秋明对他说我们该吃饭了，他们才从床上爬起来。

六

张秋明听到自己的肚子里传来了一种特别的声音，像是有人在自言自语地说话，又像是有一个小孩在叫妈妈。声音总是在夜深人静的时候准时发出。张秋明被这些声音包围了好些日子，她很想仔细分辨声音是来自何处，当她睁开眼睛支起耳朵在黑暗中搜寻时，却又听不到了。

张秋明自己去了一趟医院，这一次她没有让陈智力陪她去，接待她的医生询问了她的症状后，给她开了一张化验单，交给她一个小杯子，叫她到卫生间去取一点尿拿到化验室去化验。不一会结果就出来了，医生告诉她，这种症状叫怀孕综合症，是孕期妇女的一种精神幻想，没什么大碍，只要注意休息，不要过分兴奋、紧张、劳累，一段时间后就会自然消失。

张秋明没有告诉陈智力她怀孕的事，从医院回来后，她以为那种声音会消失。当她躺在陈智力身边迷迷糊糊准备睡过去时，那种小孩说话的声音又传进了她的耳朵，把她从迷糊中唤醒过来。"妈妈！"这回张秋明听得很真切，孩子一定是在叫"妈妈"这两个字。一想到自己将要做母亲，张秋明笑了。笑过后，张秋明就想自己真笨，上次以为怀孕，结果却是虚惊一场，这一次明明是怀孕了，而自己却不知道，真是傻到家了。

陈智力还是知道张秋明怀孕了，有一天，他看到睡衣中张秋明那微微隆起的肚子时，他才知道他播下的种子，已经在张秋明的土地里生根发芽。这是他和张秋明早就商量好了的，自从他们又住在一起，他们就决定要生一个小孩。他们做了一下估算，假如张秋明能怀上孩子，到明年春天孩子就可以降生，那时他们就可以回到老家把孩子生下来，然后就在家种地抚养孩子，直到长大成人。

随着张秋明的肚子一天天大起来，陈智力叫她把工作辞掉，不要再去上班。陈智力说，反正离回去的日子也不远了。陈智力让张秋明好好在家休息，等他再干一段时间，结算工钱后他们就双双回家。张秋明不同意辞工，说他们厂的活不是很累，只要老板不赶她走，她就还可以做下去，多做一点收入就会多增加一分。

怀孕后，张秋明不再穿那件睡衣，她把它收拾起来，放进了装行李的大箱子中。陈智力问她为什么要装进箱子里而不是收到衣柜里？

张秋明说："反正现在已经穿不上了，等以后要再穿。"

陈智力问张秋明回家后还敢不敢穿睡衣，张秋明说："在家光着身子都不怕，为什么就不敢穿睡衣？"

陈智力在张秋明的话音里思索。他和张秋明结婚三年多，出来打工三年多，他们也应该回家去养育儿女了。

陈智力在巷口碰到了那个女人，那个女人说她是专门来这里等陈智力的，她问陈智力为什么这么长时间不到她那里去了。

那个女人说："我从没有记住那些从我身上爬走的哪一个男人，我却记住了你。你这段时间为什么不来了？"

陈智力不回答女人的话，想从女人的身边绕过去，女人用身体挡住了他的去路。陈智力问女人想干什么？女人说只想跟他说两句话。

女人说她想找个人说话，想来想去却找不到要说话的人。女人想到了陈智力，女人说在她所认识的男人当中，只有陈智力她还有印象。女人就专门到这里来等陈智力，女人就想把她心里的话拿出来诉说。女人说："这里的生意越来越难做了，如今做这门生意的人越来越多，那些人也越来越年轻，越来越比我有姿色，越来越有文化和品位。现在很少有人再愿意登我的门。"

女人说想回家，她已经有五年时间没有回过家了，不知道这次回去，丈夫还要不要她，孩子们还认不认她？

女人说她在这里的五年里，丈夫从没有给她来过一封信，也没有给她打过一次电话，每次都是她给家里汇钱，再给家里打电话问他们收到钱没有。而每一次打电话，都是上学的儿子接听，除了说钱收到了，然后就再没有多余的话。丈夫更是绝情，打电话给他问他收到钱没有，只是"嗯"的一声就把电话挂掉，连一句多余的话都不愿跟她说。女人说她的儿子明年就要考大学，所以她今年一定要回家去看看，就是儿子不认她，丈夫不要她，她也要回家看看。女人说，我很想家但我又害怕回家。女人说要不是为了孩子，为了那个家，她也不会走到今天的这个地步，也不会人不人鬼不鬼地生活在城市的屋檐下。

女人没有把陈智力拉到出租屋里去说话，也没有站到街边去说话，而是像城里人一样，把陈智力拉到了一家酒吧。在酒吧里的消费是女人付的钱，陈智力要付钱，被女人挡住了，女人说："今晚该我来付钱，这是我第一次花自己的钱到酒吧里来消费。"女人没有纠缠陈智力，女人说了一会话后就走了。女人说把心中想说的话说出来后就不会再堵得慌，晚上就可以睡一个安稳觉了。临走时，女人问陈智力有没有孩子，想不想自己的孩子？

陈智力回到家，张秋明还没有回来，她们厂这段时间下班一直比陈智力他们晚，说是要赶一批货。张秋明说："赶完这批货我就不做了，我就可以在屋子里帮你做饭，等你们厂放假，我们就可以回家了。"

张秋明走在回家的路上。她今天向厂里辞了工，老板在批准辞工后，还给她发了一个红包。老板说红包是给张秋明未来的孩子，老板对张秋明说："生下孩子后，希望明年你还来我们厂做，来了我还要给你涨工资。"

有一个男人从张秋明的身边走过，男人撞了她一下。男人没有对她说对不起，男人的脚步迈得很匆忙。张秋明想，这个人一定有着很急的事要办，不然不会走得这样急匆匆的样子。秋风就像行人的脚步，在大街上急匆匆地走着。张秋明想，生活就是这样，让人忙忙碌碌地不知道停歇下来。张秋明感觉到自己身体内的胎儿动了一下，像是在回应张秋明的思想，就笑了。张秋明用手轻轻地拍了拍自己的肚子，低声地说："宝贝，别动，现在想出来还早，以后你有的是时间，以后的生活恐怕你也要如当妈的我一样，一天到晚忙个不停了。"

秋意越来越浓，郊区的庄稼被收割过后，城市里就飘荡起了近冬的冷风。张秋明已经辞工走出了工厂的大门，而陈智力仍然按部就班到厂里去上班。他已经向老板递上了辞工的报告，老板也同意了他的辞工要求。老板要他等到月底，月底结算工资后他就可以离开工厂。也就是说，再有二十天，陈智力就可以和张秋明双双踏上返家的路了。

七

一股冷风灌进张秋明的脖子，她把身上的衣服裹了裹，推开了银行的大门，一股热风从银行里迎面向她冲来。脚跨进银行大门时，张秋明感觉到门外的冷风和门内的热风相互撞了一下，冷风融进热风里，热风裹住了冷风。张秋明拿着营业员递给她的两千元钱装进包里，把包带挎在左肩上，把包拢到胸前用右手护住，左右看了看才走出银行大门。门外的风还是那样冷，张秋明打了一个喷嚏，鼻涕流了出来。张秋明放开护住包的手，打开包去翻找手纸。她的手还没有翻到手纸，一双粗壮的手臂就从后面搂住她。那双手搂住她的手同时顺势用力一带，张秋明就倒到了地上。倒在地上的张秋明下意识地抓住包，但是，一只脚从侧面伸出来，踢到她的肚子上，疼痛使张秋明放开了护住包的手，包随后也到了别人的手里。

"打劫啦！"

张秋明听见自己喊了两声，但第二声被肚子传来的疼痛压了下去，随后她就听见了自己一声接一声的呻吟。她的呻吟声引来了许多路人，他们看到张秋明倒下的地方有很多血，有人打了110和120的电话。被抬上车时，张秋明还在一遍又一遍地说："我的包，我的包。我的包被抢了，你们帮我把包要回来！"然而，所有人只看到张秋明的嘴在动，却不知道她在说什么。

陈智力接到了一个电话，他以为是张秋明打来的，没有仔细看就把手机凑到了耳朵边。当听出是一个男人的声音时，一种不祥的预感就从心底冒了出来。那个男人告诉陈智力，说他是派出所的，现在在某某医院，说陈智力的爱人张秋明被抢劫并被打伤，现在正在医院抢救，叫他赶快到医院去。

陈智力在医院见到了那个给他打电话的人，陈智力也在医院见到了张秋明，她躺在一张病床上。陈智力看到了张秋明的脸，惨白惨白的，衣服上、裤子上沾着暗红色的血迹。陈智力问张秋明怎么了？张秋明只是一个劲地流泪不说话。

另一边站着的一个白大褂说："送来的时候她一直昏迷着，才刚刚苏醒过来。我们做了很大努力，孩子还是没有保住。"

张秋明"哇"的一声哭了，她的哭声十分响亮。张秋明哭的时候，陈智力只是呆呆地站着，不知道自己该干什么。陈智力的脸已经被愤怒烧红，呈现出一股绝望的表情，两只手紧紧地握成拳状，心中憋着一股怒火却不知如何发泄。好久好久，他才放开拳头，伸出手去，帮张秋明擦拭流到脸上的泪花，擦着擦着，他的眼角也滚出了两颗泪珠，亮晶晶地挂在被绝望烧红的脸颊上。

陈智力陪着张秋明哭了好久，直到派出所的人过来拉他，陈智力才把那一张满是泪花的脸从张秋明的身边移开。派出所的人告诉陈智力，现在不是哭的时候，现在要做的工作是早一点抓到凶手。派出所的人一边说着，一边把陈智力拉到医生办公室，询问张秋明今天的活动情况。

陈智力去上班时，张秋明说她今天要去准备一些回家的东西。陈智力叫张秋明在家休息，等他结算好工钱，再和她一起去准备。张秋明说，在家闲着也是闲着，出去走走，顺便做一些采买，还可以得到锻炼。陈智力出门时张秋明也出了门，张秋明要到银行去取两千元钱买东西，分手时，陈智力对她说天冷路滑，路上小心点。

从医生办公室出来，派出所的人对陈智力说："陈先生，我们为你和你太太的不幸感到难过，作为警察，我们希望尽快破案，早日抓住凶手，还你们一个公道。我们需要得到你和你太太的配合，如果还有什么情况，请你们及时向我们提供。"

为了照顾住院的张秋明，陈智力提前从厂里辞了工。辞工后无论是白天还是黑夜，陈智力都在医院陪着张秋明。张秋明刚刚有所好转，陈智力就把张秋明接回了出租屋，从此以后，陈智力就开始了昼出夜伏的活动。每天，安顿好张秋明休息，陈智力就怀揣着一把新近从市场上买来的水果刀，来到张秋明出事的银行门口，像猎人一样，眼睛不停地晃动在银行门口过往的人身上。他怀疑从银行门口走过的每一个男人，他甚至怀疑那些取了钱从银行里走出来的人。谁要是在银行门口站的时间久一点，陈智力的目光就紧紧锁定在他的身上。

陈智力在银行门口守了将近一个星期，他终于等到了他要等的那一刻。他看见一个女人刚从银行里走出来，一个二十多岁的男青年从女人的后面快跑上去，一把就搂住了女人，随后女人就被摔到了地上，女人背着的包就到了男青年的手里。男青年跑过陈智力身边，陈智力伸出一只脚，跑着的人就摔到了地上。陈智力刚把男青年扑到地上，有几个人就向他跑了过来，那些人边跑边亮出明晃晃的刀子，指着陈智力说："你是不是不想活了？"

陈智力把扑在地上的男青年拉起来，一只手搂在他的脖子上，另一只手拿着刀指着那些跑过来的人说："你们只要过来，我就先做了他！"

那些人被陈智力的举动惊呆了，还没有等他们反应过来，从他们的四周又冒出几个人来。后来的这些人，用黑洞洞的枪口指着他们，他们拿刀的手就软耷耷地垂了下来。至此陈智力才明白，不光他一个人在这里等候这些人，警察也在这里等了这些人很长时间。

陈智力和张秋明还是没能回家，参加完这个城市为他举行的见义勇为表彰大会，年关就近了，回家的火车票已经卖光。孩子不在，回家的意义也失去了。他们原本就是两手空空来闯荡城市，梦想着城市不光带给他们全新的生活，还能带给他们快乐，带给他们梦想。但在城市屋檐下待这么长时间，他们不但没有收获快乐，反而首先收获到了伤心，这样的结局让他们感到沉痛。陈智力和张秋明在摒弃了内心的伤痛后，决定暂时不再回家，他们不希望把城市的伤心带到家乡去，带到他们渴望的故乡生活中去。最终，他们选择了仍然留在城市生活。

于是，陈智力和张秋明离开这个他们打工三年多的城市，踏上了开往另外一个城市的长途汽车，在另一个城市的城乡接合部，又租下了一间小屋，重新开始追寻他们又一轮的城市生活。

修 房

一

　　李爱英被自己的梦弄醒后，看到刘林的一条腿沉沉地搭在自己身上，就用手推了一下，刘林咕噜了一句，腿却没有拿开。李爱英使劲对着刘林的腿打了一巴掌，刘林这才被打醒了。刘林问你为什么打我？李爱英说你的脚一直压在我身上，压得我连气都差点出不来了，不打你就会把我压死。

　　天已经见亮，太阳正一点一点地从东山顶上爬出来，光线穿过云层，照在刘林家的老屋上。老屋像一位慈祥的老人，毫无保留地让阳光穿过屋顶上那些瓦片的缝隙，洒在屋内的家什上。阳光也同时透过窗子的缝隙，洒在李爱英和刘林躺着的这张大床上。刘林要从床上爬起来，被李爱英抱住了，李爱英叫刘林再陪她睡一会，说在自己的家中才睡这么踏实，如果现在不抓紧时间多睡，过几天一回去进厂上班就没有时间多睡了。尽管刘林也想多睡一会，但他还是没有躺下来，他把李爱英的手从身上拿开，像哄孩子一样哄着李爱英说："乖，你就多睡一会吧，我要去上厕所了。"

　　从厕所回来，刘林把脚伸进被子里，冰凉的脚一下子就紧贴到李爱英身上，李爱英被冰得尖叫起来："作死呀，刘林？我想好好睡一会你都不准。"刘林趁机在李爱英的屁股上轻轻拍了一巴掌,说外面的太阳这么好,你也别睡了,起来我们到镇土管所去一趟,打听打听修房要办哪些手续,这老屋如果再不拆,春雨来时怕就会垮掉,明年我们回家过年就只能住到别人家去了。李爱英说这老屋有什么好修的,垮掉就让它垮掉吧,再打两年工积点钱,然后在城里买一套房子,做点生意,到时候哪个还会到这种穷不拉几的乡下来待。刘林说你说得倒好听,你看村子里的这么多人,哪个开始不都是你这种想法,可是外面的房价一天天都在疯长,到头来有哪个敢在外边买房子住,还不都是乖乖拿钱回家来修新房子。李爱英说房价不可能涨得没有尽头,总会有跌下去的一天,房价跌下来我们就去买。我就要做城里人,只有离开这块土地日子才会活得更滋润。听了李爱英的话,刘林有点不高兴。从回家过年到现在,他一直都在和李爱英谈论修房子的事,李爱英就是一点都不松口。李爱英一直反对用打工得来的钱修房子,李爱英的理由只有一个:就是不想在村子里待一辈子。

　　刘林说昨晚我们不是说好了吗,今天我们一起到镇上去了解情况,然后再做决定。李爱英好像没有听见,翻了一个身用背对着刘林,然后闭上了眼睛。刘林用手把李爱英的身体硬翻过来,大声叫喊李爱英的名字。李爱英又把身体又翻了过去,说她累了,还想睡一会。听她这么一说,刘林感觉到自己的瞌睡也上来了,但是他没有像李爱英一样又躺回到床上去,而是用手揉了揉自己的眼睛,说:"李爱英,你不就是想睡吗,你只要答应把钱拿出来修房子,我就让你睡,随便你睡到什么时候我保证都不会把你吵醒。"李爱英扬手推了一下刘林,把刘林的身体连同他的声音一起推离了自己的耳边。刘林知道李爱英是不会同他一起到镇上去了,刘林说:"你不去也可以,但我还是要对你说,老屋我肯定要拆,房子我肯定也要修,现在我就到镇上去办手续,你不同意我也要办。"说完,刘林从床上跳到了地上,刚把一只脚套进床面前的鞋子里,李爱英也一下子从床上坐了起来,速度之快把刘林都吓了一大跳。李爱英说:"刘林,我告诉你,不是我不同意你修房子,而是我觉得在这里修房子没有什么意义,我们现在白白把钱扔在这个地方太不值得。"刘林说:"怎么没有意义?

这里是我的老家，我的根在这里，我在这里修房子就是等有一天我们老了，在外边做不动了，我们还得回这里来住，还得回这里来养老。"刘林本来想说还得回这里来死，还得埋到这里的土地中。但是当话要出口时他立即就改了口，他认为在这大正月间的，说死啊什么的都很不吉利。李爱英虽然不愿意把钱拿出来修房子，但她也不想在正月间为修房子的事同丈夫撕破脸，闹得不愉快。李爱英说："我们为什么要出去打工，是因为这里太穷，太穷了我们才走出去。在这里一年到头都赚不了几个钱，在外边随便做什么事情都比这里强。在外边能赚钱，为什么不可以把家安到外边去，我们为什么还要回到这里来，难道你还想让我们的女我们的儿也像我们的老祖宗一样窝在这里，一辈接一辈地穷下去吗？听我的话，房子我们不修了，挣够了钱就到城里买一套房子，把家安到城里去，我们做不成城里人，但我们要让我们的子女做城里人，让他们不要再回到这里来受苦。"刘林说："你不要光想到我们自己，还要为我们爹妈想一想，我们走了他们怎么办？爹妈是不会跟着我们到城里去的。"李爱英说："你不是还有两个姐吗，爹妈可以跟她们住，我们可以每个月给他们出生活费。"

见刘林在床前发呆，李爱英说："我就问你一句话，修房子是你的主意还是爹妈的主意？"刘林说是他的主意。李爱英说："我就劝你趁早打消这个念头。你也不想想，过完正月十五我们还要出去打工，到时候工地摆在这里哪个来帮我们管理？如果在家管工地不去打工，我们的钱从哪里来？现在打工的人这么多，工作又那么不好找，你不按时归厂，厂里就会重新去招人，到时人满后你又到哪里去找工作？"刘林说："你说了大半天，就是嫌我的老家这里穷，嫌我的爹妈……"刘林的话还没有说完，李爱英就大吼起来："你放屁，嫌你的爹妈我还会跟你从江西跑到这里来？你的老家穷不穷你自己清楚，但是我也没有叫你把家安到我家那边去，我只是叫你把家安到城里去，虽然是城里，但也还是在你的家乡……"说着，说着，李爱英的眼泪就下来了。刘林最见不得的就是妻子的眼泪，说流就流了，而且一流就流个没完没了，如果没有人劝哄，她的眼泪可以流几个小时，甚至可以流一天。

刘林往自己的脸上打了一巴掌，这一巴掌打得很响，听起来就像谁用竹板子在桌子上拍了一下，打完后刘林就去扳李爱英的身子，说你看我的这张嘴又在胡说八道了，我已经狠狠地教训了它一顿，你不要哭了好不好，你转过身来看看，嘴都被我打歪了。李爱英的肩膀还在一耸一耸地抽着，刘林的手挨到她的身上时，她狠狠地摔了一下，没有把刘林的手摔开，脸上的泪流得更欢了。李爱英边耸着肩膀边说："刘林你不是人，我跟着你吃苦受累，又跟着你大老远地跑到这个地方来，想不到你还对我说这样的话。我嫁给你连我的父母都不想认我了，你还那样说我……"

李爱英还在那里抽泣，刘林一只脚放在床前面的鞋里，一只脚放在床上的被子里。从屋顶斜射下来的阳光一晃一晃地从床上移到墙壁上，然后又从墙壁移到床上。刘林用手抠了一下鼻子，张了张嘴，终于打出了几个惬意的喷嚏，然后把床上的那只脚移出来一并套到床前的鞋子里。刘林一边往外走一边说："我怕你了行不行，房子我也不修了，明天我们就出去打工。"

刘林看到母亲在灶门口烧火，就问我爹呢？母亲说他一大早就出去，估计又去找你三大伯看日子去了，看哪一天日子好，趁着你们都在家，把这老屋拔了好下基脚。刘林说手续都还没办呢，就慌成这样。母亲说只要看好了日子就动工，边动工边办手续，寨上哪一家起房子都是这样办的。

刘林刚拉开大门就看见了父亲刘成国，拢着手缩着脖子走在窄窄的田埂上，阳光从前面斜斜地向他晃过去，他人在前面一耸一耸地走着，影子却像一个轱辘样紧紧地贴在身后慢慢地向大门边移过来。看到刘林站在门边，刘成国把拢着的一双手从袖口里拉出来，互相搓了搓，说你三大伯不在家，昨晚就被人接到大井去了，等他来了我再叫他帮算，你们今天抓紧到镇上去把手续办了，日子一算好我们就动工。

刘林向厕所走去，一边走一边含含糊糊地对父亲刘成国说："先看看吧。"然后，也不管父亲听没听到就一头钻进了厕所。

二

　　镇政府所在地距离村子近十里路，李爱英本来不想和刘林去，但起床后她就改变了主意。她想现在拦不住刘林，到镇上去也要想方设法拦住刘林。跟刘林到镇上去，利用同刘林走在一起的这段时间好好地劝一劝，让刘林打消修房的主意。李爱英和刘林的争论从出家门就一直持续不断，从田坝争论到上坡，他们之间都没有达成一个统一的观点。见说不动刘林，李爱英就赌气说："刘林，如果你一定要修房子，今天出去后我就不回来了，让你一个人在这里修，让你一个人在这里住。"李爱英的话一说完，刘林就不说话了。他赌气大步大步地向前走去，李爱英在他身后走得气喘吁吁都很难赶得上他的步伐。走过田坝，路就越来越难走，从田坝上坡后，一路上除了李爱英和刘林的喘气声外，没有一点多余的声音。太阳照在枯萎的茅草和叶子碧绿的马尾松上，反射出细碎的光芒，这种光芒虽然没有能够带来应有的热气，却让人全身变得奇痒难忍。李爱英感到自己的衣服里就像藏着许多虫子，全身感到很难受。她说："刘林，你走慢一点，我走不动了。"刘林停了下来，说歇一会吧。李爱英走了上来，坐到刘林身边的一颗石头上。李爱英说："我已经怀孩子了，你不能惹我生气，我一生气就会给我们的孩子带来影响。"刘林说："我不想惹你生气，可你却让我惹你生气了。"

　　在石头上坐了一会，感觉到刚才喘不匀的气，又慢慢回到了自己的身上。李爱英长长地喘了一口气，说这鬼地方，连个车都进不来，再这样走下去她就要累死了。刘林不说话，而是静静地坐在那里，眼睛紧盯着他前面不远的一棵小树，小树的树枝上已经冒出了一个又一个小小的叶苞，看上去就像一朵朵含苞的小花，正在酝酿和寻找绽放的最佳时机。同村很多一道回家过年的人都陆续踏上了打工路，这几天，天天有人来约刘林跟他们一道走，说有车子直接到镇上来接，用不着再往县城去挤车。年迈的父母亲对刘林说你们要走也可以，但必须先给我们把房子的事落实好,这个几百年的老房子说不定哪天就会倒下来,到时候把我们压死都不会有人知道。刘林知道老屋的破损并不是像父母亲说的那样严重,虽然老屋已经有三百多年历史,但每一根木柱、每一块木方都还是那样的结实,再有个三四十年都不会倒下来。只是父母亲看到别人家都已经盖起了楼房,自家的房子还是从前老祖宗留下的老屋,就想在有生之年也叫刘林把房子修起来。

　　李爱英不说话,而是把身体往刘林的身上靠过来,刘林本能地往一边倾让。李爱英用手抓住刘林,不让他动。李爱英说:"我们不要争了好不好,应该好好想想,想想今后的日子,我们好不容易才挣那么几个钱,如果都用来在这山洼洼里修房子,然后再回到山洼洼里来居住,来生儿育女,我们那么多辛苦的付出还有什么意义吗?"刘林仍旧定定地坐着,眼睛紧盯着一个地方不说话。李爱英说:"我知道你是孝子,我也不反对你当孝子,但是我们不可能因为尽孝就毁了我们的前程吧。在城里买房子,把父母接过来跟我们一起住,我们也一样可以孝敬他们。"刘林说:"你说的这些我都知道,我也想到城里去生活,去过城里人过的日子。但你想过没有,城里的房价一天天在涨,现在买一套房子动不动就是几十万、上百万,就凭我们两个只会给人家打工,只会出力气干活,挣那么一点辛苦钱,要奔到什么时候才能积下那么多钱?"这回轮到李爱英不说话了,李爱英拉着刘林的手,把头靠在他的肩膀上。刘林用手推了推李爱英,说:"我们走吧。"

　　刘林和李爱英继续往前走,他们一边走一边都在想着各自的心事。刘林想房子动工后钱肯定不够,到时还得去找别人借,但是又向谁去借呢?寨子里有钱的人不多,即使有两个钱也都是辛辛苦苦打工得来的,钱来得不容易,就更不会轻易借出来。一想到钱,刘林就感到有点后悔,他后悔不该答应父母修房子,应该像李爱英说的一样,再去打两年工,多挣一两个钱,到那时再修房子也不迟。李爱英想今天还没有到正月初八,镇里那些工作人员肯定都还没上班,找不到人办手续,刘林的房子就修不成。李爱英还想,晚上回家要好好再劝刘林一次,让他放弃修房子的想法,然后抓紧时间动身去打工。刘林和李爱英都这么想了一次又一次，他们的脚步明显地就慢了下来。李爱英是实在走不动了，她没想到今天的太阳会这么热，会这么毫不留情地用夏天才有的光线来灼人。刘林慢下来是因为他要等李爱英，他也不催李爱英快走了，他想到了李爱英刚才说她怀孩子的事，他停下来问李爱英是不是真的。李爱英喘了一口气说是真的。刘林说那你为什么不早告诉我？李爱英说她也是这几天才感觉出来的。刘林看着李爱英气喘吁吁的样子，然后又看着那些高高的大山，那些如血管一样在山腰间曲曲弯弯的山路。他知道李爱英的家乡没有这些山路，她走不惯这些山路。但李爱英从决定嫁给刘林的那一天起，就义无反顾地陪着他来走这些山路了。李爱英和刘林第一次回家，在走这些山路时脚就被打起了血泡，那次刘林心疼得不行。回城后，刘林就不想让李爱英再陪同他来走这些山路。每次过春节，准备回家的他都会对李爱英说："要不你就不去了，我去看看后马上回来。"每次李爱英都一定要同他回来看望父母，这一点让刘林很感动。看着李爱英在太阳下那种难受的样子，刘林的心痛了一下。

　　刘林停下来等李爱英，说我背你走一段吧。李爱英不让刘林背，李爱英一边说我能走，一边喘着气想绕过刘林往前走。刘林突然蹲下来，一把抱住李爱英放到自己的背上，李爱英尖叫起来，边叫边挣扎，说："刘林你放我下来，我能走。"刘林的双手紧紧把李爱英抱在背上，一会李爱英不叫了，也不乱动了，并且还用双手抱住了刘林的脖子。刘林说："这样就对了，你以为我是背你呀，我是背我们共同的孩子。"刘林背着李爱英往前走，他们谁也不说话。走了好长一段路，刘林感到有湿湿的东西流到了自己的后颈窝里。他回头一看，看到李爱英的眼泪正在一滴一滴地往下流。他把李爱英从背上放下来，问她怎么了？李爱英把头埋进刘林的胸膛，忍不住哭出了声音。她边哭边说，刘林："我同意你修房子，但是再等等，等我们多挣一点钱，等我们把孩子生下来，等这里的公路能通车我们不再走山路了好吗？到时候把我们的孩子放到我老家那边去读书，那边的条件好，让他（她）奔个好前程，我就来这里陪你，一起孝敬父母好不好？"

　　刘林努力把李爱英的头和脸从怀里拉出来，替她擦去脸上的泪花，说："你不要哭了，让我想想，让我好好想想好吗？"刘林一只手抱着李爱英，腾出另一只手为她擦泪水，眼睛却不敢看她，而是看远处的大山，看那些弯曲的山路，看山路边那些树林和树林之外一颗颗狰狞奇形怪状的大石头。然后叹了一口气，说你不要哭了，你一哭我就没办法去想了。

有人从对面山上走下来，刘林对李爱英说有人来了。李爱英急忙从刘林的怀里钻出来，理了理头发，又拉了拉刚才弄皱的衣服。不一会儿，来人就走到了他们的身边，来的是一个中年人和一个青年人。见到刘林和李爱英，中年人问刘林是不是要出去打工，如果去打工可以坐他们的车去，他们的车就停在镇上，车费要比县城车站里卖出的便宜许多。刘林说去镇上玩，不是去打工。来人掏出一张名片递给刘林，说如果去打工就和他联系，可以不用花时间去买票挤车，他有好多辆车，随时都可以把他们送走，而且票价还比较便宜合算。说完这些话后，中年人分了一支烟给刘林，并热情地掏出打火机要给刘林点上。刘林推说不会，谢绝了他的热情。中年人也不勉强，拿出一根烟递给同他一起来的年轻人，点上后吐了一口烟。然后对刘林说："兄弟你们慢慢走，我们还要到前面去接人。"说完和年轻人绕过他们，向他们来时的山道走去。直到告别，同中年人一道的年轻人始终都没有说一句话。看到他们都走远了，刘林才对李爱英说："这些人真会做生意。"李爱英说："现在的生意也越来越不好做了，你看他们，为了多拉些人去坐车，还要走路到这些山旮旯里来叫人。"

李爱英对刘林说我们走吧。刘林问李爱英还能不能走得动，李爱英说能走得动，刘林说那你走前面。他们一边说话一边往前走，刘林告诉李爱英说他刚才想了，觉得她的话还是很有道理的，现在拆老屋建新房是早了点，钱太紧张。但如果不修房又没办法对父母交代，觉得很为难。李爱英说："其实我们应该在家想好了再出门，昨晚要不是你和我赌气，我就帮你想好了。昨天你还和我犟，你也不想想，就那几个钱，用来修了房子，我们这几年的辛苦就白干了。"刘林没有接李爱英的话，他知道只要他一接上口，李爱英又得和他争论起来。刘林说："要不我们回去吧，不去镇上了。"李爱英说都快要到了，还是去一趟吧，到镇里走一趟，爹妈问起来我们也有话说。再说我们还可以去看一看那些拉人去打工的车什么时候出发，我们也好做准备，我也想到镇上去买些小零用。

三

刘林和李爱英看到弯河镇唯一一条街的街口停着两辆大客车，车牌上写着"弯河至广东、深圳"字样，车是卧铺车。走到车边，刘林和李爱英都同时闻到了车上卧铺散发出来的酸臭味，那股味道他们太熟悉了，回家来过春节，他们就是坐的这种车。第一次坐这种车，李爱英有股想要呕吐的感觉，可是随着一路上的颠簸，想呕吐的感觉就被随之而来的疲倦代替了。这种车虽然难坐，票价也高，但很多在外打工的人都愿意坐，大家认为坐这种车有安全感，不用担心半路上被偷、被抢。外出打工的人，回家时每人的身上都多多少少揣着几个钱，这个时候大家希望的就是平安把辛辛苦苦挣来的钱带到家，贴补家用，孝敬老人，送孩子上学读书。一些人就专门瞄着这个时候在半路上偷抢打工者的钱，有些人不但被抢了钱，还被抢钱者打伤或砍伤，有的甚至还丢了命。李爱英记得第一次随刘林从深圳回来，车票价是三百四十元，但上车时，车老板又站在门边每人多收了六十元，交钱时李爱英问刘林为什么要每人多给六十元，刘林说这六十元是保护费，老板收了保护费后就会保证大家平安，在路上才不会被偷被抢。车从深圳出来后的第一个黑夜，他们所乘坐的车就遇到了抢劫，一辆面包车堵在刘林他们乘坐的车前，车停下来后一些人就来敲车门，大喊着让驾驶员把车门打开。大家看到跟老板一起来的四个年轻人各自的手里都拿着一把亮晃晃的长刀，有三个守在车门边，一个守在驾驶员旁边，老板还不知从哪里找来一些刀和棍棒，分给了车上的男人，对大家说不要怕，他带来的人都有功夫，对付这些人不成问题。做完这一切后老板叫驾驶员把车上的灯打开，老板走到驾驶室旁边，隔着玻璃对那些人说，大家都不容易，我愿意出一点钱请大家吃顿饭，请高抬贵手让我们过去。那些人说什么也不同意，老板就叫大家把家伙都亮出来，叫那些人往车里看，然后说你们如果要硬搞，我就开门让你们上来，至于下不下得去我就不敢说了。僵持了五六分钟后，站在车门边的一个人说少啰唆，把宵夜钱拿来，你们走，下次再碰到就没有这么好说话了。有了那次经历后，李爱英就坚决不准刘林再带现金回家。

刘林和李爱英刚走到街口，一个女人就热情地跑过来问他们是不是去广东，说他们的一辆车人已经快齐了，下午就走，要他们去上那一辆车，刘林说我们今天不走。刘林和李爱英从车子边走过时，女人还热情地紧跟着他们，边走边说，我家这车又舒适又安全，车费也不贵，不信你去打听打听，所有跑广（东）车当中，只有我家车费收二百二，好多家都是二百五，车站发的还要收三百二。

刘林和李爱英看到车上还没有多少人，有几个熟悉的人把头从窗子里伸出来，与刘林他们打招呼，并问他们今年还去不去，哪天去，是去原来的厂还是另外换一个厂？刘林模糊地回答后就带着李爱英向镇政府走去。一路上走来时，刘林就已经想好了，今年不修房子了，还要去打工，去挣钱。本来他想带李爱英到镇上转转，让李爱英买点东西后就回家，可不知不觉地他们就转到了镇政府。在去镇政府的路上刘林碰到了一个熟人，那个熟人带着他老婆来镇计生办开准生证，他说他老婆已经怀孕三个月了，要赶快开得证明好出去打工，没有这个玩意就不准生小孩，生了要被罚款。刘林想到李爱英也怀小孩了，也要办这个手续，于是就带着李爱英跟着这个熟人来到了计生办。

才正月初四，镇里就有人上班了，这有点出乎李爱英的预料。得知办准生证还要结婚证明，刘林他们没有把结婚证带来，只好从计生办走了出来，在路过土管所时刘林对李爱英说我们进去看看吧，李爱英说你不是说不想修房子吗，还去看干什么？刘林说我们只是去看看，又不是去办手续。

刘林和李爱英走进土管所，值班室里有三个人在看电视，其中一人问他们找哪一个，刘林说想来问问建房的手续怎么办，那个人对他们说还没有上班，要到初八才上班，叫他们到初八再来。刘林说我看到前面计生办的人都上班了，还以为这里也上班了呢。一个年纪大一点的人说，计生办特殊，他们这几天上班主要是为外出打工的人服务，让外出打工的人办个证明什么的找得到他们，我们这个部门没有为打工者服务的项目，我们要到收假后才上班。说话的这个人问刘林今年是不是要修房子，刘林说有这种想法，那个人就问刘林是新修还是拔掉老屋来修，刘林说是想拔掉老屋来修。那个人就问刘林是哪一个村的，刘林说是纳料的，那人就问纳料刘成国家有一幢三百多年的老屋还在不在？刘林说那就是我家老屋，刘成国是我父亲。那人说刘成国家我去过几次怎么没有见到你？刘林说我初中、高中一直在县城上学，读完高中后考不起学校就外出打工了，很少在家。那人哦了一声，说你家老屋是历史文物，已经被列为县文物保护单位，春节前文都发下来了，等过完节后就到你家去挂牌，刚才你说要拆旧是不是拆的就是这幢老屋，刘林说是。那人就说不行，那老屋不但不能拆，还要做好保护工作。回去跟你家老爹讲，想修房子我们重新给你家划地方，老屋不准拆。今天先跟你打个招呼，到时候房子拆了就找你负责。最后那人问刘林叫什么名字，刘林说出名字后那人就说刘林，你们一家都有责任把这个老屋保护好。

从土管所出来，李爱英说刘林，想不到你家那旧房子还是文物。刘林说这事我好像也听爹妈念叨过，以前省里有人来看过房子，说我们家房子是我们这一片毛南族居住地仅存的一幢老屋，要做好保护工作。当时陪同去的县里人说要拨款来做保护工作，结果他们回去后就没有人再来过问，爹妈以为他们当时只是说说而已，根本就没把这件事放在心上。李爱英说既然是文物，政府肯定就要拨钱来维修，修房子就不是我们考虑的事了。如果爹妈他们要住新房子，还可以从政府那里拿一笔钱，重新找一块地盖新房子，我们就可以安安心心地外出打工了。

谈到未来的生活，因为有这个让人意外的结果做铺垫，两人都很兴奋。他们不用再为修房子的事去争论，去想钱的问题了。一出镇政府办公区，李爱英还哼起了歌。刘林说好久都没听到你唱歌了，我以为你不会唱了呢？李爱英用手去打刘林，说刘林你笑话我。刘林边躲边说，哪个敢笑话你，说真的，你唱歌真好听，我最喜欢听你唱歌了。李爱英抓住刘林的手，把整个身体全部吊挂在刘林的半边肩膀上，吹气如兰地在刘林的耳边说："如果你再说，以后我就叫你的儿子不理你。"李爱英提到儿子，刘林说别闹了，我们赶快去买东西，买好东西后我们就回家，明天我们带结婚证来办准生手续。

回去的路上，李爱英说我觉得你们寨子应该修的还是这条路，都什么时候了，你们这里的公路还是一条烂路，连车子都跑不了。刘林说以前是可以跑车的，后来因为没有钱维护，就变成了这种样子。组长曾经也叫大家集资来维护，但大家都不愿意，就只好放弃。这些年听说政府也想出钱来维护，但路太烂了，光维护已经不起作用，要重修才行。重修政府又没有那么多钱，加上大家忙着出去打工挣钱，也没有劳力，路也就修不起来。刘林告诉李爱英，他听说他们寨子已经被规划为旅游风景区，有一条高等级路要修进来，好像就是今年的事情。李爱英说如果这里是风景区，以后有高等级路进来，这么多人就不必辛苦出去打工了，在家门口都可以赚到钱。最后李爱英说恐怕到时候我们都老了，刘林说不会的，估计这几年就可以实现。

四

刘成国抱着一支长烟杆坐在门边，老屋的大门正对着对面山上下来的那一条公路，如果有人从山上来，在门边都会看得清清楚楚。刘成国正在抽烟，烟雾像一团蛛网，一直缠绕在他的身边久久不见散去，刘成国自言自语地说，是不是要下雨了？刘成国看见刘林和李爱英从山上走下来，这次是李爱英走前面，刘林跟在后面，李爱英的脚步看上去一脚高一脚低，一点都不像山里人走路的样子。老伴提着猪食从身边走过时，刘成国说，娃他们回来了。见老伴继续提着猪食去喂猪，刘成国又补充说，快去准备饭菜，他们肯定饿了。

刘林和李爱英从山上下到田坝，直到拐上那条通往自家门前的田埂小路，才看到父亲刘成国。刘成国从他自己制造的烟雾里站出来，站在门边，身体紧紧地贴着门框，身上的衣服跟门框的颜色一样都是黑色的，在烟雾弥漫的世界中，他和门框已经融为了一体，如果天色再暗一点，刘林就会怀疑自己的眼光，会认为那站在门边的物体只是一棵同老屋一样有着久远历史的木柱。刘林和李爱英走到门边时，刘成国没有放弃他制造的烟雾，他继续一口一口地吞吐着，直到刘林和李爱英来到身边，他才把烟杆嘴从口里吐出来，说回来了。刘林说回来了，李爱英也说回来了，然后他们就站着等刘成国说的下文，但刘成国没有再说下文，而是继续抽他的烟，连着抽了几口后才说我已叫你们妈去弄饭，你们先进屋歇一会，饭好了你们妈会过来叫你们。

等到吃饭的时候，刘成国才问刘林事办得如何，刘林说还没有办，镇上还没有人上班。刘林把在土管所遇到人但是还没有上班的事告诉刘成国，刘成国说刘林他们遇到的那个人是土管所的所长林安良，就是他负责给大家办修房手续。刘成国问刘林既然林安良在为什么不给办，刘林说他说要到初八才能办，初八才上班。刘林没有把自己不想修房的想法告诉父母亲，他只说土管所的人说了，老屋是文物，是受到保护的对象，不能拆。听到这话后刘成国很生气，刘成国说他们说是文物就是文物了？叫我们不要拆他们又不来管，他们年年都叫不要拆不要拆，还要叫我们维修，他们哪一年出过钱，维修要花钱，钱从哪里出，我要有钱，早就把它拆了。

刘成国的老屋被人说成是文物，是从五年前开始的，那时林安良还不是土管所长，儿子刘林也还在县城上高中。那天村子里来了一帮人，是来搞什么旅游资源调查的，刚刚从山上下来后就下起了雨，大家都跑到刘成国的屋子里来避雨。那些人进屋时，刘成国和老伴正忙着把家里能盛水的东西翻出来接屋顶漏下来的雨水，其中有几个人也过来帮忙，一直忙到雨停都没有把漏雨的地方接好，有很多地方还是被从屋顶漏下来的雨水打湿了。雨停后，刘成国一边烧火给大家取暖一边自嘲地说这屋太老了，想维修一直都找不到钱。由于下雨，刘成国的火老是燃不起来，反而还把整个家弄得到处烟雾弥漫，大家就一边咳嗽一边从家里走出去，其中还有些人四处走着看刘成国的房子，看了房子后有人问刘成国这房子有多少年了，刘成国说起码有三百多年了，到他这一代已经传了七代人。刘成国说早该修新房了，因为没有钱，才一直住老祖宗留下来的房子。问话的人就对刘成国说，房子是十分罕见的毛南族古代干栏式建筑，很有保护价值和研究价值，他走了这么多村寨才发现这一幢，只可惜因为没有得到很好的保护，很多地方的木质已经开始腐烂，再不做好保护和维修工作，以后这种建筑恐怕在毛南族村寨里就看不到了。说这话的人大家都称他为张老师，是从省里来的，很有文化的一个人。

那些人当天就在刘成国家吃饭，吃好饭后，在刘成国家住了下来，当晚上他们都没有上床去睡，而是在刘成国家的火坑边坐了一夜，刘成国家火坑里的火也燃了一夜，刘成国也陪着那些人坐了一夜。第二天临走时，张老师给了刘成国六百元钱，叫刘成国去维修房子，不要让雨把房屋淋坏了。张老师还对刘成国说，房子是祖宗馈赠给我们后代的文化遗产，是民族文化发展的见证，我们不但要继承还要好好保护才对。有了这六百元钱，刘成国立即去买瓦请人，把屋顶重新翻盖了一遍，从那以后老屋才再没有漏过雨。

刘林高中毕业去打工的那一年，寨子里很多人家都在盖新房子，刘成国那个时候也积了一点钱，也想把老屋拆了翻新。去办手续时，刚刚从县里来当土管所长的林安良对刘成国说："你家的老屋是文物，是县里拟列为保护单位的民族古建筑，不能拆，要拆也得县文物局批准，我没有权给你办手续。"刘成国说老屋已经很陈旧，再不修就快要变成危房了。林安良说陈旧才是文物，新的就不是文物了。林安良还告诉刘成国，他来的时候县里有关部门已经跟他打了招呼，叫他一定要做好古建筑的保护工作。林安良说他已经跟有关部门提出了申请，申请要钱来对老屋进行维修，到时候还要另修房子给刘成国家住，不能让他们一家再在文物里面居住而影响文物保护工作的开展。

如今一年过去了，两年过去了，三年过去了……还没见上面拨款来维修，后来两个女儿先后出嫁，刘成国的钱也用得差不多了，再没有钱来维修老屋，更没有钱来起新屋，老屋和文物的关系和他刘成国就没有任何牵连了。刘成国说房子都烂成这样了，他们还说要保护，要保护他们为什么不拿钱来保护呢？我们不起念头修房子他们就不说什么，我们一说修房子他们就说是文物。刘林明天你还去跑一趟，去对他们说这个文物我们不保护了，他们要保护他们拿去，只要他们给我们修新房子就行了。要不然就让他们给我们办手续，让我们把老房子拆了盖新屋。

刘林正在喝一碗汤，他正在想如果父母执意要修房子的话，自己应该用什么法子才能说服他们。当他听到刘成国说把老房子拆了盖新屋的时候，他被汤呛了一下，连着咳嗽了好几声，李爱英说你不会慢点啊。刘林瞪了李爱英一眼，然后对刘成国说，他们说私自拆毁文物是要犯法的，这种事最好不要做，我们应该多想想办法，让他们拿出钱来，或者帮我们修房子。听着刘林和刘成国说话，李爱英也想说话，她想帮刘林说话，一起劝刘成国打消修房子的念头，可是话却不知道该从什么地方说起，她好几次张嘴却都找不到开口的机会，也不知道怎样说才合适。刘林把话说完看了李爱英一眼，这一眼就像征询李爱英的意见，李爱英来不及多想就说道，明天我们还去镇里。刘林连忙说，我们去办手续，爱英怀孩子了。

五

第二天刘林和李爱英要到镇上去。刘成国和老伴都不同意让李爱英和刘林去，他们说李爱英怀孕了就得好好休息，让刘林一个人去办就行了。刘林说办手续得两个人去，两个人去计生办才给办，听刘林这样一说刘成国和老伴也就没有什么可说的了。刘林和李爱英走下田埂上的小路时，刘成国的老伴还在后面喊："小林，慢点走，到镇上后记得去买东西吃，不要可惜钱。"刘成国在老伴的背后说："行了，行了，别在这里鸡啦鬼叫的了，难道孩子们连这点都不懂，去做你的事情。"刘成国说着也向田埂上的小路走去，走了两步又回过头来说："捉一只大公鸡来关住，晚上把它杀了等孩子们回来，我再去把三大伯喊来，我们好好合计修房的事。"

刘林和李爱英走了一个半小时，他们走进镇计生办大门的时候，两个人的身上都冒着热汗，李爱英一边用纸不停地擦着脸上的汗一边问刘林要不要纸，刘林说不要。李爱英说这鬼天气，才入春就这么热，要是再过一段时间，不知要热成什么样子？计生办有两个女的在上班，她们问刘林和李爱英是不是来办证的，刘林和李爱英说是，然后她们又问李爱英怀了没有，怀了多长时间？当听到李爱英说怀了一个多月时，她们说按规定不按计划怀孕要罚款，李爱英就和她们争论起来。李爱英说没听说过按计划怀孕的这种说法，怀孕是自己的事，难道自己怀不怀孕还要听别人安排？哪里有这种道理？那两个人说她们是在执行计划生育政策，计划生育政策就是这种道理。李爱英还想争，刘林拉住了她。刘林问什么是按计划怀孕？那两个人说计划怀孕就是你们俩在结婚后，到当地的计划生育部门去申报，说清楚你们什么时候想怀孕，什么时候想生小孩，经过计生办核准后办理一切相关手续，领取生育指标，然后才能怀孕，怀上孕后才来办准生证明。刘林说这么复杂呀！那两个人说就是要这么复杂，不复杂就没办法控制人口的出生率。如果大家都那么简单，你乱生他也乱生，那还不生乱套，都是这样，计划生育工作还怎么开展得下去。李爱英在旁边嘟哝说从来没听说过这种事。两人中那个年龄稍长的女人说，这是计划生育政策的规定，你听没听说都一样存在。看到那两个人已经表现出不耐烦的情绪，刘林又一次拉住了李爱英，不许她再说话。刘林问罚款要罚多少？两人说五百。刘林说要罚这么多呀？年轻一点的女人说，你还嫌多啊，跟你说，这还是春节期间，是为了给外出务工人员提供方便才罚这么少，要是正常的上班时间，像你们这种情况，至少要罚两千。刘林和李爱英为罚款的数量和那两个人讨价还价，最后那两人同意减免他们两百元罚款。缴了罚款后他们拿到了一张计划生育办公室的收款收据，那两个人说如果要正式发票，就不能减免。办证时，他们又缴去了两百元的工本费和手续费，这次他们同样得到的也是一张收款收据，也没有正式发票。那两个人对刘林他们解释说现在没发票，如果要发票，过完正月十五后拿收据来换，那时她们的出纳就来上班了。

从计生办出来，李爱英心疼得不行，她说办一个证就要收这么多钱，这些人真黑。刘林说有什么办法呢，权在人家手里，我们只能把头伸出去让人家宰割。李爱英说在我们老家那边决不会要这么多钱。李爱英突然像想起什么似的说，哎呀刘林，其实我们两个也可以到我老家那边去办准生证，我的户口还没有迁出来，在那边同样可以办得到，在那边就不会出这么多冤枉钱了。刘林说刚才你怎么不说，现在说起来有什么用。李爱英说我也是刚想起来的。刘林说算了不说了，这点钱就当是拿给她们做压岁钱。李爱英说你说得倒轻巧，五百元压岁钱，我们给你那几个外甥的都没有这么多。五百元得要我在厂里做近半个月才赚到。刘林说那你说怎么办，难道去从她们的手里抢回来。李爱英没有说话，手却不停地用纸在脑门上擦着，脑门上都被她擦出了几道红印。过了一会李爱英说刘林，我们去找馆子炒菜吃饭吧。

刘林和李爱英走上大街去找饭馆，刚出镇政府大门不远，他们碰到了土管所所长林安良，林安良叫住了他们。林安良说刘林，我还正愁找不到人通知你家呢，你们来了正好，昨天你们走后县文物局就来了一个电话，说是利用春节这段时间你们都在家，他们要来给你家老屋挂牌。刘林问挂什么牌？林安良说县级文物保护单位的牌子，挂了牌后你家的老屋就是文物了，到时候国家就会出钱来帮你们维修，如果你们愿意，还会在外边给你们盖新房子，让你们搬出来住。林安良说回去叫你爹妈好好准备准备，说不定明天他们就会给你们家送钱来了。刘林问来多少人，我们才好有准备？林安良说我也不知道，估计应该有桌把人，也不用做什么准备，杀两只鸡，做一锅菜豆腐，到时候人来多菜还不够的话，再下一两刀腊肉就行了。林安良对刘林说，你家不是想修房子吗？招待好一点，让他们高兴高兴，说不定就马上出钱帮你们把新房子修了。

吃完中午饭后刘成国就把鸡杀了，本来他是要杀那只大公鸡，但老伴不同意，老伴说怀孕的人是不能吃公鸡肉的，然后他就杀了一只正在下蛋的母鸡。他在收拾鸡的时候老伴对他说，我到对门坡去拉把柴，顺便看他们回来没有。刘成国说我还不晓得你的心？从昨晚知道儿媳妇有喜以来你就没有一刻安宁过。柴你就不要拉了，你干脆到对门坡顶上去看看，他们也该回来了。老伴走了两步又转回来对刘成国说，也不知道怀的是儿还是女？刘成国说你操那么多心干什么？是儿是女我们两个都做不了主。老伴说现在计划生育抓得很紧，如果第一个就生个儿以后就放心多了。刘成国不耐烦地说，要去看你就快点去，不去看就去找事情做，不要在这里啰啰唆唆地念个没完没了。老伴一边走一边说，生儿我就帮他们带，生的是个女，就让她送到江西那边给她家妈带。

老伴走后，刘成国也把鸡身上的毛收拾干净了。他从椅子上站起来，顺便伸了一个懒腰，然后下意识地朝对门的公路上望去，除了老伴的身影，他什么也看不见。对面山上的那条公路，一直都是斑斑驳驳的，看上去就像是一条盘在山腰上正在蜕皮的半死不活的蛇。对这条路，刘成国的印象太深了，前些年寨上人勉强把这条路挖出能够连接上那边山脚下的公路，本来稍做平整，再铺上沙就可以跑车了。但这节骨眼上修路的钱就用完了，没有钱再做进一步的修整和铺沙，他们去找镇领导，领导说帮他们想办法，但想了好久也没想出办法来。等他们再一次去时领导干脆说叫他们自己先克服，不要一遇到困难就来找上级。没有修整铺沙，这条路就成了烂路，虽然有了公路的形状，但却跑不了车。此后，寨上的年轻人都忙于出去挣钱，老人们在家也忙于照管孩子和种地，修整和铺沙的事就搁置下来，再也没有人提起过。

刘成国一直希望那条路能赶快修整好，把沙铺起来，然后自己置一驾马车，从家门口赶着马车就可以直接去赶集了。刚修路那阵，刘成国就把马买回来了，那是一匹上好的儿马，买来时一岁口都不到，当时刘成国认为喂个一年后路就可以修好，那时就可以驾车了。想不到这一喂就喂了四年，路一直没有修好，直到去年春节前，有了拆屋修房的打算，刘成国才把马给卖了，卖马的时候，刘成国都还有点舍不得。

把鸡收拾好后，刘成国抱着长烟杆来到了大门边，这时太阳已经往山的那边走去了一大截，然后就有一大片阴影从山的那边向田坝延伸过来，并慢慢地往老屋的大门边移动。刘成国的目光越过阴影，看见老伴和儿子刘林、儿媳李爱英的身影从阴影里慢慢地向有阳光的地方走了过来。于是他找了一把椅子，来到门边有太阳的地方，坐下后就美美地吐出了含在口里的烟雾。

六

刘成国从床上爬起来的时候，天还没有完全明亮。刘成国伸头看了看窗外，看到了一片朦朦胧胧的白雾，他知道自己该起床了。昨天儿子刘林带回来的消息让他们一家人琢磨了好久，虽然儿子和儿媳去办证花去了五百元钱，但是儿子带回来的消息却还是让全家人激动。挂了牌，老屋就成文物了。儿媳李爱英还说，文物是国家保护的东西，既然老屋成了文物就干脆交给国家，然后从国家那里要一笔钱，重新修一幢新房子。全家人都对李爱英的这个建议高兴起来，刘成国的老伴说要修新房子起码要叫国家帮补五万元，刘林说五万元太少，至少要十万。刘成国说既然是国家看得起我们，要给钱给我们修房子，我们也不能狮子大开口，差不多就行了，要多了良心上也过不去。最后李爱英说还是爹说得有道理，狮子大开口国家也不会给很多钱，我们要按房子的估价，在估价上多要一点就行了。

老伴已经起来磨豆腐了，刘林和李爱英还没有起床，老伴起床时也想叫刘林起床，刘成国说年轻人，就让他们多睡一会。刘成国问老伴鸡笼关好了没有，老伴说关了，要杀的那两只大公鸡单独关在一个笼子里。刘成国来帮老伴磨豆腐，他负责推磨，老伴负责往磨眼里放泡好的黄豆。随着他们默契的配合，晨曦里就传来了两扇石磨摩擦发出的和谐悦耳的歌声。

刘林和李爱英起床时，父亲刘成国和母亲已经把豆腐都磨好了，母亲正在用水清洗石磨，父亲则又抱着他的长烟杆站在门边抽烟。见刘林从家里出来，刘成国问刘林，土管所林所长他们是不是确定来吃中午饭，刘林回答说林所长交代了的，要过来吃中午饭。刘成国哦了一声，然后说等一会你和爱英把屋子收拾一下，不要让客人来了看到我们家乱七八糟的，连一个下脚的地方都没有。

房屋收拾好时，豆腐也做好了，刘成国和刘林把两只鸡也杀了。昨天杀的那只母鸡刘林说留到今天，然后就可以少杀一只鸡，但父亲刘成国和母亲都不同意，他们说既然杀都杀好了，就拿来吃，明天再重新杀两只。帮助父亲刘成国一道收拾好两只鸡后，刘林就来到门口的田坎边，站到一颗大石头上伸着脖子往对面山梁上张望。雾早已经散去了，太阳从背后山上爬出来，爬过了高高的山顶。李爱英来到刘林身边，问他看到什么没有？刘林说没有。李爱英说都快十一点钟了他们都还不到，是不是不来了？刘林从石头上下来，说那些人都是坐机关的，走路肯定慢，即使车子开到那边山脚的公路边，从那里走来起码也要花一个半小时。

刘成国在灶边烧腊肉，做好豆腐的老伴把关着的鸡从笼子里放出来。一直受到禁锢的鸡们获得自由后，就开始到处乱飞乱窜，老伴一边用米把鸡们引向门口，一边骂那些不听话的鸡。看到鸡们都到门口的地上去啄食撒到地上的米粒后，老伴对刘成国说，那两只公鸡如果留到清明节，每只起码都能卖到七十元钱。刘成国把烧好的腊肉丢到大锅的热水中，水里立即发出了"哧哧"的抗议声。刘成国对老伴说，没事情做你就来帮我刮肉。那两只鸡算哪样，他们给我们把钱送过来，明年我们就可以住上新房子了。

李爱英在和刘林说房子的事，李爱英问刘林如果国家给钱了，你是不是要在家修房子？刘林反过来问李爱英："你说呢？"李爱英说："要我说的话我们还得出去打工。你想想，即使国家真的给了十万元钱，也只够在这里修两间房子，房子修好后就什么也没有了。将来我们回不回来这里住都很难说，所以我们还得出去找我们的钱。"刘林说这话从昨晚到现在你都已经说过好多次了，我们即使要出去打工也要帮父母把修房子的料备齐才能出去。李爱英说那还要等多长时间？刘林说："你放心，只要钱一到手我就去办，快的话过完十五我们就可以上路了。"

刘林和李爱英回到家，看到家里静悄悄的没有一点声音，他们走进灶房时看到刘成国坐在灶门口烧火，那些明亮的火苗在灶里分成两部分燃烧着，一部分静静地烤着锅底，一部分从灶门口的上方伸出来，红红地映在刘成国的脸膛上。看到刘林和李爱英走进来，刘成国说饭菜都准备好了，人一到就可以开吃。刘林说已经快到十二点钟，按理说他们也快来了。刚才因为灶房里的烟雾太大，刘林没有看见母亲，听到说话后母亲从烟雾里走出来，一边用衣服胡乱地在手上擦着一边说，碗筷可能不够，我再去上房你二爹家借几个来。

　　锅上煮着的鸡肉散发出了浓浓的香味，刘成国往灶里加了一把柴，对刘林说你来这里看火，我出去透透气，顺便抽口烟，火不要太大，细火慢慢地炖十分钟就行了。李爱英早已经从灶房来到了堂屋边，见刘成国出来，她叫了一声爹，刘成国说也不知道那些人到什么时候才来，挨不住饿你就先吃，你是有身子的人，比不得我们。刘成国的话让李爱英的脸红了起来，怕刘成国看见，她连忙把脸别向一边说不饿，再等一会。

　　刘成国来到门边，还没有点上烟，就看到对面山腰上有一些稀稀拉拉的人在走动。刘成国立即用手搭在眼眉上，眯缝起眼睛使劲地往山腰上看，好一会才看清那是些正在往山下走的人。那些人快要到山脚时，刘成国终于看清了。他数了数，一共是十四个人，这十四个人中有男有女，不光有大人还有三个半大的孩子。他们的穿着都很光鲜，绝不像农村来走亲戚的人。而且他们每人手里都拄着一根木棍，这一定是那些走不惯山路的人，只有这些人在走山路时才爱拄着木棍。看这些人走路的样子，稀稀拉拉不说，脚步还迈得跟跟跄跄，男人中有好几个人敞开着衣服，还时不时地用衣服往脸上做出煽风的样子，女人虽然没有敞开衣服，却高一脚低一脚地走得很狼狈。待那些人走到田坝，刘成国看到了土管所的林安良所长，他立即转身进屋，对刘林和李爱英说他们来了，一共十四个。放下烟杆后他又问，你们妈呢？人都快进家了借几个碗到现在都还没有借到。

　　刘林说我到门口去接他们。刘成国说我们两个去，爱英你把椅子都搬到堂屋来，堂屋干净点，先叫他们在堂屋坐。你们妈来家后叫她再升一个炉灶，分做两桌来吃。说完后刘成国就跟在刘林的身后走了出去。刘成国刚到门边就看到了借碗归来的老伴，他说你还不快点，客人都快进家了。去要点木炭来，再把一个炉灶的火升起来。

刘林和刘成国刚走下田坎，林安良就笑呵呵地迎了上来，他对着刘成国父子做了一个拜年的姿势，说了两句拜年的吉利话后，说你们过年都过出新气象来了，虽然还没有到上班的时间，但是党和政府就一直想着我们老百姓。政府为了让你们过年更有喜气，这不就给你家们送宝来了。说完林安良就站到一边，指着他身后的人一一向刘成国父子介绍，介绍到那三个小孩时，他就说这个是某某领导家的公子，那个是某某领导家的千金，现在正在某某地上学，今天是跟着下乡来体验生活的。林安良每介绍一个，刘成国就上去和这个人握手，刘林就在一旁给被介绍过的人分烟，就连那几个孩子，刘成国都和他们握了手。握完手分好烟后，刘成国父子就在前面带路把他们往家中领去。

七

挂牌仪式搞得很隆重，超出了刘成国一家的想象。挂牌时上边来的人还放了一挂五千响的鞭炮，炸响的鞭炮引来了一大群看热闹的人，一些看热闹的孩子立即融进烟雾中，争抢那些没有炸响的鞭炮。刘林从屋子里找来钉子和手锤，刘成国搬来一条高凳，刘林站了上去，把钉子敲在大门的上方，然后从林安良的手里接过牌子，挂到了门框上，牌子上缀着的红布和红布中间那朵大红花看上去特别喜气。

挂牌时，来的领导还发表了讲话，特别是镇政府马镇长的讲话不光让刘成国一家人激动，还让整个纳料的人激动。马镇长说做好民族文化的保护工作，也是建设社会主义新农村的一项重要工作。特别是纳料这个地方，地处省级风景名胜区内，下一步将是我们镇开发和建设的重点。马镇长还说镇政府下一步准备加大投资力度，将纳料打造成民族风情浓郁的毛南族村寨。他说县政府已经将纳料通公路列为今年的十件实事之一，过完年一上班工程队就要来修公路，不是修简单的公路，而是修那种能并排跑几部车子的高级公路。马镇长在讲话中还要求在外打工的年轻人回来，回来参与家乡的建设。山村的群众一般都不习惯于拍巴掌，但是在马镇长昂扬激动地讲完话后，人们还是很热烈地拍起了巴掌。

鸡肉吃光了，豆腐吃光了，就连蒸的两大钵腊肉也吃光了。刘成国以为单位上来的人吃不惯肥肉，开始还不好意思把腊肉端上桌，看看菜不够了才叫老伴端上来，腊肉上来不到十分钟，两个钵子都见了底。这些人都吃饱喝足后，刘成国才发现老伴和儿媳李爱英都没有吃饭，他对老伴说，去炒几个鸡蛋，你和爱英先去把饭吃了，这些等刘林来收拾。

那些人都走光后，全家人才发现一个现实，那些人只给老屋送来一块牌，并没有按他们的想象给老屋送钱来。刘成国埋怨刘林在给马镇长他们敬酒时为什么不提钱的事，刘林说这能怪我吗？我去给他们敬酒，他们一定要我陪喝，这么多人都叫我陪喝酒，我哪能记得那么多。刘成国说还没有吃饭时他虽然给马镇长提过修房子的事，但马镇长说现在正在搞新农村建设，像纳料这种地处景区内的寨子，修房子必须要得到风景管理处的批准，而且还必须统一规划。刘成国说那个时候他还不好意思向马镇长提钱。

目的没有达到，一家人的心情就郁闷了许多。刘成国抱着他的烟杆，闷着头坐在大门边一口一口地吐着辛辣的叶子烟，老伴一边给鸡们喂米，一边一声声地呼唤着，把那些分散在野外的鸡一只只地唤回家。刘林和李爱英回到他们的房间，关上门后李爱英嘟哝说天生穷人的命，还死要面子。刘林说你说哪样，李爱英说我说你，还有你那个爹，这不好说那不好说，白赔进去一顿饭，到头来要钱的话一个字都没提。刘林自知理亏，不敢再去接李爱英的话。但是李爱英并没有停下来，他说刘林你冤枉出门这么多年，就算你爹要面子不提，你也总该说一两句吧，你不提人家知道你想哪样？未必你不争取人家也会把钱送到你手里来？刘林说虽然没有得钱，但是我送他们走的时候，土管所的林所长说我们可以写个申请给县文物局，要钱来对老屋进行维修。

刘林坐在老屋的大门边往远处看，看到远处有几只小燕子在上下翻飞。李爱英从家走出来问他在看哪样，刘林说燕子。李爱英说燕子出来了，春天也开始了。李爱英站在刘林的旁边，也去看那些小燕子，她的眼睛痴痴迷迷的，好像前方除了小燕子外还有什么好东西在吸引着她的目光。刘林叫了一声李爱英，李爱英的目光才从小燕子的身边收回来。刘林对李爱英说："我也想走了，不想待在家了，前几天交上去的申请到现在都没有消息，也不知道这维修房子的钱能不能争取得到？"李爱英说："看到你这种样子我就心疼，你心里还是放心不下这个家，我知道你想把房子维修好再走。不用去等那个钱了，要等他们拨钱来维修还不知要等到猴年马月，与其这样牵牵挂挂的，还不如赶快把事情办好了再轻轻松松地走，明天我就到镇上去取钱，请人来维修房子。"刘林说钱不用去取，不修新房子爹妈是不会要我们钱的。我明天还想再跑一趟县城，再到文物局去问一问，如果实在拿不到钱也好死心，也好轻轻松松出去打工。

过了正月十五，寨里的年轻人都几乎走光了。马镇长来给刘成国家老屋挂牌时讲的那些话着实让纳料人兴奋了一阵子，但是马镇长说的上班后工程队就来挖路的话却没能兑现，于是很多人都怀疑马镇长也是像从前一样用话来哄他们，把他们圈在家，去做从前那种脸朝黄土背朝天的活。很多尝到了打工甜头的人都不干了，一过完正月十五后就陆续走上了打工路，有一些夫妇还把孩子都带走了。老人们都希望去打工的年轻人等种完庄稼再走，但他们的话却没有人听，有些年轻人还劝那些继续种地的老人，说那些田那些地就不要种了，他们会把打工得的钱寄回来，用钱去买米吃更划算。刘成国对盖新房子已经不再抱什么指望，他已经不再叫刘林和李爱英把去打工得的钱拿出来修房子，他认为凭马镇长在挂牌那天说的话，这个修房的手续肯定很难办，即使刘林和李爱英愿意把钱拿出来，愿意在家盖新房子，修房的手续也办不下来。

李爱英和母亲去坡上要猪草，家中只有刘成国和刘林时，刘成国对刘林说："带上你媳妇走吧，我知道你们的心早已经不在这个地方了。现在这个房子是修不成了，你们还是去打你们的工，叫你们在家干农活你们也做不成。你们妈还想把你们留在家，等你媳妇生了孩子再出去，我不同意，真要把你们留在家，你们的心也不会放在家里，特别是你媳妇，她本来就不是这里的人，能来这里住这么长时间，也真难为她了。我和你们妈两个老人住在老房子里你也不用担心，房子虽然很老，但柱子都很结实，抗个三年五年的不会有什么问题，修一修补一补还能遮风挡雨，照样可以住人。"说到这里，刘成国叹了一口气，我们家这么多年一直住老祖宗留下来的房子，好几辈都没修过新房了。"原本想这几年日子好过了，也修一修新房，让你们有个好的地方安身。以前我一直没有想到重新去找地基来修房子，只想把老屋拆了修，这样就会少花一笔钱，结果想了那么多年都没有想成。现在更不敢想了，国家又说老屋是什么文物，等于给老屋安了一道紧箍咒，想拆也不敢拆了。就是现在想重新去找地来修都不可能了，看来我们家要想修新房子，就只能看你这一辈了。你媳妇说得对，多挣点钱回来，以后要修个气派的，让祖宗的脸上也有光。"刘林避开了刘成国的话题，说我还得跑一趟县城，去问一问申请的事，看能不能早一点把维修款争取下来。刘成国说："你不要去问了，政府的事很难说，办事不像我们老百姓这样紧凑。到底有没有钱都还不清楚，即使有钱一时半刻的也不会马上拨下来。"刘林说那我明天就叫两个人来先把房上的瓦检修了，把漏雨的地方补一补，雨季来了才不会再漏雨。刘成国说检瓦的事我和你们妈都能做，每年都是我们自己检修，你还是早点走吧，去晚了不容易找到好工作。

晚上刘林对李爱英说，爹让我们走，他说叫我们早点出去。李爱英说你不是说要去问问申请的事吗？刘林说爹叫别去问了，问了也不一定得到钱。李爱英说那我们哪天走，刘林说后天吧，明天我们就收拾，后天我们就动身。李爱英说我们现在才去也不知道厂里还要不要我们？刘林说前几天在县城我给老板打了电话，老板说现在人手很紧，开春后回去的人很少，他叫我多带几个人过去，他还叫我们赶快回去，有几份合同的货要得很急。老板说他还是希望我们去他的厂做，我们只要能在正月底前赶回去就还进他的厂，他还要给我们加工资。李爱英说你不是想把房子维修好再走吗？刘林说爹说了，房子现在又不能做大的维修，到房顶上去检检瓦，补补漏雨的地方，他自己和妈就能做。李爱英说:"刘林,我还是那句话,有了钱后我们也不要来这里修房子,在城里买一套房子,把家安在城里面,再做点小生意,说什么都比住在这里强。"刘林说:"你不要嫌这里,现在虽然条件差,但作为旅游区,迟早要火起来的,有房子在这里,到时候我们还可以到这里来做生意。"李爱英说:"得了吧,我还不知道,旅游区是甲茶那边,这里算哪样,几座光秃秃的山,要树没树,要水没水,人家来这里看哪样?"刘林说看民族风情。李爱英笑了,笑够后说:"除了一幢老房子,你们还有什么民族风情,生活习惯、风俗习惯已经和汉族没什么两样了,谁还会把你们当少数民族看。就拿你来说吧,你说你是少数民族,却只会同我一样说汉语。我来这里这么长时间,都没见寨子上哪一个人说过你们民族的语言,爹妈这么大的年纪都不会说,就不用说年轻这一辈了。没有语言更没有什么特别的风俗,人家来了你们拿什么民族风情给人家看。"李爱英说就是像马镇长说的那样把这里打造成一个民族村,不管怎样去包装和打造,我看都是像在做假。

八

第二天早晨天还没亮,刘成国就把老伴弄醒了,他问老伴刘林他们是不是今天走?是今天走就要起床去帮他们收拾东西。在睡梦中被推醒的老伴说他们明天才走。昨晚老伴对刘成国说还是不想让刘林他们去打工,说他们在家媳妇生孩子也有个照应,自己才放心。刘成国说这么多年他们都是在外打工,心都全部放在外面了,你能留得住他们吗?老伴叹了一口气,说现在的人,不知道是怎么想的,都不愿意干农活了,土地一块块撂,田土一片片荒,也不觉得心疼。刘成国说这能怪他们吗,以前种地挣不到几个钱,除了缴给国家后自己就剩下不多了,现在种地虽然不向国家缴钱了,但还是种不出钱来,忙个一年到头,除种子、肥料、劳力等的花费,哪点还有钱赚。打工不光得票子,还可以见世面,哪个不愿去。要是再年轻十岁,我都不想在家种地，我也要去打工了。老伴说个个都这样想，粮食哪个来种，从哪里要米来吃？刘成国说你笨了不是，现在只要有钱，哪里还买不到米。

刘林和李爱英起床时，天已经大亮。刘成国正坐在大门边抽烟，看到刘林和李爱英从屋子里走出来后说热水在锅里，洗脸后煮面条吃，我和你们妈都吃过了。刘林说我不想吃，等一会做早饭吃就行了，李爱英也说不想吃。刘成国说刘林，今天我们去检瓦吧，昨晚我想好了，检瓦这种事还是男人来做，你们妈上房我不放心。现在趁你还没有走，你给我当帮手，早点做我们两个人今天一天就可以做完。明天你们走了我和你们妈也好上坡去干活，苞谷也该下种了。

刘林爬到房顶上，刘成国也爬到了房顶上，刘成国对刘林说你小心点踩，一只脚放上去踩稳后再放另一只脚，那些椽子虽然是前年才换的，但年年被雨淋，也不知道坏了没有。正在刘成国说话的时候突然传来了一阵炮声，轰隆轰隆连着响了好几下，震得房子都有了感觉。刘成国问是哪里放炮？响得这么厉害。刘林从屋顶上站起来，伸长脖子，拼命地往远处望，他越过对面山腰上的那些矮树，看到远处飘起了一股烟子。刘林兴奋地说爹，是不是那边开始修公路了，我看到有烟子从山那边飘上来。刘林的话还没有说完，就像印证他的话一样，轰隆隆，山那边又接连响了好几声。李爱英和母亲也从家走了出来，她们都手搭凉棚向山那边张望，可是她们什么也看不见。李爱英问刘林，是不是真的在修路了，刘林说肯定是在修路，要不也不会有这么多炮声。

刘成国坐在房顶上，他的裤子上沾满了房顶上的灰尘，天上的太阳把他的影子推到了房子的另一面。他聚精会神地一块瓦片一块瓦片地检查着，把瓦往上抽出来后他还仔细地用手扫去了沾在瓦片上的尘土，然后才又把瓦片盖到原来的地方去。刘成国问刘林工程队是不是用大机器来修路，刘林说肯定是。刘成国就兴奋地说，顶多半把年这路就会修通。刘成国说这次政府要动真格的了，看来今后的日子就会更有盼头。然后他又说可惜我已经把马卖了，要不然今后我也可以赶着马车去赶集了。刘林说高级路哪能准许您赶马车，路修通后我们就买汽车，到时候我去考一个驾照，开着车拉你和妈上镇里上县城，一个地方一个地方地看，等你们看够了再回家，那才叫威风。"

刘林和刘成国去检瓦后，李爱英就想找点事情做，她刚一动手，母亲就叫她去休息，说这些事情她一个人就可以做完，什么事都不让她插手，李爱英就回到了她和刘林住的房间。这时刘林正好检修到这一片屋顶上，一些灰尘从房上掉下来，穿过楼板的缝隙，恰好就落在了李爱英的手上。李爱英斜眯着眼睛从楼板缝隙往上看，看到了刘林。她想修路了这个老屋是不是也要重新维修呢？她想等维修老屋的时候刘林他们今天的劳动不是白费了吗？李爱英在看到刘林的时候也看到了从屋顶上漏进来的阳光，一束阳光正好跑过楼板的缝隙，打在她的脸上，她从家里跑出来，仰头看着刘林，然后说刘林你小心点，我看到你踩的地方椽子好像开裂了。

刘成国在屋顶的另一面检修，这时他听到有人在叫他，他从房上把头探出来，喊他的人是他这几天都在找而还没有找到的三大伯，三大伯背着一个包，估计刚从外面回来。三大伯来到老屋前刘成国就从房顶下到了地上，接过李爱英递过来的茶，三大伯猛喝了好几口然后才放下茶杯。刘成国把装好烟的烟杆递到三大伯的手中，点上火后，三大伯说："我从那边来，看到他们修路了，都是大铲车在挖，我在那里只看一小会儿就看到他们已经挖了好大一截，我看要不了半年把，这路就会挖通我们家门口了。"吐了两口烟后，三大伯说你还不知道吧，甲茶要修电站了，这条路就是为修电站挖的，电站修起来后我们这里都得搬家，听他们说水要淹到我们这里。刘成国说甲茶不是风景区吗？为什么还要到甲茶修电站？上次马镇长说不光要把甲茶打造成一流的景点，还要把我们这里打造成一流的民族村寨，怎么现在又改了？不光甲茶这么美的地方要修电站，连我们这里都要放水淹？三大伯说我也不是很清楚，我只是听别人说，镇上都在传在甲茶修电站已经是板上钉钉的事，我们这里可能要搞什么移民搬迁，说过不久工作队就要来做工作了。你不是想修房子吗？我劝你不要动这个念头了，不要说新的，就是这老屋恐怕都保不住。

送走三大伯，刘成国转回屋时看到了钉在门框上的那块牌子，

"毛南族古民居"那几个字是烫金的，老远就能看得见，太阳晃在上边时还会闪闪发亮，而县级文物保护单位和县政府的落款却相对要比那几个字小得多，虽然也烫金，但在太阳下却很少看见那些字发光。牌子上挂着的红布和那朵用红布缀成的花看上去还簇新的，没有沾上灰尘。刘成国站在那里看了好大一会，从花到字，从字到牌，然后又从牌到字，从字到花，他边看边想，难道这个牌子刚挂上去就要取下来了吗？

惊慌失措

一

女儿刘晶早熟,十二岁不到的孩子,说话做事常常让刘国民和妻子目瞪口呆。学校组织填表,刘晶在家长职务一栏给刘国民填了个"作家",而不是宣传部"副部长",刘国民问女儿为什么要这么填。刘晶说部长前面带个"副"字,一看就没有什么地位,还不如填"作家"好,作家虽然也没有地位,但至少还能唬住人。

女儿刘晶和妻子,在这个家就像两只好斗的小母鸡,常常为一些小事在刘国民面前争吵,每次争吵,都是刘晶说她妈对她管得太严,让她受不了。刘晶说她已经长大了,父母应该给她一个独立自由的生活空间。刘晶更反感刘国民和妻子每天接送她上下学,常常有意无意地在上下学的时间里避开他们的视线。

随着女儿刘晶一天天长大,叛逆的思想也越来越严重,反抗家长管教的意识也越来越强。开始只是和她母亲争吵,后来发展到刘国民说话也敢于顶撞了。女儿的成长让刘国民和妻子越来越担忧。

刘国民所生活的这个城市,轻易不会下大雪,今年突然就降了一场大雪。那是百年不遇的一场大雪。上午的天空变得阴沉沉的,云层厚重地堆积在头顶上,压得人几乎喘不过气来。大清早天空就开始飘起零零散散的雪花。中午天空放了一会儿晴，虽然也飘散着零零碎碎的几朵雪花，但是没有等落到地上就悄悄融化了。到下午两点钟左右，雪却越下越大，转眼间整个大地就披上了一层洁白的盛装。雪还在飘飘扬扬地下着，地上的积雪已经超过四十公分，街两边的行道树，有的因不堪厚重积雪的挤压，不断发出断裂的呻吟声。

这是一场罕见的大雪，沉闷的机关生活因雪花的突然而至，变得鲜活亮丽起来，耐不住寂寞的年轻人，早已抛开机关的制度走进雪花中，在雪地里堆雪人、打雪仗、拍照留念。稍稳重一点的中年人，虽没有走出机关大门，但也都挤站在窗户边，凭窗观望。机关的办公秩序，完全被这场突然而至的大雪给搅乱了。

大白天办公室里也开着灯，推开办公室门，被积雪反光刺激的眼睛好久才适应下来。没有人注意到刘国民的迟到，领导也不知跑哪去了，偌大的办公室，只有老吴一个人坐在电烤炉边烤火。老吴聚精会神看着一张报纸，旁边桌上放着一个揭开盖子的茶杯，一丝茶香气从杯口飘出，整个屋子都弥漫出氤氲的馥郁气。刘国民问老吴为什么不去看雪。

老吴的目光仍然盯在报纸上，头也不抬地回答："没什么意思，像我们这种年纪的人，早就已经没有那种雅兴和冲动了。"

在办公室坐了几分钟，刘国民对老吴说他也想到雪景中去看看。拉开门时老吴才对刘国民说："领导叫你去河滨公园拍几张雪景资料片。"

河滨公园到处都是人，有的在忙着拍照，有的在堆雪人，有的在打雪仗。雪越下越大，地上的积雪也越来越厚，绿色的草坪不见了，冬天里盛开的花儿也被埋在厚厚的积雪中。正在用竹竿拍打积雪的公园管理员老张看见刘国民，立即走过来，叫刘国民帮他拍几张雪压坏树枝的照片，留做资料用。在引导刘国民拍片时，老张心疼地对刘国民念叨："树压断了，花草也全部被压烂了。最可惜的是那些冬天开放的花，昨天还开得好好的，一转眼就什么都不见了。"

老张一直跟在刘国民身后，一直在不停地念叨。他说在大自然的生命中，最美丽的就是这些刚开的花，而最容易夭折的也是这些刚开的花。老张一边对刘国民说话，一边不停地挥舞手中竹竿，去拍打压在树枝和花丛上的积雪。刘国民叫老张不要白费劲，刘国民说雪这么大，光靠一棵竹竿是解决不了问题的，让这些植物受一点挤压，或许来年它们会生长得更好。

刘国民和老张边说边走，边走边拍。突然一个雪球迎面向刘国民飞来，刘国民连忙将头一偏，并下意识地用双手将相机护住。雪球掉到刘国民的衣服上，飞散的雪花有一部分从刘国民的衣领上浸入脖子中。这一场大雪使这个平时很冷清的公园，一下子变得空前热闹起来。刘国民和老张的前面不远处，一群十七八岁的少男少女，在雪中大呼小叫地追逐玩耍。刘国民东张西望寻找向他砸雪球的人，一个上身穿一件红羽绒服的女孩，见刘国民注视他们，立即大声喊道：

"嗨，背相机的，给我们照几张相！"

刘国民知道她叫的一定是自己，但仍假装不理会。见刘国民无动于衷，那女孩又对刘国民喊起来：

"喂，背相机的，你聋了是不是？过来帮我们照几张相，我们付钱给你！"

刘国民因为受到突如其来的袭击，心中本就有点不高兴，再加上小女孩说话没有礼貌，就懒得理她。刘国民刚想转身走开，小女孩又接连对刘国民叫出了几声"嗨"和"喂"，这种命令式的说话口气，一下子就吊起了刘国民的胃口，让刘国民生出了想逗弄这小女孩的冲动。刘国民走到小女孩面前，用一种不怀好意的目光打量她，假装很认真地说：

"喂，我说小朋友，你就不能说话客气一点吗？叫我一声叔叔也行吧。"

小女孩用一种挑战的目光盯着刘国民，突然用一种揶揄的口气说：

"呦，我说哥们，看你也不过三十来岁，怎么就这么一副老气横秋的样子。叫叔叔，你也不上街打听打听，除了自家亲人，现在谁还会管你这种假装成熟的男人叫叔叔。"

本来是想逗弄逗弄这小女孩，结果只一个回合，刘国民就彻底败下阵了。碰到这样的小女孩，刘国民知道任何道理都没办法和她讲。现代女孩子的成熟、前卫、叛逆以及身上的知识修养，与她们成长的年龄都格格不入。特别是正处于朦胧青春期的十六七岁的小女孩，其大胆的行为和开放的思想，让刘国民这些自认为思想已经很开放的人都无法面对。刘国民避开尴尬的话题，问小女孩应该怎么给她们拍照？小女孩反问刘国民：

"你问我？又不是我拿相机。你想怎么拍就怎么拍，越自然点越好，拍好了我们就付钱给你，拍不好就说明你的手艺不过关，你就休想从我们这里拿到钱。"

交谈中刘国民得知女孩的名字叫贞琳。刘国民给贞琳和贞琳的那帮朋友照相，花去了半个多小时，照完后刘国民破例没有向她收取手续费，而是告诉她："过几天你自己到市中心广场边的蓝天相馆去取相片。"但贞琳却不买刘国民的账，她对刘国民说：

"别以为不收钱就能够讨我欢心，告诉你，我最不喜欢你这种老气横秋的男人，表面一副正人君子像，其实内心特色。钱我可是付了的，不要那是你的事，反正我不欠你的，以后你也不要打我什么主意。"

贞琳连"再见"都不和刘国民说一声，就随着一阵笑声飘向了远处。刘国民呆呆站在原处，看着贞琳和她朋友们远去的背影，好久都回不过神来。

老张跟过来告诉刘国民，说那个女孩和她的那些朋友经常到公园里来，来的时候都是男男女女成双成对，名义上是到这来看书，实际上一走进公园，他们就躲到那些经常不大有人去的地方，不知道都在干些什么。

情绪不知怎么一下子就坏到了极点，刘国民不愿意再细听老张的唠叨，而是举着相机，对着飘飞的雪花，和那些被雪花压坏的草本植物，毫无选择地一阵猛拍。这个时候刘国民想到了自己的女儿，刘国民真害怕她长到十七八岁时，也会变成对什么都无所谓，什么都很叛逆，什么都敢说敢做的样子。

老张亦步亦趋地跟在刘国民身边，还在不停地唠叨他的花和草。

看得出，他很心疼那些被大雪压坏的花花草草。每到一处，他都会指着园中草坪积雪上零乱的脚印对刘国民说：

"这些人都太没素质了，你看那些脚踩的，花花草草不会说话，他们就到处糟蹋，一点也不心疼。唉，小花小草也是生命啊，生命要得到足够的珍惜和爱护，来年才会成长壮大，才会变得灿烂多彩。"

雪还在不停地下，地上的积雪已经厚达六十多公分。天空仍堆积着厚厚的云层，看样子，这场大雪一时半会还不会停下来。在这场难得的大雪中，刘国民看到了一些断裂的小树，树枝很难看地耷拉在积雪中，不知道还能不能够成活？

二

刘晶晚上放学回家，交给刘国民一个开家长会的通知，说是老师特意交代了，这次家长会一定要父亲去。

一定要父亲去！这个问题一直在困扰着刘国民和妻子，夜深人静刘晶睡下后，刘国民和妻子都还在思考这个问题。妻子担心地问刘国民："是不是我们的女儿在学校又惹出了什么麻烦？"

刘国民一直也在这么想。但在妻子面前，刘国民却不敢把这种想法说出来，刘国民怕说出来后妻子会更加担忧。妻子是那种什么都关心，而又什么都不放心的人。女儿刘晶还没有出生时，她一直都不放心刘国民，有了刘晶后，她把对刘国民的关心全部转嫁到女儿身上。女儿的生活起居、学习成绩好坏等，样样都是她亲自过问，反倒让刘国民趁机落得清闲。

"女儿不会有什么问题的，也许老师一直没见我去开过家长会，才一定要叫我去吧？"刘国民尽量用轻松幽默的语气和妻子说话，话一出口，连自己都感觉到苍白无力，跟没说差不多，说出来反而让内心七上八下，生出一种莫名的恐慌感。

妻子就像嘱咐小孩一样，交代刘国民开家长会应注意的事项，一定要认真听老师介绍孩子在学校的表现，要记好孩子在班上的成绩名次。老师讲什么都不能反驳，散会后还要去向老师请教教孩子的方法，这样老师就会认为我们很谦虚，以后就会多关心我们的孩子，等等。妻子还说这是同老师交流感情一种最好的方式。

第二天下午一上班，刘国民就去向领导请假。听说刘国民请假是为了去给孩子开家长会，领导没说什么就同意了，临走出办公室，领导用一种同情的语气对刘国民说：

"小刘，你要多听老师的，孩子有错也只能好好教育，不能骂更不能打，现在这些独生子女太难教育了。我那儿子才上初二，早早地就在学校谈起了恋爱，我和爱人批评他几句，就离家出走住到同学家去了，害得我们从此后也不敢再对他提出批评。"

一听说刘国民去开家长会，办公室的人都对刘国民流露出一种同情和关心，他们你一句我一句，说得刘国民的心更加七上八下。走出办公室，内心仍处在一种不可名状的担忧中，搞得自己都弄不清楚是去参加家长会，还是去接受别人的批评。

刚出办公室，妻子就打来电话，问刘国民去开家长会没有？刘国民说在路上，她就对刘国民说：

"一定要记住我的话，见到老师要谦虚一点，样样都要听老师的，不要反驳和多嘴。千错万错都是我们孩子的错，不能怪老师，老师有不对的地方也只能忍，不能力争。"

从某种意义上说，刘国民是个不合格的父亲，因为妻子的大包大揽，让刘国民一直没有机会走进过女儿就读的学校，女儿班级的门朝哪边开，刘国民更是摸不着头脑。刚走到西湖小学大门边，就看到了女儿刘晶的身影。见到刘国民，刘晶立即跑过来，拉住刘国民的手气喘吁吁地说：

"爸，您怎么现在才来，我在这里都等好久了，我们老师叫您先到她办公室去一趟。"

没想到女儿的班主任会那么年轻，样子就像个稚气未脱的学生，似乎比女儿刘晶也大不了多少。交谈中她告诉刘国民她姓李，学中文的，刚大学毕业没多长时间。原来刘晶他们这个班，班主任并不是这位年轻的李老师，而是另外一位姓朱的老师，朱老师请产假，小李老师才接手这个班主任。

走进小李老师的办公室，刘国民的心仍处在忐忑不安的状态中。不知道老师为什么把自己请进办公室，更不知道老师将要告诉自己什么样的信息，是不是自己那宝贝女儿在学校真的惹事了，到底惹出一个什么样的祸……这些都让此刻的刘国民惶恐不安。在老师办公室，小李老师很自然地坐到了她的办公桌前，而刘国民却不知所措，则干脆像个听话的孩子，垂手站立在小李老师的面前。也许是看到刘国民窘迫的模样，小李老师连忙拉过一张椅子，叫刘国民坐下谈话。坐下后，趁小李老师在桌上翻找东西的空隙，刘国民得以腾出时间，把整个办公室仔细打量了一遍。办公室里有六张办公桌，每一张桌上，都堆放着一大堆学生作业本和许多参考书，办公室四周的墙上悬挂着各种各样的挂图。见刘国民四处打量，小李老师边给刘国民倒水边说：

"老师的办公室就是这样，乱七八糟的，想收拾都没办法，收拾好学生来交作业又会被弄乱。我们不实行坐班制，没有课的老师们大都选择回家办公，在家备课、改作业，还可以兼顾做家务。"

小李老师从她的办公桌上抽出刘晶的作文本，翻开后递到刘国民手上。在翻开的这一页里，刘国民看到女儿作文上的题目是《我的爸爸》，刘晶在她的作文中这样写道——

我的爸爸是个作家，他写了好多好多的东西，但是他却一次也没给我看过。爸爸从不过问我的学习，他不来学校接我，新学期不带我到学校来报名，一次也没来开过家长会。他一天到晚就是坐在电脑前写他的东西，我妈妈说他是冷血动物，不会关心人。但是我爸爸的诗写得特别好……

刘晶在她的作文中摘抄了刘国民以前写过的一首爱情诗。在作文的最后，刘晶写道：——

这首诗我敢肯定，爸爸不是写给妈妈的，也许爸爸根本就不喜欢妈妈……

刘国民真不敢相信，这会是十二岁的孩子写出来的作文。如果不是亲自看到女儿的作文本，不是看到女儿作文本稚嫩而又熟悉的字体，打死他也不会相信，一个十二岁的孩子，会生出这么一种老道，而很显得过分成熟的思想。

耐心把女儿的作文看完，刘国民手上拿着女儿的作文本，怔怔地坐在那里，脑子几乎变成了空白。要不是小李老师连着叫他好几声，刘国民几乎忘记自己是在老师办公室，是来听老师介绍女儿在校的学习情况的。

小李老师并没有说刘晶的不好，没有指出刘晶存在哪些缺点和不足，更没有告诉刘国民刘晶有没有在校惹出什么麻烦，只是同刘国民谈了许多叫刘国民多关心孩子之类的话。尽管如此，老师话里的意思刘国民还是听得很明白，就是叫刘国民多关心女儿的成长，但很多话刘国民却没有听进去。小李老师说话时，刘国民的大脑一直都在运动着，一直在回想着这样一个问题：女儿为什么会产生这样的思想，为什么会写出这样的作文？一个十二岁都还不满的孩子，好像什么都已经明白，什么都能够看懂看透一样。

去教室开家长会之前，小李老师说学校过几天要组织一次文艺晚会，校领导叫她写主持词，正不知道该怎么写，正好知道刘国民是作家，就想请刘国民帮这个忙。刘国民虽然是作家，但却不擅长诗歌，特别是写主持词之类的煽情文字，更让刘国民很反感，如果不是女儿的班主任，而是不相干的人相请，刘国民一定会毫不犹豫地推脱。

在教室，刘国民看到来的所有家长都是清一色男子汉。小李老师说她之所以请男家长们来，是想叫大家都来读一读孩子们写的作文——《我的爸爸》。

开完家长会，小李老师把刘国民留在最后，拿出她写的几篇论文交给刘国民，叫刘国民帮她润色润色，想办法推荐到报刊上去发表，让她下步能评上职称。

教室走廊上的路灯都已经亮了。冬天的白天特别短，七点钟不到，天就已经黑尽。因为走在最后，刘国民离开时，家长们已经全部走得不见踪影。刘晶孤零零一个人站在教室外面等刘国民，见他出来，立即前来拉住他的手，一直拉着刘国民往前走，直到走出学校大门，刘晶才紧张地问刘国民："爸，您为什么到现在才出来？老师是不是批评我了？"

刘国民用手摸了摸刘晶冻得通红的小脸，爱怜地对她说："没有批评，老师说我的女儿在学校表现很好，不光学习有进步，而且作文写得很好。"

刘国民的话让刘晶高兴得大声欢叫起来。

刘国民没有对刘晶说他看过她的作文，刘国民相信小李老师也不会对她说。离开小李老师办公室时，刘国民和小李老师达成协议，决不能把自己看过作文的事讲给女儿听，给孩子保留一份隐私，让她幼小的心灵没有负担。

刘国民和刘晶一路相伴到家，妻子已经做好饭菜在等他们。一进门，妻子就迫不及待地问刘国民开家长会的情况，会上老师都说了些什么，是不是批评女儿了？

刘国民看了女儿一眼，看到女儿也正急切地看着自己，一眼的幸福和满足流露在脸上。刘国民对妻子说："我们的女儿不但没受批评，还得到了老师的表扬，老师在家长会上说我们女儿学习有进步，特别是作文写得很好。"

妻子对刘国民的话虽然半信半疑，但她只是看了刘国民一眼，见刘国民不像是在对她撒谎，也没有再深问下去。

吃过晚饭，刘晶到房间做作业，收拾好碗筷，做完家务坐下来后，妻子又继续追问刘国民开家长会的事。刘国民决定不说出实情，继续对妻子把这个谎撒下去，仍然说老师表扬了他们的女儿。

妻子像是对刘国民说也像是自言自语地说："奇怪，以前我去开家长会，老师都是向我讲孩子的缺点，怎么这次你一去，老师就表扬孩子了？"

这一晚刘晶很乖巧，一直把自己关在房间里面做作业，做到近十一点钟才休息。这一晚妻子睡得也比较踏实。这一晚刘国民破天荒没有坐到电脑前去写作，而是早早就同妻子上床，拥着妻子演绎夫妻生活中的故事。刘国民紧紧将妻子拥在怀中，很想对她说，他曾给她写过一首情诗，那是他一生唯一的一首情诗，就收藏在他们谈恋爱时她送给他的笔记本上。但妻子从不读刘国民写的文字，她说她看不懂，也不想花时间去看，刘国民写给妻子的情诗就成了一种多余的摆设。

刘国民把小李老师的论文推荐给在某杂志当编辑的朋友。为帮小李老师改论文，刘国民花了很大精力，牺牲了三个晚上的宝贵时间。可以说除了姓名外，刘国民几乎对文章全部做了改动。文章发表后，刘国民特意给小李老师送去了两本样刊，顺便把刘晶的作文复印了一份带回办公室。刘国民想等女儿长大后，再把这份作文拿出来，然后鼓励她再重写一篇《我的爸爸》。

单位有个不成文的规定，上班不准利用办公室电脑做自己的事情，写作也是明令禁止的范围，刘国民为此曾被领导批评过好多次。单位实行坐班制，有事无事都得在办公室坐到下班，迟到早退都不行，不来上班更不行。上班后没事情可做，大家就翻看报纸，将一张报纸翻过来倒过去看，其实心思根本就不在报纸上，只是借此来慢慢打发上班枯燥无味的时间。除了层层派发下来的党报，办公室也没什么别的报纸可看，一条新闻，国家级党报登载了，地方级党报又重复转载，一成不变，了无新意。这样的报纸总是常常让人产生危机感，由此而引申出的恐慌，让刘国民总是对纸质上的文字产生怀疑，不知道这些以纸质文字形成的语言，发展到一定的程度，还会不会有人去阅读，还会不会有人用心去记住和领会？特别是像刘国民这样把爱好寄托在写作上的人，天天想天天写，乐此不疲，写出来的东西到底生出多少价值？会不会也遭到丢弃？刘国民不敢再细想下去了。刘国民把报纸一丢，烦躁地站起身，拉开门走到办公室阳台上，任凭冷风吹打在脸颊上。那一刻，刘国民突然间就感到了一种透骨的寒冷。

妻子打电话给刘国民，说要请女儿的老师们吃饭，老师们都已经答应了，叫刘国民下班后早点回家，给她当帮手。妻子就是这样，做什么事情从来都不和刘国民商量，自己做出决定后就着手了，也不管刘国民愿不愿意，高不高兴。妻子在电话中说这是经过女儿同意的，叫刘国民无论如何今晚一定要回家陪陪老师们。

上次去学校给女儿开过家长会后，刘国民发现这个家好像变了许多。妻子对刘国民说话客气多了，女儿好像也变得懂事多了，每天放学回家，吃完饭不用刘国民和她母亲催促，就自己走进房间去温习功课，早早把作业做完，快到休息时间才走出来看个十多分钟的电视。

女儿刘晶的变化大家都有目共睹，虽然妻子没有跟刘国民说什么，但看得出她的心情很愉快。一天女儿不在跟前时，妻子向刘国民宣布，今后她将不再去学校接送女儿，并把女儿的学习教育权交到刘国民手上，改由刘国民来负责女儿的学习生活。妻子出让女儿的教育权也深得女儿赞同，为此刘晶还高兴了许久。一天放学，刘晶回家后高兴地对刘国民说：

"爸，您太伟大了，我们老师说您写的主持词很棒，我们老师还想请您去学校跟我们讲课。我以后要多跟您学写作文，长大后我也当作家。"

三

经过一场大雪的洗礼，又到了一个生长故事的春天，春风一吹，山坡上、田野中的草本植物又鲜鲜活活地长了出来。冬天发生的那些故事仿佛就像一场梦，就成了过眼烟云。春天让人的心情变得更加敞亮，更加心潮澎湃。

刘晶放学回家后告诉刘国民和妻子，她当上了她们班的班长。女儿能当上班长刘国民和妻子也很高兴，这预示着女儿在学校又取得了很大的进步。但看着女儿因为当上班长，而表现出的一副得意和满足样，刘国民和妻子对视一眼，心中不免生出了一种担忧，而这种担忧刘国民和妻子却还不能说，更不能在女儿最高兴的时候，当着她的面说出来。

刘国民没有迎合刘晶的高兴，更没有在脸上表露出应有的愉悦，在女儿高兴过后故意轻描淡写地说："即使当上班长，也用不着这么忘形得意啊。"

这句话却让刘晶很不高兴，她用一种不屑的口气告诉刘国民"说得轻巧，你以为这个班长是那么好当上的吗？"

刘国民笑了起来，他原本是想用笑声来缓解刚才的话对女儿造成的不快。见刘国民发笑，刘晶更是不服气，她把书包使劲掼在沙发上，用一种很自豪的口气对刘国民和妻子说："告诉您们，我这个班长不是随随便便就当上的，我是靠竞争上来的。"

女儿告诉刘国民和妻子，她们班从上学期开始，所有的班干部都是通过竞争产生，上学期她由于准备不充分，只竞争到学习委员这个职位。从那时起，她就下定决心要竞选班长，做了大量的准备工作后，在新学期，她终于如愿以偿当上了班长。

刘国民问女儿是怎样做准备工作的。她兴奋地对刘国民和妻子说：

"我经常帮李老师做事情，取得李老师的信任，李老师就推荐我做了候选人。为了做到选举时同学们都投我的票，我又拿出一百五十元钱，给班上每一个同学都送了一份礼物，选举的时候大家就都选我了……"

刘晶还沉浸在那种成功的喜悦中。而刘国民和妻子则你看我我看你，心情一下子都变得沉重起来。妻子准备训斥女儿，被刘国民制止住了。刘国民耐着性子问女儿："你给同学们都送了些什么礼物？"

"有吃的有玩的也有用的，我是根据大家的不同爱好来买的礼物，得到礼物后大家都很高兴。"

刘国民又问女儿去哪里得钱来买礼物送人。

刘晶说都是春节期间她得的压岁钱。

"啪"，刘晶的话刚说完，忍无可忍的妻子就一巴掌拍在女儿脸上。

一瞬间的惊愕过后，刘晶立即大哭起来，她一边哭一边大声质问妈妈："你为什么打我？"

妻子还要动手，被刘国民拉住了。妻子气愤地对女儿说："你好好想想，我为什么打你？难道你做的那些事情还不该打吗？"

刘晶不服气地说："我做哪样事情了？你说，我有哪样错了？"

妈妈说："你做的事情你自己清楚，你还说你没有错？小小年纪不学好，就学会走歪门邪道。书不好好读，去搞什么竞选，还出钱去拉选票，你说这是不是错？"

刘晶用手擦去脸上的泪花，一边哽咽一边仍不服气地说："我没有错，你们不是常常对我说，要我加倍努力，做到样样都能够走在同学们的前面吗？我去竞选班长，还不是想给你们争脸，让你们高兴，这有什么错？"

妻子还想打女儿，伸出去的手被刘国民及时拉住了。刘国民把刘晶拉到身边，看到她还在伤心哽咽，刘国民用手为女儿抹去残存在眼角的泪花，心平气和地对她说："你去参加竞选没有错，但是这种竞选要体现公平、公正，而你用向老师献小殷勤，用金钱向同学们行贿，来取得当班长的资格就不对了。"

刘晶边哭边说："既然这种做法不对，你们大人为什么也这么做呢？"

刘晶的话把刘国民噎得不知道说什么好，刘国民努力压住心中的怒火，好久才问女儿："这些话是哪个对你说的？"

刘晶说："这种事情还用得着别人来说？大家心中都清楚。去年你为了当宣传部副部长，还不是从妈妈那里拿了五千元钱去送礼，你们以为我不知道。其实你们大人做的事我们都清楚，出钱拉选票当代表，拉选票当市长，这些事报纸、电视都经常在讲，还用得着别人说吗？"

刘晶的话让刘国民和妻子很震惊：一个十一二岁的孩子，居然说出这种世故的话来，就好像她已经经历和明白很多事一样。刘国民和妻子更加感到担忧。刘国民们想教育女儿，却找不出正确的词汇，只好东一句西一句地拿话训斥，直到把女儿训斥得不说话才罢休。

刘国民以《黔川日报》记者身份来到刘晶就读的西湖小学，以采访名义见到校长。校长是一个有着二十八年教龄的中年女教师，在她办公室，刘国民请她谈谈学校的发展变化。她同学校的教务主任、后勤主任一起，带刘国民在校园转了一圈，边走边谈从学校环境的变化入手向刘国民介绍了学校的发展和教育变化，并重点介绍了这几年学校所取得的成绩，所获得的各种奖励。

参观完校园回到办公室，刘国民问校长："我想了解学校的思想教育状况，校长您能不能给我重点介绍一下？"

校长说："我们学校的思想教育工作一直都做得比较好，得过省市的表彰。为了做好这项工作，我们在学校成立了思想教育工作领导小组，由分管学生教育的一名副校长亲自任组长，成员有教务主任、少先队大队辅导员、各班班主任。我们除了每周周五各班都要上一堂思想教育课外，每个月全校师生还要集中起来，请老革命老干部给学生进行传统思想教育。这项工作我们一直都抓得很好，市教育局还把我们的经验向全市做了推广。"

刘国民请校长重点谈谈当前学校教育中，学生思想方面普遍存在的问题。

校长说："这个问题不大好说，都是些七八岁到十二三岁的孩子，身上的缺点肯定有，但我认为这不是什么思想问题，顶多算不足。比如娇气呀、懒惰呀、自私呀，在孩子身上都普遍存在，但都会在教育中得到改正。因为孩子的认知还达不到一定高度，这些我们都认为不是什么思想问题，顶多算是一种普遍性的缺点。"

"听说现在学生中存在拉帮结派，甚至出钱贿选当班干部的现象，请问校长您怎么看待这个问题呢？"刘国民问。

校长说："你讲的这个情况，可能在别的学校存在，但在我们学校，这种事还没有发生过。以前也看过报纸上有过这方面的报道，我们学校也曾召开教师会进行过学习宣传。通过调查了解，发现我们学校没有存在这种现状。为了做到防患于未然，去年以来，我们就做了大量的防范工作，比如有针对性地对全校学生进行这方面的教育，经常督促各班班主任注意抓好这方面的工作。至少到目前为止吧，我还没有听说我们学校的哪一个班级，发生拉票贿选的事情。"

刘国民本来是想借此机会，同西湖学校的校长探讨一下学生贿选问题，听听她在这方面的见解和看法，然后，写一写这方面的文章，以旁观者的角度，呼吁社会对学校教育的关注。但刘国民却没有想到，校长居然对贿选的事一点都不知道，或者是知道了也装着不知道。刘国民原想通过这个话题，委婉地向女儿所在学校的领导，道出女儿贿选的事，来一个主动配合，争取把孩子的思想扭转过来。但对着这个一问三不知的校长，他在思想上做了好久的斗争，最终还是没有把女儿贿选当班长的事说出来。在最后那一刹那，刘国民突然间知道自己该怎么做了，至少在西湖小学没有发现这件事情之前，自己有义务为女儿保密，为孩子留一份尊严，以保住女儿在班上的地位不会受到动摇。也不想因为自己的造访而泄露贿选的事，让女儿在学校受到批评，让学校领导和老师对女儿有看法。

走出西湖小学，在屋外阳光的刺激下，刘国民突然觉得像他这些做家长的，在对待学校教育和孩子问题的时候，同样变得很虚伪，很无助。这不光是做家长的悲哀，也还是一种社会的悲哀。

四

秋天过后，刘晶又长了一岁。因为贿选事件而被刘国民和妻子训斥一顿后，刘晶开始变得不愿意同刘国民和妻子多说话。每天放学回到家，吃好饭放下碗，刘晶就把自己关到房间去做作业，每次去都是把门紧紧关上，说是不让刘国民和妻子影响她。为了缓解同女儿的关系，刘国民和妻子只要逮到机会，都要用巴结的语气去讨好女儿。但每当刘国民和妻子找话同刘晶说时，往往都会遭到她的拒绝，刘国民和妻子一说话她不是说在做作业，就是说在复习功课，很忙，叫刘国民和妻子不要烦她。每每这个时候，刘国民和妻子都会被弄得很尴尬，甚至变得束手无策。然而除了寻找机会与女儿交流，以求在语言上取得沟通，让女儿知道他们的苦心，换得她对他们做父母的理解之外，他们再也想不出更好的办法。

秋季开学不久，刘晶做出了一个重大决定，不准刘国民和妻子再接送她上下学。她说她长大了，刘国民和妻子应该给她留下独立的空间。刘国民和妻子并没有把刘晶的话放在心上，认为那是孩子不愿意接受父母监督和管教，而寻找出来的借口。说实在，对于一天天长大和越来越叛逆的女儿，刘国民和妻子的心都绷得很紧，不敢掉以轻心。开学的头几天，一有时间，刘国民和妻子就会守在学校门口，等着刘晶放学，接她一起回家。但刘国民和妻子的这种关爱不但得不到刘晶的认同，还遭到来自她的反感，每次不管是见到刘国民还是见到妈妈，刘晶一路都要同他们怄气，回家无论刘国民夫妻做什么，她都不搭理他们。为了不影响和女儿的关系，刘国民的妻子改变方法，把到学校门口去接女儿改为暗暗跟踪，刚暗跟几天就被刘晶发现了。这一次刘晶更是大发雷霆，回家不但同她妈妈大吵大闹，还好几天都不跟他们说话，吃饭也不跟他们同桌。为此，刘国民只好去找刘晶的班主任小李老师，对她说了女儿的情况，以求得她对他们的帮助。听刘国民介绍完这段时间刘晶在家的表现，小李老师对刘国民说：

"我不知道怎样说你们家长才好，你们管孩子也不能这种管法，把孩子管得太死，对她的成长没什么好处。做父母的应该相信自己的孩子，应该给孩子一个自由成长的空间，这样才便于他们的身心健康，也才便于他们的发展。"

小李老师的这番开导并没有让刘国民减轻负担。细想起来，道理很简单，但面对一个复杂而又多变的社会，做父母的谁不紧张呢？谁不想把孩子圈在自己看得见摸得着的空间，亲眼看着孩子长大成人呢？话说回来，现在这个社会，一对夫妻只有一个孩子，捧在手上呵护都来不及，谁敢放心大胆做到让孩子在一个尚不明白的自由空间，去自由呼吸空气，去自由成长发展。社会千变万化，诱惑无处不在，谁敢保证自己的孩子走出去后，就能够成长壮大。管孩子，为孩子付出，在每一个父母看来，都是天经地义的事。然而孩子的不理解，却又是父母最头疼的事，付出得不到回报，家长到底错在哪里？

小李老师一再嘱咐刘国民，回家一定要多和孩子交心，要做孩子的朋友，而不要只想着做她的管理者。刘国民虽然口里一直"喏喏"地答应着，直到走出女儿就读的西湖小学，都还理不清大脑里混乱的思绪。

路上，刘国民接到妻子的电话，妻子在电话中说有急事，叫刘国民赶快回家。

还没有到深秋，这天就变得阴沉沉的，阳光不知都躲哪儿去了。走出家门，迎面一股风吹过来，身上立即感到了浸骨的寒冷。今年的秋天，仿佛专门是为了冷风而来一样，庄稼刚收割结束就让风刮个不停。那些平常很高傲地挂在高空的阳光，仿佛也只是为那些成熟的庄稼而来，看到田里没有庄稼需要曝晒，就躲进了深深的云层后面。刘国民裹紧身上衣服，一头撞进风中，向住在市南门边的远房堂叔家走去。

刘国民是第一次参加这种白发人送黑发人的葬礼，按理说这种场面应该很悲壮，然而除了死者家人，来的人感觉好像都是在做戏，都不是在真心对死者进行哀悼。

死者是刘国民的一个远房堂弟，二十岁不到。刘国民跟妻子赶到时，死者的尸体已经被装到灵车上，死者的奶奶和母亲坐在一边的凳子上，声嘶力竭地哭号，声音哭得嘶哑了都还不肯停下来。刘国民的妻子和几个女人上前去劝解，却怎么也劝不住。死者的爷爷坐在一边一语不发，手上拿着一支烟，不停地把烟雾吸进嘴里，然后又不停地把烟雾从嘴里吐出来，抽完一支又接着点上一支，似乎没有停下来的意思，他的面前则散落了一地的烟头。死者的父亲，刘国民的那位远房堂叔把他拉到一边，委托刘国民代表家属把死者送到都匀去火化，他说家里的一摊子事还需要他来收拾。

死者死得很不光彩，尸体被人发现时，用来注射毒品的针头还插在手上。得知消息的远房堂叔找到刘国民，叫刘国民和他一起去收尸，他们在一个公共厕所里找到了死者的尸体。被他们请去的板车夫将死者用白布一裹，然后一只手轻轻一提，就像丢东西样把死者丢到板车上。拉着死者往回走的时候，饶舌的板车夫对刘国民和他堂叔说：

"这么年轻，起码有五年以上（吸毒）历史了。"

堂叔瞪了板车夫一眼，恶狠狠地说："好好拉你的车，不说话也没有哪个拿你当哑巴打整，不想要钱了是不是？"

刘国民和这个远房堂叔本没有什么血缘关系，但因为都是来自同一个地方，共同在这个陌生的城市讨生活，又有着共同的血脉，到这里后关系就自然而然亲近起来。死去的这个堂弟十三岁就沾上毒品，等到有瘾时才被家人发现。他多次走进戒毒所，从戒毒所出来后又多次复吸，如此反复直到被无望的堂叔赶出家门，到今天走上不归路。

刘国民是第一次踏进火葬场大门，汽车缓缓驶进那个被鲜花簇拥的门楼时，刘国民还以为走错了地方。汽车在一个小房子门前停下来，走下汽车，鼻子就立即闻到了一股肉被烧焦的糊臭味。刘国民一边用手捂住鼻子，一边去办火化手续，待刘国民办好手续出来，同来的几个人已经把死者搬进了火化厅。

火葬工问刘国民还要不要再对死者做最后告别，刘国民说不用了。于是火葬工把刘国民等一干人请离火葬炉，并关上了火葬间的大门，接着刘国民就听到了火炉燃烧的吼叫声，鼻腔随之而来也飘进了一股烧焦的肉臭味。

一个多小时后，捧着小小的骨灰盒走出火葬场大门，刘国民忍不住又回头看了一眼，火葬场门前那些鲜花姹紫嫣红，鲜艳夺目。花园式的门牌上，"殡仪馆"那几个大字被各种美丽的雕刻簇拥着，不注意看还真看不出那几个字来。肉被烧焦而产生的糊臭味已经远去，高高的烟囱上飘出来的黑烟，却从此后就时不时地出现在刘国民的记忆中，让刘国民在后来的日子里，总是想到这么一股黑烟，久久挥之不去。

生命的脆弱让刘国民不得不为之感到震惊，一口毒品，就那么轻而易举地夺去了一个人的生命，一个火炉燃起的一把火，就悄无声息地让生命的肉体变成黑烟，然后就让一个活生生的生命从人间蒸发，仿佛世间本来就不存在这样的生命，或者人的生命就是一股烟，在看得见的时候来，然后又在看得见的时候消失。比起那些不会说话，没有感情，只知道随季节成长的草本植物，人的生命更经不起大自然的检验。花谢了还会再开，树折了还会再长，而人的生命一旦夭折，就不会再有第二次。

市戒毒所周所长邀请刘国民去戒毒所采访，给刘国民打电话时他告诉刘国民，戒毒所现在的戒毒人员都是些三十岁上下的年轻人，甚至好几个都只有十多岁，涉毒的低龄化让他感到越来越担忧。戒毒人员中，很多人都是戒了吸，吸了又戒的瘾君子，每次看到这些人出去不久又进来，都让他感到很难过。周所长想通过刘国民去采访，写出有分量的文章向社会呼吁，促进全社会都来关心吸毒人员，重视吸毒低龄化的社会问题。

走进戒毒所那道厚重的大铁门,"珍惜生命,远离毒品"八个大字立即映入刘国民的眼帘。戒毒所不像看守所,门前没有哨兵,只有一个值班室,值班室里烧着一个大煤炉,三名管教民警围在煤炉边烤火。走进大门,一名管教民警用钥匙打开另一道铁门,把刘国民和周所长带进戒毒人员居住区。居住区是一个四面被高墙圈围的小院落,院落里没有火,风从高墙上吹进来,冷飕飕打在人身上。院落旁边的房间里,大部分戒毒人员都还蜷缩在床上没有起来。房间外的水池边,一个十六七岁的孩子,站在水池边清洗碗筷,周所长问他:

"怎么只有你一个人洗,他们的碗筷他们为什么不洗?"

孩子说他们按值日编排顺序洗碗,一个人一天,今天刚好是他值日。

听到刘国民他们在外面说话,有几个人从房间里面走出来,身体倚靠在门边,用不怀好意的目光盯着刘国民看。

周所长问刘国民:"是在这里找人谈还是叫人出去谈?"

刘国民告诉周所长,他想先去看看戒毒人员的房间,然后再找几个人出去,同他们好好聊聊。

走进房间,一股难闻的酸臭味立即钻进鼻孔,让刘国民在忍不住抖出一个寒战的同时,也连着打了几声响亮的喷嚏。房间里光线很暗,在里面站了好一会眼睛才适应过来。周所长拉开灯,在灯光的照射下,房间的情况一目了然。这是一个半封闭的房间,整个房间只有一扇门和一个嵌着大钢筋的窗户与外界相通。床是并排挨着的,一溜十二个铺,中间没有任何间隔,厕所就在进门的右手边,紧挨着床。灯光下刘国民看到那些坐在床上的戒毒人员,一个个都用漠然的眼光盯着他,既不说话也不回答他的问题。那些投注在刘国民身上的目光,就那么冷冷地紧随着刘国民的脚步,盯着刘国民走进房间,盯着刘国民走出房间。直到走出房间,那种寒冷的目光都还如针一般,锥刺在后背上,让刘国民不寒而栗。刘国民和周所长刚走出房间,身后立即传来了一阵歇斯底里的声音:

"你们为什么关我们?你们凭什么关我们?"

"你们说哪个能够戒脱(毒瘾),只有霍元甲才能够戒脱(毒瘾）。"

"放我出去，我要去找白粉，只有白粉才能救我的命。"

周所长苦笑着对刘国民说："这是一个老吸，家底吸光不说，老婆也离他而去，现在已经发展到以贩养吸了。家里人拿他一点办法都没有，他在我们戒毒所里进进出出，已下不下十次，每一次进出都没能把毒瘾戒掉。出去复吸后家人又把他送进来，每次一来就大喊大叫，一点都不配合。他的父亲是我们市上一届市长，要不是看在老市长的面，我们都不会收留他。"

刘国民对周所长说："待会儿把他叫出来我问问。"

在戒毒所接待室，坐在刘国民面前的是一个名叫张小亮的"瘾君子"，今年只有十五岁。周所长向刘国民介绍说，别看张小亮只有十五岁，却已经有两年的吸毒史了，他以贩养吸，在贩毒的时候被抓个正着，因为贩的量小，又还是未成年人，才被送进来强制戒毒。张小亮是这些强制戒毒人员中，年龄最小的一个，被抓进来已经十二天。在这十二天中，他的父母没有到戒毒所里来看过他，也没有给他送生活费和生活用品。

如果不是在这种特定场合，刘国民决不会相信张小亮会是吸毒人员，更不会相信张小亮还会贩毒。羸弱的身躯，稚气未脱的娃娃脸，无论怎么看，张小亮都还是一个发育不成熟的孩子。

刘国民还没有开始问话，张小亮先开口问刘国民："叔叔，你有烟吗？给我一支烟抽吧。"

刘国民给了张小亮一支烟，并帮他点上火，他一口气就抽下大半支，然后才吐出一口长长的烟雾。

刘国民问张小亮："几岁了？"

张小亮不看刘国民，目光仍紧盯在那燃着的烟上，又连着猛抽了两口才说："十五岁。"

"你是哪年开始吸（毒）的？"

"前年。"

"是怎样吸上的？"

"我读书成绩不好，经常受到老师批评，又经常逃课，学校就把我开除了。被学校开除回家后，父母叫我去学开车。我学车学得很累，有朋友对我说吸那个很提神，我就跟他们吸上了，开头只觉得好玩，后来就有瘾了。"

"你是怎样走上贩毒道路的呢？"刘国民继续问。

"我没贩毒，真的，叔叔，你跟他们说，我真的没有贩毒。那天我只是跟他们几个在一起，他们叫我帮送货，把货送到后他们就让我吸一回。我刚把货拿到手，还没有交到接货人手里，就被公安抓了，货都还没有送出去。真的，叔叔，你相信我，我真的没有贩毒。"

张小亮被带进去了，进去之前，他用一种乞求的眼光看着刘国民，再一次用哀求的声音对刘国民说：

"叔叔，我真的没有贩毒，你们要相信我。叔叔，我求求你们了，放我出去吧，我叫我妈拿钱来交，我不能再待在里面了，在里面他们一天到晚都欺负我。"

转眼间，张小亮细小的身影就消失在铁门里面，而那略显稚气的声音，在他的身体被关进铁门后，却还一直萦绕在刘国民的耳边，好久好久，刘国民都没办法把它从耳中抹去。有一天刘晶叫刘国民给她解释"夭折"这一个词时，刘国民的脑海中立即浮现出张小亮的身影，立即回想到他那祈求无助的声音。刘国民对女儿说：

"违背大自然的生命规律，不尊重生命，让生命过早地毁灭就是'夭折'。"

被周所长称作老吸的周友刚，带着一副满不在乎的神态出现在刘国民的面前。周友刚是刘国民今天采访的戒毒人员中，年龄最大的一个。三十三岁的他，在进戒毒所之前是一个驾驶员，曾在单位上开车，后来嫌单位管得死，就自己承包出来，刚开始靠着他父亲的关系，狠赚了一笔钱。自从惹上毒瘾后，不但把赚来的钱挥霍一空，还把家里的积蓄以及父母的积蓄挥霍一空。父母多次把他送进戒毒所，又多次把他从戒毒所里接出去，出去后他又接着吸，周而复始，从而发展到父母不认，妻儿不管，他自己也走上以贩养吸的道路。

周友刚坐到刘国民面前时，居然对刘国民和周所长点了一下头。看到桌上的烟，他很熟练地从中抽出一支，不管刘国民他们同不同意，就顺手抓过刘国民放在桌上的打火机，把烟点上猛抽起来。

抽上烟后，周友刚对刘国民说："我知道你是干什么的，你不就是想拿我们的那点事去混稿费吗？你问吧，你想了解的，只要我晓得，都会毫无保留地讲给你听。"

与这样的人交流，根本用不着绕圈子。刘国民问周友刚哪年开始走上吸毒道路。

他说："不记得，大概有五六年吧。"

刘国民再问他："把家弄成现在这个样子，你后悔吗？"

"我有哪样后悔的，老婆不愿跟我过，走就走了，走了我更清净。"

"你想过你的父母吗，想过他们为你付出的艰辛吗？"

"想过，但是我吃药他们不给钱，我想他们也没有用。"

在同刘国民谈话的过程中，周友刚都是一副无所谓的神态，刘国民问什么他就回答什么，像他进来时说的那样，一点都不保留，即使是很尖锐的问题，他也不选择隐瞒或者回避。

刘国民问到周友刚为什么要贩毒，他反问刘国民："我已经没有钱了，不贩我到哪里去找药来吃？"

同周友刚的谈话，是在一种不友好的气氛中结束的，在被工作人员送进那扇铁门时，周友刚说："反正我是戒不掉了，除非把我关死，不然我出去还会再吸，没有钱我还会去卖零包。"

走出戒毒所，刘国民看到了天空出现的一缕阳光，这是进入深秋以来出现的第一缕阳光。这一缕阳光虽然没有给身体带来暖意，但在阳光的照射下，刘国民的心情已经不再似刚才那样压抑。刘国民问周所长，像周友刚那样的人为什么还要放出去，为什么不把他送进监狱。

周所长苦笑着说："这些强制戒毒人员，家长很希望把他们都关进戒毒所戒毒，却又不肯多出生活费，政府的投入也经常不到位，我们就只能把他们关一段时间，然后又放他们出去。像周友刚这种人，毒瘾戒不掉，贩毒的量少，达不构成刑事责任，我们都拿他没办法。"

刘国民知道周所长还有一个潜台词没有讲出来，那就是周友刚父亲的影响。据刘国民了解，周友刚过去因贩毒，被公安机关处理时，都是他父母托关系把他弄出来，一而再再而三地让他躲过风险。

站在戒毒所围墙外再回首，除了两扇厚重的铁门，高高的围墙已经把戒毒所与外界的自由隔绝开来，从远处看过去，只看到围墙上空那片流动的云彩。

回城的路上，周所长对刘国民说："张小亮的父母一直都不愿来看他，我们几次上门去做工作，他们都不配合，他们说他们管不了，也没有这个孩子，真拿他们没办法。要不了多久，我们就会把张小亮放出去，希望他出去后能重新过上正常人的生活，不要再到戒毒所里来。"

五

女儿刘晶要辞去班长职务。一天晚上刘晶在家向刘国民和妻子宣布她的决定，刘国民还以为她是在同他们开玩笑，但刘晶对刘国民和妻子说她是认真的，她说她不适合当班长，她缺少班长的协调组织能力，没能力也没精力去管好一个班。刘晶说当初竞选，只是为了争一口气，选上后才发现，班长并不是想象中的那样好当，所以才决定把班长职务辞了。刘晶这是在向刘国民和妻子征求意见，只要刘国民夫妻支持她，她就去对班主任李老师提出来。

此刻刘国民才注意到，女儿真的长大了，灯光下的女儿，全身上下已透出少女的轮廓。女儿的长大，让刘国民一下子感到了父母沉甸甸的职责分量。刘国民问刘晶，辞职是不是她自己的想法，抑或是来自什么样的压力。刘晶说辞职是她认真考虑的结果，经过认真思考后才做出的决定。那一天晚上，刘国民、妻子、女儿刘晶，一家人的观点是前所未有的统一，刘国民和妻子都赞同刘晶辞去班长职务。

刘晶的辞职没有得到班主任小李老师的批准，为了支持刘晶辞职，刘国民应女儿的要求去找小李老师，把女儿的想法告诉她，同时也跟小李老师谈到了女儿贿选班长的事。刘国民说的情况小李老师并没有表现出惊讶，她说贿选的事她早知道，选举刚结束，就有学生到她那里去反映了，她之所以不做处理，是希望有一天刘晶能主动认错。小李老师说刘晶已经向她认了错，也到班上去认了错，得到了同学们的谅解。小李老师认为刘晶是各方面都很优秀的学生，她要继续让她当班长，协助老师把班级管理好。末了小李老师对刘国民说："刘老师，刘晶不光学习成绩好，而且还有很丰富的社会经验，只要引导得好，将来一定会很有出息。"

小李老师的话既让刘国民高兴、满足，也让刘国民的心情变得更复杂。作为家长，都希望自己的孩子成长为优秀的学生，都希望听到老师表扬自己孩子的话，都希望自己的孩子在老师眼里是个优秀的孩子。刘晶的班长职务没能辞去，刘国民和妻子一点忙也帮不上，他们都感到有点遗憾，刘晶更是郁闷了好长一段时间。

刘晶班上的一位男生在大街上骑车玩耍时被车撞了，来不及送到医院就断了气，事故的责任主要在那位男生，是他不遵守交通规则造成的。男生的家长找了一帮人，把撞人的驾驶员痛打了一顿。这事在社会上引起了不小的震动，那几天，街头巷尾都在谈论这个话题。刘晶在送别他们那位同学时，眼睛哭得红肿了，声音也哭哑了。那男孩被拉去火化那天，刘国民和妻子都赶去看了，看到那细小的生命被一张白布覆盖着，躺在冰凉的担架上，看到刘晶班上的所有同学，看到一个个十二三岁的孩子，流着泪在那里同死去的男孩做最后的告别，刘国民和妻子都感到很难过。

回到家，刘晶对刘国民和妈妈说，死去的那个同学与她是同年生的，还未满十二岁，还太小。听了刘晶的话，刘国民不由得在心中叹了一口气："是啊，十二岁在生命的过程中，还未成形，对于人生来说，实在太短暂了。"假如这男孩不是骑车在大街横冲直撞，这男孩能遵守交通规则，听老师的话做好安全防范；假如那位驾驶员在大街上开车，能够把速度放慢下来，能够做到及时有效地避让孩子的无知，这样的悲剧就不会发生。刘国民在心中设想了若干个这样的假如，但对于已经发生的悲剧和逝去的生命来说，这些假如都太晚，都已经没有什么现实意义了。

　　发生小男孩被撞事件后，刘晶变得从未有过的忧郁，变得越来越爱思考。一天刘晶问刘国民："爸爸，死可怕吗？"刘晶的话吓了刘国民一大跳。刘国民问女儿为什么要问这个问题，刘晶说她在梦中梦到了那个被车撞的同学，那个同学对她说他不想死，说死太可怕了。

　　为了不让刘晶再做噩梦，妻子搬到刘晶房间陪伴刘晶，刘国民一人独自躺在他和妻子共有的大床上辗转难眠。自从女儿对刘国民提出"死"的这个话题后，每天晚上，刘国民都无法入睡。失眠后大脑中就爱出现一些杂七杂八的问题，而且都是一些跟死亡有关的问题。

　　人的生命犹如正在放飞的风筝，完全靠线的牵引来不断地升高和完善，只不过这是一棵让人看不见摸不着的线，它维系着人生的恩恩怨怨，悲欢离合，以及一生一世的坎坷曲折。线的松与紧以及长远之间的距离，似乎是一个定数，是一个无法改变的过程。但是，这看似不变的过程其实就是在不断地变化，这种变化的发展规律不是依赖于别人，而是要靠自己来掌握，命运的主动权一开始都是紧紧攥在自己手中，走好走坏，走弯走直，都是靠自己来掌握和选择。然而不知不觉中，总是有人爱把生命当成赌注，在人生的道路上不断博弈，直到把一个好端端的生命赌干输尽。

　　爷爷过世，刘国民带着全家到乡下奔丧，一周后回到家中。由于没有人管理，阳台上的花大部分都枯死了。在收拾那些枯枝残叶时妻子说："死了也好，种在这里大家都不管，还省得我麻烦。"

　　好多天都没有写东西了，一回到家，刘国民就迫不及待地坐到电脑前，刚把机子打开，就接到了一个自称是他忠实读者的陌生来电，他说他要向刘国民提供一条写作线索。

　　刘国民真没想到还会再见到贞琳，而且是在这么一种场合。在那场大雪中邂逅的贞琳，就像一支鲜艳的玫瑰，芳香四溢，散发着热情奔放的青春活力。曾经有好多个晚上，刘国民还在梦中见到过她，直到有许多事情在刘国民的身边发生后，刘国民才渐渐把她遗忘。然而就在刘国民几乎把她全部忘记时，她却又出现到刘国民的面前。

　　翻看案件记录时，派出所杜所长指着贞琳的名字对刘国民说：

"这是团伙中唯一的一个女性，别看她只有十八岁，却是一个出场最多的人物，几乎每次打架斗殴都与她有关，而且许多次都是因她而起。"

刘国民在看守所见到了贞琳，她戴着手铐来到刘国民面前，在刘国民的面前坐下后，看守才给她打开手铐，然后掩上门退出去。刘国民和贞琳的谈话，是在没有看守的监视下进行的。

"贞琳，你还认识我吗？"

"认识，你帮我们照过相，我还没有把照相的钱给你。"

"能告诉我你是怎样被抓进来的吗？"

"我不知道他们为什么抓我，那天五四他们打架我又没在场。"

"五四他们说，是你叫他们几个把六三打死的。"

"混蛋五四，我叫他们打六三，我并没有喊他们把他打死。"

"你为什么要叫他们打六三？"

"我不想见到六三，一见到他我就心烦。六三总是不识趣，一天到晚死缠着我。"

"就因为他缠着你，就叫人把他打死吗？"

"我没叫他们把他打死，我只是叫他们教训他一顿，让他以后长点记性，少来烦我。"

"你一个在校中学生，为什么要和五四的流氓团伙搅在一起？"

"五四不是流氓，他对我好，他给我买东西，给我钱用，每天下晚自习到学校门口接我，把我送到家。不像我爸我妈，一天到晚只晓得去打麻将，只晓得吼我甚至骂我。"

"你为什么有家不回，要选择住到五四家去，和五四搅在一起。"

"我把你当朋友才对你讲那么多，想不到你也同我们老师一样，就知道问为什么，为什么，烦不烦呀你？为什么选择和五四在一起，我愿意，你管得着吗？"

为了缓解贞琳心中的烦躁，刘国民掏出一根烟问她抽不抽。贞琳说："我不抽烟，我从来不抽烟，在学校不抽，在外面也不抽。"

刘国民自己把烟点上，抽了几口后，看到贞琳的心情有所缓解，刘国民又问她："想没想过叫人打六三的后果，你想没想过会有这严重？"

贞琳说："我没想那么多，打人是五四的事，以前我叫他去打哪个他就去打哪个，从来没有出过事。大家都知道五四凶，那些挨过他教训的人，被打了也不敢去找他算账。我真的没想到他们会这么狠，会把六三打死，如果我知道他们会打死六三，我也不会叫他们去打他了。"

"打死人是要负法律责任的，你知道吗？"

"我不知道，反正人不是我打的，你问我我也不清楚。"

刘国民知道谈话应该结束了，再这样问下去，也谈不出什么结果。贞琳还不知道所犯的罪行，还不知道自己的行为造成的严重后果，更不知道从何来正确梳理自己的人生路。面对贞琳，面对一个才刚刚成长起来的生命，刘国民心中的感受很复杂，也很难受。贞琳还什么都不懂，在懵懵懂懂中就走上了犯罪道路，还来不及品尝成长的快乐，就要用青春去偿还一生犯下的罪恶，这是一个多么沉重的代价啊！生活在自由的天空下，回想一步步走来的成长历程，在十八岁以前，谁又能将人生思考得如此透彻，将成长的道路看得如此透亮呢？是的，在刘国民十八岁以前，谁要是向刘国民提这些问题，刘国民肯定也会说不知道，不清楚。而悲剧的根源，就是在很多人不知道，或者不明白的时候，没有人来指点他们，没有人来开导他们，更没有人来替他们感受和引导。一天到晚都在忙碌的父母，以为把孩子送进学校，给孩子吃，给孩子穿，给孩子提供学习的机会，就完成了他们的责任。而那些负责引导孩子往成长路上走的老师，以为只要教给孩子书本上的知识，让孩子明白大道理，让孩子拥有知识的财富，就能够高枕无忧地踏入社会。殊不知，孩子在成长道路上所需要的，不只是这些，还有很多看不见的东西，比如关爱、关心、引导，等等。在孩子教育的过程中，一个环节出错，就会影响其他环节，甚至于还会使心血白费，造成全盘皆输。

要离开时，贞琳对刘国民说："你能帮帮我吗？你认识的人多，你去找他们（公安机关）帮我说说，叫他们早点放我出去，我已经有四天没有到学校了，旷课一个星期，学校就会开除我。我还想读书，我不想被开除。"

这一刻，刘国民又看到了在大雪中奔跑的贞琳，一个单纯、开朗、热烈以及略显幼稚的奔放形象。

在公安局刑侦大队刘国民了解到，贞琳他们的案件已移送检察院，刑侦大队的汪队长告诉刘国民，估计贞琳将要有六到十年的刑期。刘国民不知道这个女孩今后还能不能走好。

冬天了，大部分植物都进入了休眠状态，原先生机勃勃的原野一下子都变得冷寂起来，树木没有了树叶，小草枯萎了身躯，只有几株菊花在风中摇曳着，继续释放出生命的风采。

刘国民几乎淡忘了贞琳，在这近一年的时间里，刘国民一直没有去打听她的情况。采访过后刘国民一直没有把这篇报道写出来，这是在以前的采访中，从没有出现过的现象。好几次在电脑上打出标题，就是写不出内容。一直到现在，刘国民的电脑上还是一个空空的标题。没有被删除，也没有被填上内容。动手创作时，刘国民才发现，这个标题的内容在他的大脑中，还只是一片空白。

又一个冬天到来时，贞琳他们的案子终于有了结果：主犯五四被桥城中级人民法院判处死刑，其余的人都领受到了不同的刑期。公开宣判那天，刘国民又一次见到了贞琳，她穿着宽大的囚服，脸上完全失去了少女的红润光泽。公开宣判中念到她的名字时，她把头低了下去。去拍照的刘国民想单独给她一张特写，贞琳始终没有把头抬起来。这个十九人的犯罪团伙中，唯一只有她一个女性。刘国民知道贞琳已经年满十八周岁，已经是成人了。从现在起，她将要为她的行为付出八年的沉重代价，刘国民不知道下次再见到她时，她会是个什么样子？

刘国民翻出在大雪中为贞琳拍的一张照片，那是刘国民在那场大雪中为她偷拍的特写。照片上，她身着火红羽绒服奔跑在大雪中，全身洋溢着青春活力，脸上荡漾着灿烂欢笑，活脱脱一个无忧无虑的天真少女。

见到贞琳的照片，刘晶说："她是个罪犯。"

刘国民说："她不是。"

刘晶又将照片认真看了一遍,说:"她是个罪犯,那天我们学校组织去搞法制教育,她被两个警察阿姨押着来给我们现身说法,她就是个罪犯。"

刘国民真想对女儿说,这张照片的主人以前不是罪犯,跟她一样,也是一个单纯的女孩。最终刘国民没有把这话说出,女儿虽然早熟,但对很多道理仍处在一知半解的朦胧认识中,很多话、很多大道理说多了她也不一定懂,甚至于或许还起反作用,加重她的思想压力。刘国民请押解贞琳去外地服刑的法警,帮把照片转交贞琳,刘国民真心希望贞琳还能够像照片上的女孩,把欢快的笑重新写回脸上。

大雪把街道上的行道树弄得伤残不堪,甚至有的因经受不住大雪的检验而干枯死亡。人们从别的地方拉来许多树,重新在街道的两边种上。刘晶叫刘国民和妈妈帮她上街去买花,说是老师叫买的,新学期开学后,他们每一个学生要向学校交一至两钵新鲜的花草,用来美化学校环境。妈妈说早知这样,就不应该把家中的花送人,留着就不会再花冤枉钱了。

今年的冬天特别寒冷,这在南方很少出现,很多植物都因经受不住气候的变化而死去了。在这种变幻不定的气候中,花的价格比以前贵了许多,妻子一边寻找理由同花贩杀价,一边抱怨花价的昂贵。花贩没好气地说:"你嫌贵,我还嫌便宜了呢。你以为我们种花容易。天天起早贪黑,像服侍自家孩子一样服侍它们,越怕它们死它们就越死得快。你没看这几天死的那些花,就像瘟疫一样,不注意就死了,一死一大片。要不是下岗没有事情做,我还不来做这种又费力又赚不了几个钱的事情呢。"

刘国民和妻子在花贩的抱怨中将花买下,回到家妻子一直都还在唠叨个不停。刘晶将花搬到她的屋中,细心地给花松土施肥,完全沉浸在对另一种生命的照料中。刘国民来到阳台上,感受寒意的侵袭,听着冷风一阵阵从耳边刮过。望着不远处那些瑟缩在寒风中的小树小草,刘国民突然想到他曾经见到过的罂粟花,那是他此生见过的最美丽的花,他很想知道,在这样寒冷的冬天,那些花会不会也一样枯死?

六

  市精神文明办组织宣讲团到全市各机关单位、学校，宣讲"树文明典范，争做文明市民"的教育活动。宣讲团把全市划分为四个小组，刘国民既是宣讲团的副团长，又是其中一个小组的组长，他这个组主要负责面向市内的中小学宣讲。这种面向社会的政治性活动，既产生不了效果又必须得完成，组织者就经常选择把活动推向学校，主要是为了产生数字上的效应，写总结时能够有理有据地列出数据表。去学校还有一个好处，就是好集中人，不像成人那种开个会半天不到，会还没开始就有人退场，即使能够如期举行，会场上秩序也很乱，组织者提不起精神，也达不到效果。

  刘国民从没有这样认真去为一场宣讲做准备工作。因为要到刘晶的学校去宣讲，刘国民花大量的时间去查阅资料，认真撰写宣讲稿，精心准备，力求产生效果。宣讲开始后，看到那些坐在台下听宣讲的孩子，个个聚精会神，有的还拿出本子，做认真记录状，让刘国民当即受到了鼓舞。宣讲结束，孩子们给刘国民报以了热烈的、经久不息的掌声。那一堂宣讲课，刘国民的感觉特别良好，心中也特别有成就感。然而晚上刘晶却对刘国民说："爸爸，跟您说件事，您答应不生气我才说，您答不答应？"

  刘国民问刘晶有什么事，为什么要搞得很郑重。

  刘晶不先说事，还是一定要刘国民先答应不生气她才肯说。

  刘国民假装思考了一会，对刘晶说，不管她说什么事，他都不会生气。刘晶对刘国民说："爸爸，我们同学都说，你们讲的那套早已经过时了，现在哪个还听你们那套，都是在哄人。"

  刘晶的话刚说完，刘国民的血压立即上升，血红素全部涌到了脸上，要不是已经答应女儿不生气，火气就蹿出来了。刘国民告诫自己一定不要生气，平息下心头的怒火后，刘国民问女儿："你是不是也这样认为？"

刘晶反问刘国民:"爸爸是要听真话还是听假话?"

刘国民说当然是听真话。

刘晶说:"那我就讲真话。爸爸,其实您不要总是用老眼光看问题,认为小学生什么都不懂,好哄骗。您讲的那些大道理我们都知道,现在哪个又还按那些大道理来做事?真的,我们同学都这么说,说你们大人总爱用两种手段对付我们孩子,给我们讲的是一套,做的又是另一套。教育我们不要随地乱扔垃圾,你们大人却经常在大街上乱扔烟头、乱扔果皮,这种口是心非的做法搞得我们都很心烦……"

刘国民的脸上一阵红一阵白,血压不断往上升,要不是强忍着,早就从心底爆发出来了。刘晶突然停下来,两眼一眨不眨地盯着刘国民。也许是看到爸爸的脸色很难看,才使她停下了后面的许多话。刘国民连忙调整好情绪,强挤出笑脸对女儿说:

"说吧,怎么不说了?你们同学还说了些什么,都说来给爸爸听。"

刘晶看了看刘国民,又看了看妻子,妻子也看了看刘国民,然后又看了看刘晶。刘国民对刘晶说:"说吧,把你和同学们的想法都说给我听,让我也了解你们的看法。"

刘晶小心翼翼地问:"爸,您是不是生气了?"

刘国民的内心包着一团火,特别想找个人生气,但绝不是自己的女儿。刘国民知道自己不能把矛头对准女儿,对准一个十二三岁的小孩子。因为平时总是听假话太多,乍一听到真话时,刘国民反而不适应,心中不舒服,特别是当真话是从自己的孩子口中,从一个什么都不懂的孩子口里吐出来时,心中特别扭,特难受。刘晶也许意识到了什么,清澈的目光一下子变得胆怯起来,两只手不断地绞在一起,一副欲言又止的样子。今天无论女儿说什么,刘国民都已经打定主意今夜不能对她发火,一定要保持良好心态,珍惜这次和女儿交心的机会。再一次调整情绪,刘国民对刘晶说:"说吧,敞开心扉说,爸爸决不会生气。你要把话说出来,爸爸才了解你的心思,才明白爸爸应该做什么,怎么和你成为朋友。"

在刘国民的鼓励下,刘晶鼓起勇气又说出了她想说的话,但声音明显小了许多，说到最后刘国民都几乎听不见了。刘国民知道这肯定已经是女儿最好的表现，试想，在传统教育影响下的中国，谁家的孩子能当着家长的面，抖搂家长的不是呢？刘晶一口气说出了许多她从未对刘国民说过的话，说出了她的所见所闻，说出了她和她的同学对家长教育方式的看法。刘晶的话让刘国民的心越来越沉重，也越来越复杂。刘国民原以为像女儿这样的年龄，应该还什么都不懂，什么都不了解。刘晶的这一番话却让刘国民不敢再小看她，小看她们这一代。女儿虽说现在还只是一个小孩子，但思想认识已经超前进入了成人思维，这不能不让刘国民忧思。

一个人如果认认真真去思考一生做过的事，思考一生走过的路，其实是挺可怕的。作为成人，不管是在工作单位还是在社会生活中，刘国民一直认为自己并没有去过多刻意追求什么。曾经只想随大流做个听话的人，做个宠辱不惊的人，做个明哲保身的人。然而，现实生活中存在的尔虞我诈，以及潜意识存在的危机，让人不得不丢掉纯真、丢掉平等、丢掉人性，去钩心斗角地寻找生活的支撑点。处处规避风险，时时小心翼翼，拼命追求，拼命在生活中作秀，拼命去出人头地，拼命去搞假大空。其结果是使很多家长的社会地位，在孩子的眼里越来越淡泊，家长的话，在孩子的意识中越来越一文不值。

有人说平静过后，就会是一场很大的风暴，刘国民没想到这场风暴会降临他的家庭，降临到他女儿身上。妻子打来电话，说女儿服毒自杀，已被送进医院抢救。这个电话让刘国民一下子呆了，电话还没有听完，就急急忙忙往医院跑。因为心急，在大街上好几次都差点被车撞上。一个在刘国民身边急刹车的驾驶员，把头从窗子伸出来，骂刘国民是疯子，是神经病，想找死。要是在平时，刘国民绝不会放过他，不把他从车里拖出来狠揍一顿，也要停下和他对骂一通。现在刘国民已顾不了那么多，大脑中只有一个概念：女儿到底怎么了？

冲进医院，在一位护士的引领下推开病房门，一眼就看到了躺在病床上的女儿。守在床边的妻子轻轻对刘国民说，已经做过洗胃，没有生命危险了。刘国民走到床边，刘晶轻轻叫了刘国民一声"爸爸"，并伸出一只手，紧紧抓在刘国民手上，随后大滴大滴的泪花，就从眼角滚了出来。

刘国民急切地连问女儿几个怎么了？一位医生过来制止刘国民，说孩子刚刚洗完胃，现在不要同孩子多说话。刘国民把妻子拉到门口，问是怎么回事，妻子说她也不知道，她一接到老师的电话就赶来了，还来不及去问老师。

在抢救室门口，刘国民见到了刘晶的班主任小李老师，她反反复复对围在身边的人说：

"真没想到，真的没想到！她们都是我们班学习比较好的同学，平时我对她们一直都很好，连一句重话都没说过她们。没想到，真的没想到！"

看到小李老师手足无措的样子，刘国民真不忍心再去打扰她，但为了弄清真相，刘国民还是走到她面前，刚叫一声"李老师"，小李老师就急急忙忙对刘国民说："刘先生，真的，我真的没有想到！"

刘国民一边安慰小李老师一边说："李老师，不要急，慢慢说，到底是怎么回事？为什么会出这种事情？慢慢说，不要慌，我们只想知道真相。"

小李老师一边抹眼泪，一边给刘国民讲了事情的经过。

下午上课时，上课老师发现班上有六个女生不在教室，就通知了李老师。李老师到教室门口去等，等到第一节课下课都还不见她们身影。这几个学生从来都没有旷过课，是不是出什么问题了？李老师打电话和学生家长联系，得到的答复都是这几个学生早早就来学校了。李老师到班上去问，有学生说，快上课时看见她们几个往学校后边的山上走，然后就没见她们回来。小李老师连忙带着班上几个男生往后山去找，刚走到距学校不远的一块苞谷地，就看见其中一个女生躺在地边，口边泛着白沫。见到李老师一行，她艰难地说："李……李老师，她们……她们在山林中，我们……我们都……都吃了药。"

六个女孩被紧急送往医院抢救，四人被救活，其中两人没有抢救过来。刘国民从李老师口中了解到，死去的两个孩子在这六个女孩中年龄最大，都是十三岁多快十四岁了。

六个自杀的女孩都写下了遗书，其中刘晶在她的遗书中写道：

爸爸妈妈，他（她）们同我说了，说他（她）们要去死，叫我们几个一起去，我不想去，他（她）们说我是胆小鬼，不是好朋友，我就跟他（她）们去了。爸爸妈妈，原量（谅）我，我对不起你们，我还太小，我真的不想死。但我不能对不起朋友，更不能辈判（背叛）他（她）们。爸爸妈妈，我死了，你们要好好活作（着），我会想你们的。

女儿晶晶。

刘晶没有说出她们是谁，刘国民也不去追问。六个花季生命，两个夭折了，其余的四个虽然活了过来，可对于她们来说，这个经历已经超出了她们无法承受的极限，如果刘国民再深问下去，也许只会更加重她们内心的创伤。

学校通知刘国民他们六位家长到校开会，妻子说她要在家陪女儿，叫刘国民去。自从女儿出事，领导就批了刘国民一个长假，叫刘国民安心把家事处理好，不用急着上班，办公室有事他们会电话通知。这些天，刘国民和妻子轮流陪伴在女儿身边，不敢有半点疏忽。刘晶已从医院回到家中，但身体还一直很虚弱，半个多月过去都还不能到校上课。

这是一个事件通报会，也叫善后处理工作会，来的人除刘国民他们几个当事学生家长外，还有市政府、市教育局、市监察局等一些相关部门领导。会上除小李老师和学校校长做检讨外，市教育局局长也做了检讨。会上还公布了对一些当事人的处理决定：小李老师被免去班主任职务，降一级工资，调离教学岗位；校长被免职并被调离西湖小学，由教育局重新安排工作；市教育局局长被行政记过处分等。这种处理方法在来开会前刘国民就已经想到了，出这么一件大事，是要让一些人站出来承担，没有人站出来承担，对上对下都说不过去。当市领导征求刘国民他们这些家长对事件处理的看法时，包括刘国民在内的所有家长，都表现得很冷淡，就连那两位失去孩子的家长，也都没有提出看法。刘国民和家长们都心知肚明，即使有看法也不会管什么用，说了也等于白说。唯一让刘国民感到不平的是，对小李老师的处分太重了，调离教学岗位让她反思反思也可以，但是不能降她工资，降工资对仅靠工资收入来维持生存的人来说，是一个不小的打击。小李老师还很年轻，今后要走的路还很长，这一次打击刘国民不知道她能不能承受得住，能不能振作起精神，继续把下步的路走好。

　　刘晶不愿再回西湖小学，刘国民为她联系了市区的几所小学，她都不满意，刘国民和妻子很着急也很无奈。刘国民和妻子现在每天都得小心翼翼，不敢对女儿说一句重话，女儿不满意的事他们更不敢逼她，女儿不想做的事他们都不会叫她去做。从医院出来在家养病至今，已经过去一个多月，刘晶始终没有迈出过家门一步，每天都是躲在她的小房间里看书，要么就到客厅里来看电视，最多就是走到阳台上去吹吹风。好几次刘国民和妻子都想带她出去逛街散步，无论他们怎样劝说她都不肯走出家门。每天刘国民和妻子都像值班一样，一人去上班，另一人就留在家陪伴她，好在刘国民和妻子单位的领导都比较理解和同情他们，给了他们很多自由支配的时间。即使这样，刘国民和妻子仍然感到很累，身累，心比身更累。

　　一天刘晶对刘国民说："爸，你不用为我瞎忙了，市里的学校哪所我也不想去。你把我送到乡下吧，送到外婆家那个镇，让我和表哥表姐他们在一起，我要在那里和他们读书。那里的空气新鲜。"

　　尽管不想让刘晶去乡下，但刘晶的话刘国民不敢违背。现在刘国民和妻子已经什么都不想了，刘国民们心中都只有一个共同愿望：只要女儿高兴，过得快乐，她做什么说什么想要什么，只要他们能做到，都一定要答应她。

　　送刘晶去乡下那天，在长途汽车上，刘国民看到女儿的脸上露出了笑容，那是自杀事件发生以来，刘晶脸上第一次出现的舒心笑容。看到女儿少有的高兴，刘国民也感到高兴，高兴过后刘国民却感到了一种没有来由的惊慌失措。刘国民不知道女儿这次到乡下去，是否就真的能够摆脱心中的阴影，走上一条敞敞亮亮的成长路。

七彩山谷

1

　　孟山虎被一头麝引向那个大山谷。

　　孟山虎在一道山梁上看到那头麝时，麝就站在山梁的一颗大石头上，引颈眺望着孟山虎所在的方向。阳光从麝的身后撒过来，就撒出了一片诱人的银白。

　　多么漂亮的一头麝啊！孟山虎由衷地发出了一声感叹。

　　孟山虎以猎人的敏捷，悄悄向那道山梁摸去。那头麝就像在那里等着孟山虎，久久不见从石头上离开。麝叫了一声，那一声更像是对孟山虎的呼唤，呼唤的声音顷刻间就传遍了大山，回荡出孟山虎内心的激情澎湃。孟山虎摸到有效射程内，找好隐蔽地形，架好枪，却怎么也找不到那头麝了，麝连同它刚才的呼唤，顷刻间又无声无息地消失在了偌大的密林中。孟山虎沮丧地爬上山梁，坐在刚才麝站立的石头上喘气，他又听到了一阵麝的叫声。孟山虎寻着叫声看过去，一头麝正飞快地越过一片草坡，边叫边向着一片树林跑去。麝没入了树林中，叫声不断地在树林中回荡。不久，麝的身影又出现在另一道山梁上。高高的山梁上有一壁陡峭的高岩，麝站在高岩顶上，面对着孟山虎所在的山梁引颈高歌。午后的阳光洒在麝的身上，洒出了一片耀眼的银灰色。

　　是那头麝，肯定是那头麝！孟山虎激动起来，原来那头麝并没有跑远，更没有脱离自己的视线。激动的孟山虎从石头上跳下，提着枪，扑进密林中，寻着那头麝的踪迹，一路追了下去。

　　孟山虎就这样追着麝，一个山梁一个山梁地跨，一片草坡一片草坡地追，一个树林一个树林地钻，钻到这个一眼望不到头的大山谷。麝不见了，不死心的孟山虎在山谷中转悠了三天。这三天，孟山虎不光见不到麝，就连一只兔子也没有碰到，那些原来到处飞的山鸡也不知躲到了何处，孟山虎一无所获。带来的食物吃光了，没有猎到猎物的沮丧加重了他身心的疲累。他顺着大山的走向，在山谷中一片树林一片树林地追踪，一个草坡一个草坡地搜索，一块岩石一块岩石地寻找，一道山梁一道山梁地眺望，仍然看不见麝的踪影。麝就这样从孟山虎的眼皮底下消失了，消失得无影无踪。

　　跨过一道小山梁，转过一块大岩石，孟山虎感到又累又饿的时候，一片大树林的边缘，他看到了一间草屋。草屋不大，是猎人们储放食物的地方。这片大山的规矩，是每一位上山狩猎的猎人，在草屋中歇息过后，临走时都要留下一些食品。任何经过这片大山的人，碰到困难或遭遇危机了，都可以走进草屋，在那里寻找食物充饥，也可以在那里留宿歇息。

　　又饥又渴的孟山虎看到草屋，就像看到了一棵救命稻草，急急忙忙向草屋走去。刚准备用手去推那木门，门却从里面打开了，一位年轻的姑娘手端猎枪指着孟山虎说："不许进来！"

　　想不到草屋中有人，而且是一个用枪指着他的年轻姑娘。孟山虎只愣了一秒钟，多年狩猎养成的机警使他立即闪开身子，并也用枪指向对面的人。

　　对峙的结局是孟山虎先把枪移开，用恳求的口吻说："我只想找点吃的，歇口气就马上走。"

　　年轻女子也把枪移开，身子仍堵在门边，用敌视的目光紧盯孟山虎，冷冷地说："这里没有吃的东西，你赶快走。"

　　"给口水喝总行吧？"孟山虎从没这样求过人。

"水也没有。"对方的口气硬邦邦的。

这实在是太不近人情了，这样狠心拒绝求助的人，孟山虎长这么大还是首次见到。

孟山虎固执地站着，迟迟不愿离开。女孩又把枪抬起来，指着他，说："你走不走？不走我就开枪了。"

看到女孩这样不近人情，孟山虎只好恋恋不舍地从草屋边离开，女孩在他身后大声说道：

"从前面那条小路往东拐，穿过这片大树林就看到一条小河了，那里有水喝。过河那边有一片苞谷地，饿了你还可以去那里烧苞谷吃。路我已经给你指了，走快点，天黑前你还可以走到河那边的大岩脚下，那里干燥、安全，你可以在那里过夜。"

孟山虎无可奈何地离开了小木屋。

孟山虎直到回家，那草屋及草屋里的姑娘，仍时时在他的大脑中闪现。在一股说不清道不明的情绪支配下，半个多月后，孟山虎再次来到了大山谷的那个草屋边。

这次，孟山虎没有去敲门，而是躲在附近树丛中观察。

草屋门开了，出来的还是那个用枪指着他的年轻姑娘。她先搬出一把竹椅，摆放在门前当阳的地方，转身又从屋里扶出一个年老的妇人。

"天哪！"看到老妇人的一刹那，孟山虎就吓得惊叫起来。

"谁？"姑娘麻利地抄起枪。

孟山虎不情愿地从树丛中钻了出来，像个做错事的孩子。

"又是你！你想干什么？"

孟山虎说："我不想干什么，路过这里，就想来找口水喝。"

"我们这里没有水给你喝。上次不是告诉你了吗？那边有条小河，你可以到那里去喝。"

孟山虎说："那里太远了，我又渴又难受，想到你们家应该有水喝，就过来了……"

"不要说了，你赶快走，再不走我就不客气了。"姑娘不听孟山虎解释，仍用枪指着他。

"香秀,别用枪对着客人。"坐在椅子上的女人发话了。这次,孟山虎更加看清了,妇人的脸上紫一块红一块脓一块,说多怕人就有多怕人。她说出的话却极其轻柔,带着一种母性的慈爱和细腻。

那个叫"香秀"的姑娘放下枪后,妇人又对孟山虎说:

"孩子,你都看到了,不是我们不给你水喝。我们给你水喝,让你进我们家门,那是害你啊。"

妇人得的是麻风病!尽管孟山虎此前从未见过麻风病人,这片土地上,这种谈虎色变的病却早有耳闻。之前,麻风病的种种恐怖传说早已烙印到他的大脑中。想不到真正见到了麻风病人,孟山虎才发现,麻风病远比他记忆中的想象还要恐怖可怕。

回到家,孟山虎大脑中仍挥不去他在山谷中的所见,脑海中一会是拿着枪指着他的姑娘,一会是她那狰狞可怖的母亲。特别是姑娘那秀气飒爽的身影,久久地占据着他的大脑,怎么挥都挥不去。孟山虎回家不到半月,又进山来到那间草屋旁边,这次他带去了一袋米,几斤盐和一些猪油。他轻轻敲了两下门,在门还没有打开前,就把带来的东西放下,想快速远离门边。他转身准备离去时,屋内传出了妇人的声音:

"孩子,难为你这样记着我们。以后你不要来了,会害你一辈子的。"

拉开门的香秀站在门边,对站在不远处的孟山虎说:"大哥,前两次多有得罪,请不要见怪。"

孟山虎没有说话,只是看了香秀一眼,就转身向出山的小路走去。拐过一片树丛,看不见草屋了,孟山虎才停下脚步,长长地出了一口气。他不知道,从此后,他的心里就无缘无故地多出了一份牵挂。

孟山虎第四次来到草屋,香秀穿一身孝服,泪眼汪汪。

孟山虎一切都明白了。

"大娘是哪天去的?"

"前天。"

草屋中有一把斧头,孟山虎用这把斧头砍了一天两夜,砍出了一口棺材，虽很粗糙但足以让人欣慰了。他们重新装殓了香秀的母亲。

香秀为孟山虎端来一盆用艾蒿熬的水，待孟山虎洗过手后，她"扑通"跪在了孟山虎面前：

"大哥，香秀我……"

孟山虎慌忙把香秀扶起来，却不知说什么好，憋了许久才冒出一句："你打算怎么办？"

"我，我要陪我妈。"

孟山虎望着香秀，一字一顿地说："让我同你一起陪伴大娘吧。"

2

香秀长到十四岁，父母就搬了好几次家，换了好几个地方，仍逃脱不了麻风病的厄运。先是父亲病倒，接着是母亲。

从被村人们赶出村子到现在，已经三年多了。香秀一家躲在大山中，隔绝了与外界的交往。他们有家不能回，想家却不敢踏上回归路，他们渴望交流但没人敢同他们交流，他们被村子遗弃了，被村里的同胞们遗弃了。

他们被赶出村那天，族长带人放火烧了他们家的住房，警告他们一家："你们只能住在山那边的草屋中，吃用的东西我们会给你们准备。不许回村，发现你们回村，就要依据族规放火把你们烧死。"

离开村子，爬上高高的大山，香秀一家站在山垭口上，注视着山下村落中那已不属于他们的家，久久不肯离去。香秀的父亲一口接一口地吞吐着辛辣的叶子烟不说话，香秀紧紧地依偎在母亲的怀里，母亲抱着香秀的肩膀，眼泪则像断了线的珠子，一串串地往下滴。

抽完一锅烟，长长地叹息了一声，香秀的父亲把一家的吃用挑到肩上，对母女俩说：

"走吧！"

草屋在大山的深处，屋里有锅，有碗，还有米和盐。这些都是族长此前安排人送到草屋中来的。望着草屋，望着屋里的摆设，一直不说话的父亲，放下担子后就呜呜地哭开了。

香秀点火烧锅，做了进山的第一顿饭。父亲和母亲则一直坐着，不说话地盯着香秀忙前忙后。饭做好后，香秀先给父亲盛第一碗饭，把饭端给父亲，父亲不接碗，示意香秀把饭碗放到一块木板上。父亲端详着香秀说："秀，你恨爹吗？"

香秀紧抿着嘴，使劲摇了摇头，眼泪大颗大颗地滚出了眼眶。

一家人围着燃烧的柴火，沉闷地吃完了进山的第一顿饭。

吃完饭，父亲一边把吃饭的碗放在一边，不让香秀拿，一边对母女俩说：

"从今后我用过的东西你们都别动。明天我再搭一个棚子，与你们分开另住，等我的病好后我们再做一家。"

父亲在香秀同母亲居住的草屋边搭建了新的草屋，草屋搭好后，父亲也把自己隔绝了，毗邻而居却不让香秀母女俩走入他的领地。每天，香秀和母亲做好吃的送给父亲，父亲都叫她们放在门前的钵子里，由他自己把钵子端过去食用，吃好后再把钵子从草屋里拿出来放到门边。

自从住进这深山老林，香秀就不再有欢乐。她想山那边的伙伴，想那些曾经关心和爱护她的爷爷奶奶、叔叔婶婶、哥哥姐姐们。一天午后，趁母亲和父亲都在休息，香秀顺着来时的路往山顶上爬，爬到望得见村子的那个山垭口。垭口上，路已经不通了，那条连接着山那边村庄的路，被人用荆棘堵上了。香秀站在那些比自己还高一个头的荆棘前，任凭眼泪不争气地流淌着，她不知道自己为什么要到垭口上来，她更不知道村人为什么要用荆棘把路给堵上？垭口上的风搅动着树木，时不时地发出"沙沙"的声音，一群鸟从山那边飞来，鸣啁着向山谷飞去，两只松鼠从大树上下来，溜到路口的荆棘上，探头探脑地凝望着香秀，还没有等香秀注意到它们，它们又沿着荆棘，爬到了另外一棵树上。一片云从山那边漫过来，山谷中传来了母亲的喊声，香秀抹掉脸上的泪花，留恋地看了一眼被荆棘堵住的路口，以及荆棘另一边被严严实实的山草覆盖的山路，一步三回头地走回了山谷。

族长和村里的族人们一直都在履行着他们的诺言，每隔半个月，就会有人给香秀一家送来米、盐以及一些吃用的东西。来人把东西挑到山顶，站在山梁上大声呼叫香秀一家，听到回答，就把带来的东西放在荆棘后面，不等见到香秀一家，就匆匆离去。

人世间的温暖和残酷就在上山下山的路上交替上演着。香秀每次跟着母亲到山梁上去拿东西，都希望能看到送东西的人，更希望能够跟他面对面说上一两句话，哪怕就是听他骂一两声也好。送东西的人一次也没有给香秀创造这样的机会，香秀和母亲还没有爬上山梁，送东西来的人就已经匆匆下山了。谁给香秀一家送东西，香秀一次也没见到过。

香秀的父亲一天天垮下去了。刚进山那阵，他还可以上山打柴，还可以开荒种地，后来，连走出草屋到门前来晒太阳都感到困难了。

进山前，母亲是个漂亮的女人。进山不久，母亲原本光滑的脸上就开始爬起了皱纹。父亲不能动了，母亲就成了家中的主角。在村子时，母亲只负责家务，父亲负责种地和打猎，到山谷后，母亲不但学会开荒种地，还学会了打猎。进山的第三年，母亲也开始发病了，先是浑身无力，饮食减少，后来就力不从心，干不动重活，家中的许多活路不得不交给香秀来完成了。

父亲把命运交给了那场毁灭性的山火。一直刚强的父亲终于再也走不出草屋门了，他早已被疾病折磨得完全丧失了生活的信心。从双脚腐烂得无法走路的那天开始，他就决定要用残存的那口气点燃那把火，把他的生命连同他亲自搭建起来的草屋，都付之一炬。

这天，又到族人给香秀一家送东西的日子。香秀和母亲到山梁上去取东西，她们刚爬上山垭口，还没有拿到东西，就听到身后传来了一阵噼噼啪啪的声音。香秀和母亲回头看，山谷中父亲居住的草屋，已经变成了一片熊熊的火海。香秀惊呼一声：

"妈！"

母亲紧紧拉住香秀，仿佛什么都没有看见，什么都没有听见一样。直到香秀又惊呼第二声，她才喃喃地说：

"你爹他，他先走了。"

火整整烧了一个多时辰。在火光的映照下，香秀惊惧地哭成了泪人。母亲好像一点都不悲痛，连泪都没有落，只紧紧地拉住香秀，生怕一放手，香秀就会从她的身边飘走。

香秀同母亲找到父亲的遗骨，用一块床单包裹起来，在草屋遗址上挖了一个坑，把父亲的遗骨放了进去。

埋葬好父亲，母亲点燃她们居住的草屋，带着香秀顺着山谷，向大山的更深处走了进去。走到这间猎人留下的草屋时，母亲病得走不动了，她对香秀说："香秀，你别管娘了，赶快逃命去吧。你福大命大，也许能躲得过这场灾难。"

香秀和母亲在草屋中安顿了下来。母亲催香秀离开，香秀说什么也不走，她说："妈，山这么大，没得妈带路，我往哪里走？妈您不陪我，我怕都怕死了，哪里还活得下去。"

母亲只好流着泪不再催赶香秀。母亲对香秀说："香秀，娘这个样子，日子不会太长了，你要学会一个人过日子。听娘的话，娘走后你得活下来，你要从这里走出去，远离这个地方，去找能治这个病的地方，找能治这个病的人，以后你才不会发病，才不会受人歧视。"

日子一天天过去，香秀母女俩原本打算在草屋中休整两天，等母亲恢复元气后就继续上路。母亲不但没有休息好，身体却越来越弱，最后连坐起来都感到困难了。就在香秀母女俩感到绝望，坐在草屋中等待死神降临时，孟山虎出现了。

孟山虎给香秀母女俩送来了食物，也送来了希望。孟山虎离去后，母亲对香秀说："香秀，我们遇到好人了，你有救了。娘看得出来，这个小伙子人品好，是个靠得住的好人。把你交给他，娘就放心了……"

香秀满脸绯红，打断母亲的话。母亲说："你不要打断我，娘看得出来，他喜欢你，他肯定还会来，等他来后我就告诉他，让她把你带走，你有了归宿，当娘的我也就放心地去陪伴你爹了。"

母亲没有等到孟山虎再次来到山谷，嘱咐孟山虎把香秀带走，就先一步离开了这个世界。

3

　　安葬了母亲，香秀要赶孟山虎离开，孟山虎说什么也要把香秀带出山，香秀坚决不肯。孟山虎说："你不走，我也不走，我不能把你一个人扔在这里不管。"

　　香秀说："你走吧，我求你了，跟我在一起，你会后悔一辈子的。我真的不喜欢你，一点都不喜欢你。"

　　孟山虎仍不走。埋葬香秀母亲的当天晚上，他们对坐着在火边熬了一夜。第二天天刚亮，香秀将孟山虎赶出草屋，从里面把门顶上，孟山虎怎么叫香秀都不开。孟山虎就靠着木门，在草屋外站了一早上。香秀在门内苦苦哀求，孟山虎仍是不肯离开木门半步。拗不过孟山虎，香秀只好挪开顶门的木棒。门一打开，孟山虎就将香秀拥进了怀中。

　　孟山虎苦劝了两天两夜，香秀才答应同他走出山谷。动身时，孟山虎想放火烧掉那间草屋，被香秀制止了。香秀说："留着吧，哪天我们来看妈的时候，也才有个歇处。"

　　香秀随着孟山虎离开了草屋，离开了山谷。孟山虎所在的村子是一个只有十五户人家的村落，十五幢大小相差无几的木楼，散落在一个巴掌大的山沟沟里。这些木楼的主人们，原本都是一些到处迁徙打猎为生的猎人后代，安家到这片山沟，他们既继承着祖上的打猎本领，同时也开始在这片土地上开荒种地，让日子慢慢固定下来。

　　近一段时间以来，儿子孟山虎似乎迷上了打猎，稍一有时间就背上猎枪往山里跑，孟春林是看在眼里，喜在心里。儿子从山上虽然没有带回像样的猎物，孟春林也不在意，他在意的是儿子长大了，他这么多年的辛苦付出有回报了。第一次从山里回来，孟山虎向父亲孟春林说起了碰到那头麝的事。孟山虎想通过向父亲说麝的事，再跟父亲说说香秀和她母亲的事，说完那头麝的事，他却不知怎么跟父亲说香秀的事了。

孟春林并没有发现儿子的异样,他一直沉浸在儿子说的那头麝的故事中。他问孟山虎:"看清楚了吗?是公麝还是母麝。"

孟山虎说:"隔太远,看得不是很清楚,我敢肯定,那准是一头公麝,那一身银灰色的毛真漂亮。"

孟春林说:"过几天我同你去,带上你二叔家的大黄,我们去把它找出来。"

听到父亲要跟着自己去猎取那头麝,孟山虎急了,他害怕自己心中的那点秘密被孟春林发现,急忙说:

"爹,我要打到那头麝,不是要靠你帮忙才能够打得到。爹,你看我都这么大了,还没有猎获到一头像样的猎物,这次你就让我自己去吧,我要自己把那头麝猎到。"

听了孟山虎的话,孟春林爱怜地看了一眼儿子,他发现儿子真的长大了,是需要用一头大猎物来证明他作为猎人后代的时候了。想想老伴去世的时候,儿子才三岁多一点,才扫把高的人,不知不觉就长成大后生了,站着都比他这个做老子的还要高一头。

孟山虎进山仍是一无所获,仍是两手空空回家。后面几次从山里回来,细心的孟春林发现,儿子有心事了。以前每次从山里回到家,不管多累,儿子都要向他这个做父亲的讲述在山上追猎的情况。这几次进山回来,孟山虎明显话比以前少多了,很多话都是孟春林问他才答,孟春林不问他也懒得说了。甚至有时孟春林问的是一件事,他却说的是另一件事,做事也是心思恍惚,心不在焉的样子。孟春林知道儿子有心事了,他想找个时间和儿子好好谈谈,还没等他和孟山虎谈,孟山虎又一次进山了。

孟山虎在天黑尽时才把香秀带到家。看到孟山虎把一个姑娘带进家,孟春林感到很惊愕,急忙把孟山虎拉到门外:

"这姑娘是从哪里来的,叫什么名字?"

孟山虎向父亲讲了香秀一家的不幸,刚向父亲说出香秀的父母死于麻风病的事,孟春林就吓得惊叫起来。

"天,她是麻风病人的姑娘……"

孟山虎急忙制止孟春林,继续向他叙述他和香秀一家的相遇情况。

孟春林不再说话，静静地听儿子说完事情的经过。他的内心却像打翻了五味瓶，总不是滋味。他想，儿子这段时间频繁进山，就是为了去会这个麻风病人家的姑娘。为了不让他发现，还瞎编出什么发现一头麂的事，儿子做事也太不靠谱了。

事已至此，孟春林也不知道怎样去责怪孟山虎，说不定这个不靠谱的儿子和这个姑娘已经生米做成熟饭了，再去责怪他们，已经不会有什么作用了。他了解自己的儿子，看准了的事，九头牛都拉不回来。心念到此，听完孟山虎叙述，他叹着气对孟山虎说：

"孩子，你太不懂事了，你这是在帮她吗？你是在害你自己啊。你知道麻风病吗？那会毁掉我们一家，乃至我们一族和我们整个村子啊。"

"爹！"孟山虎跪在了孟春林面前。

孟春林别过脸，说："趁她没有发病，你让她走吧。是死是活，就看她的造化了。"

"爹！"孟山虎仍然长跪不起。

"起来！"孟春林大声喝道，"我知道你的心思，舍不得她你就带上她走。我只想对你说一句，不管今后如何，你一定要善待她。记住，那是你自己选择的，不管今后好与坏，你都不能做那无情无义的人。"

孟春林走进家门，对屋中的香秀说："孩子，不是我狠心不让你住进来，是我不能让你住进我们这个寨子啊。"随后他又嘱咐孟山虎，"趁现在天黑，寨上人都还不知道，你快带上她走吧。今后的日子，就看你们的造化了。"

孟山虎还想说什么，被孟春林打断了。他把香秀带来的那支猎枪递给孟山虎，对孟山虎说：

"你把它带上，山里没一支枪，日子更难过。盐巴和一些吃用的东西，我会给你们送过来，如果找不到你们，我就把东西放在牛头河边那个大岩脚下，你们自己去取。"

孟山虎带着香秀准备离开，孟春林又追在他们身后说："听老人讲，乌梢蛇油兑独叶莲可防麻风病；如果没有独叶莲，用长在高岩上的一种黄草，拌上蛇油也可防麻风病。你们可以试试。"

匆匆吃了一碗饭，孟山虎和香秀还来不及在家中喘一口气，又得离开了。跨出家门，孟山虎和香秀对着孟春林跪了下来。孟春林不看他们，目光越过他们头顶，望着黑黝黝的大山，狠劲在脸上抹了一把，颤着声音对他们说："走吧！趁着大家不知道你们来过，赶快走。我就不送你们了，以后我会来看你们。"

还是来时的那条路，孟山虎和香秀又回到了山谷中的那间草屋。推开草屋门，香秀就扯开嗓门，大声地哭了起来。孟山虎把香秀拉进怀里，待香秀哭够了，才用手抹去她脸上的泪花，说："有我呢，秀。我们会好起来的。"

进山的第一顿饭寡淡无味。孟山虎用父亲给的腊肉炒了两个菜，同香秀去草屋背后祭奠了香秀的母亲。

夕阳西下，夜幕给大山披上了一层神秘的色彩。月光下，草屋中飘出的袅袅青烟，给偌大的山谷增添了几分生气。香秀默默地收拾东西，孟山虎默默地对着忽明忽暗的火光出神，一时间谁也不说话。

"秀。"孟山虎打破了夜的沉寂。寂静里传出的声音让香秀打了一个激灵。

"等娘百日后就嫁给我吧。"孟山虎对香秀说。

生活翻开了新的一页，孟山虎和香秀在山谷中重新开启了新的日子。

4

日子翻过了一山又一山，岁月跌过了一坎又一坎。在孟山虎夫妇的拾掇下，荒芜寂寞的大山谷，漾起了生活的乐趣。孟山虎与香秀住到大山谷，除了父亲孟春林偶尔给他们送些油盐进山，来到草屋边同他们说说话，基本上没有人光顾过他们所在的山谷。

打发孟山虎和香秀走的那天，孟春林硬着心肠没有让他们看到他流泪。女人去世后,他既当爹又当妈,把孟山虎抚养长大。眼看着儿子一天天大了,并长成了一个健壮的猎人。他想从此后也就有寄托了,没想到儿子却救了个麻风女,坚定地跟着麻风女去过另一种生活了。他没有责怪儿子,儿子是对的。如果儿子是那种见死不救的人,他可能还会责怪他,严重的话还会用猎枪把他赶出家门。他狠心地把儿子和香秀赶出村子,让儿子去为自己的行为付出代价。他知道,儿子是个负责任的人,儿子也一定不会责怪他。

孟山虎他们住进山谷的第十天,孟春林来到了山谷。循着儿子走过的山路,他终于在第五天找到了他们居住的草屋。孟春林站在距草屋不远的一道山梁上,呼喊着儿子的名字。

孟山虎和香秀来到山梁上,双双站到了孟春林面前,一时间,空气仿佛凝固了一般。

"爹。"孟山虎打破了沉默。

"爹。"香秀也艰难地吐出了这个称呼。

孟春林打量着眼前的一对青年男女,什么都明白了。他叹了口气说:

"你们都好吗?"

听到父亲的问话,孟山虎的眼泪几乎要涌出眼眶。

"爹,到屋里去喝口水吧。"

孟春林避开孟山虎和香秀那恳求的目光,指着他带来的那堆东西说:"香秀,你先把东西提下山,我和虎儿有些话说。"

看着香秀向草屋走去,孟春林从腰上取下烟袋锅,点上猛吸一口,吐出一股浓浓的辛辣烟雾后,对孟山虎说:"孩子,爹老了,你们还年轻,今后的路还很长。你们走到这步,好与坏只能靠你们的运气去闯了。"

吸了一口烟,孟春林又说:"我给你们带来了一小袋粮种,开荒把它们种上,今后才好过生活。那壶蛇酒,对初发的麻风病,常擦可以抑制,还有可能会治好。今后如发现有病,就赶快擦上试试,能治好就是你们的福气。"

"爹……"

孟春林打断儿子："你什么都不用说了，我懂你们的心情，你们那屋我就不去了。告诉香秀，不要认为我这当爹的狠心，只有这样，今后我才能帮得上你们。好了，我走了。"

孟春林匆匆而来，又匆匆而去。孟山虎脚步沉重地下山回到草屋，见香秀眼睛红红地倚在竹门边。

"爹走了？"香秀问。

"走了。"

香秀忍不住哭出了声音，孟山虎把香秀拥进怀，帮她擦去脸上的泪花，说：

"秀，别哭了。爹还记着我们，你看，爹不是来看我们了吗？还给我们送来那么多东西。别哭了，爹说他过几天还要来。"

劝香秀不哭，劝着劝着，孟山虎也哭出了声音。草屋中的孟山虎和香秀在哭，远离草屋站在山梁上的孟春林也在抹眼泪。和孟山虎分手，看到孟山虎向山下走去，已经离开了山梁的孟春林又转身回到山梁上，看着孟山虎和香秀居住的草屋，眼泪一个劲地爬满了脸颊。

山谷的日子，山外的日子，各自沿着一条平行线，缓缓地向前流去。

孟山虎和香秀在草屋中生活快一年了，父亲孟春林给他们送来的粮种，已长成茂盛的庄稼。给他们送来的几只小鸡，也长成了大鸡，公鸡已开始在山谷中打鸣，母鸡也开始下蛋了。

就在他们精心营造生活，让日子朝着幸福的方向发展的时候，香秀病倒了。开始是头昏脑热、发烧，全身无力，继而身上出现了一颗一颗的小红点。香秀知道，那该死的麻风病又惹上她了。

孟山虎丢下所有的农活，一心一意在草屋中照顾和陪伴香秀，他害怕自己一走开，香秀就会离他而去。

香秀流着泪对孟山虎说："虎哥，你别管我了，赶快离开吧，不然你也会惹上的。"

"尽说傻话。我们是一家子，你叫我往哪里走？"

"虎哥，我求你了，人一旦惹上这种病，就没办法治了，就只能等死。"

"谁说没办法治？只要是病就一定会有克病的药，以前是没有找对药，找对药什么样的病都能治。你看，爹给我们泡了药酒，还给我们找来这么多药方子，我们不试试，怎么就知道这个病不能治呢？"

孟山虎天天用孟春林送来的蛇药酒帮香秀擦身子，用蛇油敷洗患处。

孟春林又给孟山虎送来了油盐。得知香秀生病后，他连吐了几口烟，叹着气对孟山虎说："我早知道会有今天的。"

"不管治不治得好，我都要陪着她，即使她一辈子治不好，我也不能丢下她不管。"

孟春林看着儿子，说："你做得对，做人就应该有始有终。不过，今后你们的日子就更加艰难了。"

临走前，孟春林对孟山虎说：

"听人讲，还有一个方子可治好麻风病，就是用天须菜的根和白鳝血配方。天须菜的根好找，山中到处都是，只是白鳝太难找。白鳝毒性大，被它吹一口气都会中毒，被它咬上的人都会不治身亡。白鳝一般没有自己的洞穴，都是生活在蛇洞里，以蛇为食，吃完一个洞里的蛇，又会去寻找另一个蛇洞。蛇冬眠的日子，正是白鳝最活跃的时候。它们常常趁蛇在冬眠时闯进蛇洞，把蛇吃掉。"

"怎样才能抓到白鳝呢？"孟山虎迫不及待地问。

"白鳝长年都待在洞里，每天只有两个时辰出来，一个是早上，它要出洞来晒太阳，吸天地灵气；另一个是晚上太阳落山露珠快要起来的时候，它就会从洞里溜出来，去寻找新的蛇洞。捉白鳝早上最好，那时的白鳝休息了一晚上，正是吃饱睡足的时候，药性最强。"

孟山虎白天干活，晚上照顾香秀，早上就到山上去寻找白鳝，到有蛇洞的地方去蹲点守候。功夫不负有心人，深秋的一天早上，他终于抓住了一条白鳝，它一尺多长，身大如锄棒。孟山虎缠了几层布的手紧紧地抓住白鳝，一口气跑回家，一刀砍下白鳝的头，将血滴到碗里。

有孟春林泡的蛇酒控制，香秀的疾患没有蔓延。孟山虎将白鳝血兑天须菜根制成的药涂到香秀的患处，心中就七上八下地期待着，如果这个药再治不好香秀的病，那就只能听天由命了。

孟山虎天天给香秀涂药，一天三次，早中晚各一次。一天夜里，迷迷糊糊的孟山虎被香秀的叫声惊醒。香秀指着患处对孟山虎说：

"虎哥，你看。"

药起作用了，孟山虎看到香秀那些曾经溃烂流脓的地方，好几处都结了痂，有的地方开始出现了好转。

他的香秀有救了！孟山虎看着香秀，香秀看着孟山虎，看着看着，两人都大哭起来。

只上了七天药，香秀的病就完全好了。最后一块痂从香秀的患处脱落，香秀完完全全恢复成了一个健康人。

得知香秀的麻风病治好了，孟春林半信半疑。从来不进孟山虎和香秀居住草屋的他，一天来到山谷，斗胆跟着孟山虎走进了草屋。

当初，孟春林从别人那里听来这个药方子，也并不怎么相信，当地传说能治麻风病的药方子多种多样，但都很少见效。他之所以把这个方子告诉孟山虎，只是想给孟山虎和香秀一个希望，让他们有生存下去的勇气。他知道白鳝难找难抓，想不到孟山虎居然抓到了白鳝，这个病急乱投医的方子，居然让他投准了。

孟春林对香秀说：

"孩子，多做两个菜，今晚我要在你们这里吃饭，正好我带得有酒，晚上我和山虎喝两口。"

香秀是第一次给孟春林——她的公爹做饭，这也是香秀和孟山虎成家以来，第一次全家人聚在一起吃团圆饭。听了孟春林的话，香秀泪如雨下。

5

孙景堂同妻子拖着两个年幼的孩子，一路乞讨着，沿那些偏僻的乡道往下走，一直走往大山深处。初被赶出村子时，他们还挑得有米，有做饭吃的家什，后来米吃光了，他们就什么都没有了，不得不靠乞讨为生。孙景堂和妻子都带着明显的麻风病特征，村人远远地看到他们，就早早地避开了，有的甚至听到他们走近村口的消息，就赶紧把大门关上了。有些好心人见他们可怜，看到他们走来，就在远远的路边放上一碗饭，或者几个红薯什么的。有一些不待见他们的人家，看到他们走近，就放出狗来追赶他们，让他们不敢从门前经过。

孙景堂同妻子已经麻木了，如果不是为了两个孩子，他们早就离开人世了。

走进这片大山已经六天了，就在孙景堂一家几乎走到绝望的时候，他们在一个山谷里看到了一片庄稼地，在距庄稼地不远的树林上空，看到了飘出的袅袅炊烟。

"有人吗？"怯怯的声音从门边传来。

香秀拉开木门，两个脏兮兮的孩子站在草屋前，大的近十岁，小的五六岁。见到香秀，端着盆子的那个大孩子说："姑姑，给我们点吃的吧，我们很饿。我们的爹妈都快要饿死了。"

"你们爹妈在哪？"

"他们走不动了，在那边。"大孩子回身指着一条隐没在草丛中的小路。

香秀把中午吃剩下的饭菜端给两个孩子，说："你们先吃点填肚子。我去把你们爹妈叫过来，我们一起做饭吃。"

香秀顺着两个孩子指引的方向，在小路边的一块石头上看到了孙景堂夫妇，看到他们那狰狞可怖的样子，香秀的心仿佛被抽去了一般。又是那该死的麻风病！

看到随孩子来的女人呆呆地站在不远的地方打量自己，孙景堂以为她是被自己和妻子的面容吓怕了。他叹了一口气，艰难地拉起妻子说："孩子妈，我们走吧。"

"你们别走！"香秀一着急，喊了起来，"你们跟我到那边去，我给你们做吃的。"

孙景堂夫妇仿佛没有听见一般，说："你不用害怕，我们不会到你家中去。你能给我们孩子送吃的，我们已经很感激了。我们太累了，我老婆太虚弱了，让我们再坐一会，坐一会我们就离开。"

香秀说:"你们误会了,我不是让你们走,是让你们到我家中去,我做饭给你们吃。"

孙景堂夫妇以为自己听错了,得知香秀是明确要他们随她到家去做饭吃,孙景堂对香秀说:"你的好心我们心领了,我们不想再祸害你。你知不知道我们得的是什么病?"

"麻——风——病!"香秀一字一顿说出口。

孙景堂说:"你知道我们得的是麻风病还叫我们到你家去,难道你不怕吗?"

香秀说:"不怕。我男人知道药,他可以治好你们身上的病。"

麻风病能治!这消息一下子就给孙景堂一家带来了希望。听到这话,原来在大石头上坐着,虚弱得一句话都不说的孙景堂妻子,也紧紧地抓着孙景堂的手,立刻站了起来。孙景堂一家随香秀走进了孟山虎和香秀居住的草屋。

香秀把孟山虎介绍给孙景堂一家,孙景堂和他的妻子只说了一声"大兄弟……",话就说不出口了。

孟山虎把刚猎到的山羊收拾好,香秀炒了满满的一盆山羊肉,端到了门前的空地上。孟山虎请孙景堂一家上前吃饭,他们不肯上前。孟山虎说:"来吧,我们大家一起吃,你们不要顾虑那么多,我们不怕的。"

香秀和孟山虎都信誓旦旦地说麻风病能治,孙景堂一家还是不敢相信,他们说什么也不肯与孟山虎和香秀一起进食。见他们不肯上前,孟山虎上去就拉,孙景堂连忙把手一缩,惊叫道:

"大兄弟,使不得的,你们能给我们饭吃,我们就很满足了。你还是把饭菜分出来,我们在一边吃吧。"

见他们不肯上前,香秀只好把饭菜分出来,端到一边,让他们一家人自己食用。看到香秀和孟山虎走到一边,孙景堂一家立即狼吞虎咽地吃了起来。从被赶出村子到今天,两百多个日夜,他们都是在饥寒交迫中度过,没有好好吃过一顿饱饭。

吃好饭,孟山虎和香秀拿出药酒,帮孙景堂和他妻子清洗溃烂的创口,分别给他们身上敷上了白鳝血制成的药。

第二天，大家一齐合力，为孙景堂一家在山谷中搭建了一间草屋，孙景堂一家也在山谷中安顿了下来。

山谷中多了孙景堂一家，就多了几张吃喝的嘴。为了解决这一大家子的吃喝问题，孟山虎同香秀商量后，决定出山去找父亲孟春林想办法。

走在通往家的那条路上，孟山虎的心一下子就飞向了故乡的家。从被迫离家住到山谷中的草屋到现在，两年多的日子匆匆过去了。两年多来，他经历了痛苦、欢乐、幸福，他曾以为这辈子再没机会回家了。山外那片土地上那个漾满他童年欢乐的木楼，以及木楼里留在他记忆中的亲情，就只能永久地尘封在记忆中，寄托在曾有过的美好思念里。而如今，他不但可以光明正大地回家，还可以堂而皇之地向外人宣布，他能治好麻风病了！

心情愉悦脚下生风，平时需要五天的路程，孟山虎只用四天的时间就走完了。

听了孟山虎的一番述说，孟春林把烟斗拿在草鞋底上磕了磕，重新装上烟，点着猛吸了一口，对低着头吃饭的孟山虎说："我原本想等香秀好利落，就把你们接回家来住，如今看来，这是不可能的了。你要想清楚了，收留他们一家，你们可能就得一辈子住在深山老林里。"

孟山虎说："爹，我和香秀都想清楚了，我们住在哪里都无所谓。我和香秀的命原本就是在深山中捡得的，没有那片山，我和香秀也许就活不到今天。现在有人跟我们以前一样落难了，我们不能见死不救。有他们一家做伴，我和香秀的日子会过得更好。"

听到孟山虎这样说，孟春林也就不再说什么。

第二天，孟山虎挑着从山中带来的兽皮，同孟春林一道赶往一百多公里外的县城。

县城不大，一条弯弯的小河绕城而过，县城东面是一座不高的山，山上长满了绿树。西面也是山，但比东面的山略低，树木也没有东面的山高大茂盛，站在西山顶上俯瞰县城，县城的地势宛如一个被水环绕的大盆，所有的房屋都被装在盆底。

孟春林领着孟山虎来到位于县城北面的兴仁客栈，兴仁客栈是孟春林每次进城交易和投宿的地方。在兴仁客栈，孟春林帮孟山虎卖了他从山里带来的那些兽皮。

因是常来常往的熟客，孟春林父子吃饭的时候，老板特意为他们烫了一壶酒，并吩咐家人多炒了几个菜，一起上桌陪他们父子俩喝酒。一壶酒下来，三个人都有了醉意。

"你们父子俩卖这点山货，我看也来不了几个钱。"老板一边执壶一边对孟春林父子说。

"我们山里人家，只有这点本事，能混口饭吃就知足了，也不图找什么大钱。在家种地，平时打点山货，换几个铜板，买点油盐针头线脑的，就已经很不错了。"

"现在有一条发财的道路，不知道你们愿不愿意走？"老板对孟春林父子说。

"您别哄我们了，有财发，您当老板的不去发，还会轮到我们山里人。"

"我想发，但没有那份福气啊。"老板又给他们父子倒了一碗酒，"发这个财必须要有田土才行。你看我除了这两间砖瓦房，还有什么？没田没土，我就是想发财也发不起来。"

"到底是什么样的财路？讲来听听，真能发财的话，我们一起发。"孟春林喝下碗中的酒，迫不及待地问。

"种鸦片。"

"种鸦片？"孟春林惊讶地问。

"是啊，种鸦片很找钱，种好了，可是一本万利的生意。"

老板告诉孟春林父子，鸦片是一种药材。鸦片开花结果后，把果皮划开，果皮上就会流下一些白色的果汁，把这些果汁收集起来，熬成胶状物出卖，就是上好的药材。老板说：

"活不多，不累，一两亩地，轻轻松松一年就能够找几百个大洋。"

孟春林父子被老板说动了心，当下就与兴仁客栈的老板达成协议。由老板出种子，负责推销，孟春林父子负责种和收，收入按四六开，老板六，他们父子四。

孟春林父子离开县城的时候，兴仁客栈老板给了他们五十个现大洋，并答应他们，开春他会给他们送种子过去，还会带人去教他们怎么种。鸦片开花结果后，也会过去验收，请人教他们收割，教他们熬胶。孟春林用兴仁客栈老板给的钢洋，帮孟山虎买了一些针头线脑、油盐、一些炊具，还买了两匹马、一头母牛、一头小公牛。赶着马，驮上东西，牵着牛，直接走向了孟山虎他们居住的那个山谷。

6

有了那些活的牲口，山中就多了一分生气，生活就多了一份奔头。

在孟山虎和香秀的悉心照顾治疗下，孙景堂和妻子的麻风病得到了控制，并逐渐好转。看到曾经被麻风病毒侵蚀得溃烂的伤口，在慢慢长出新鲜的皮肉，孙景堂和妻子多次喜极而泣。他们万万没想到麻风病还能治好，他们还会有堂堂正正做人的一天。

开春，兴仁客栈老板带着鸦片种子来到了山谷，为了不让他发现这里住的都是些生过麻风病的人而害怕，孟山虎把虽已痊愈，但留下明显疾患的孙景堂夫妇支了出去。

站在肥沃的土地上，兴仁客栈老板看着一望无际的群山和林海，由衷地感叹道：

"你们能找到这个不错的地方，真是该我们发财了。我保证只要你们把我带来的种子种下去，好好管理，到收成的时候，我们都会发一大笔财。"

春天的山谷就像一幅艳丽的水彩画，姹紫嫣红的各色野花，点缀着一眼望不到头的绿，将偌大一片山谷装扮得五彩缤纷。几场春雨过后，密林边靠近小河的地方，新开垦出来的土地上，鸦片新芽也绿油油地冒了出来。为了防止野兽到地里糟蹋鸦片苗，孟山虎和孙景堂砍来树枝，在地垦边围起了高高的篱笆。除了种鸦片，他们还在地里种上了苞谷、小米、高粱，在小河的下游，他们还开垦出两块水田，在田里种上了水稻。

鸦片苗成了孟山虎的希望，也成了他的牵挂，每天起床的第一件事，他都要到鸦片地里去走一趟，查看鸦片苗的长势。按照兴仁客栈老板教给的方法，在鸦片苗长出五寸多高的时候，孟山虎组织大家给鸦片间苗、移栽，在他们细心的侍弄下，鸦片苗越长越喜人。这期间，在孟春林的陪同下，兴仁客栈的老板又到山里来看了一次。看到一片绿油油的鸦片苗，在春天的阳光下焕发着生命的活力，他笑着对孟山虎说："山虎老弟，看来我们想不发财都不行了。"

兴仁客栈老板知道帮他种鸦片的这些人都是麻风病人，还得知孟山虎用白鳝血配方治好了麻风病，对这个药方就特别感兴趣。他叫孟山虎多配一些药，让他拿去帮出售，肯定能找大钱。孟山虎说："这种药太难配了，特别是白鳝，这么多年我们才抓到三条。有人生病，愿意治疗的话，就到山谷来，我们给他治，他还可以在这里和我们一起住。药我们是不会卖的。"

随着日子的不断推移，地里的几千株鸦片长高了，长大了，在一个不经意的夜晚，突然间就绽放出了五颜六色的花朵。站在地边，孟山虎被这些五颜六色的花朵惊呆了。他走进花丛中，细细地观赏着，越看越感到不可思议。鸦片太神奇了！别的植物开花都是一样的色彩，而同一片地的鸦片，开的花却是红、白、紫、黄，各色各样。这些在嫩苗期间没有招虫的植物，开花后，惹来了成千上万的山蜂和蝴蝶，在花丛中穿梭翻飞，翩翩起舞。兴仁客栈的老板并没有食言，第一年鸦片快收割的时候，他带着人来到山里，指导孟山虎和孙景堂等人进行收割、熬胶，最后带走了那些黑乎乎的膏胶体，离开时给他们留下了一大笔钱。孟山虎和孙景堂从来没有看到那么多钱，那么多钱放到他们面前时，他们知道他们发财了。

种鸦片成了山谷中的一条生财之道，也成了山谷中生存发展的希望。孟山虎用种鸦片卖得的钱，给山谷又添了一些大牲口，添置了很多生活用品。

种鸦片这么找钱，孟山虎决定在山谷大量种植鸦片。卖第一年种下的鸦片，孟山虎要给孟春林一些钱，孟春林说：

"我一个老头子，拿这些钱有什么用，你还是留着吧，给孩子也给你们添几件像样的衣物。"孟山虎夫妇建议孟春林搬到山谷中来住，让他们来照顾他，孟春林婉拒了，他说：

"我现在还能吃能睡，不要你们照顾。再说我也舍不得那个家，在那个我亲手建起来的房子里，我住得踏实。哪天我实在做不动了，再来跟你们。"

第二年，孟山虎夫妇和孙景堂一家，在山上的树林中，又开垦出了一片地。这片新开垦出的地和去年种过苞谷高粱的地里，他们全部种上了鸦片。

鸦片花一直让孟山虎着迷，他长年累月奔走在大山中，目睹过各种各样野花的绽放，也为花的美丽和芳香着迷。在他看来，山花烂漫的春天是大山最美丽的季节，百花齐放，百鸟高歌，野兽们也纷纷从冬的禁锢中走出来，传递着各种各样的新鲜气息。每次上山，遇到那种大片大片的花海，孟山虎就会将自己置身到那些花丛中，使劲地用鼻子嗅闻着那些野花的芬芳。甚至于一度幻想着自己就是花丛中那些采花的蜜蜂，追逐着花香，贪恋着花蜜，枕着花朵入眠。自从看到五颜六色的鸦片花后，孟山虎就认为鸦片花是大山中最美丽的花，鸦片花一绽放，山上所有的花就都逊色了，都不值得观赏了。孟山虎几乎天天往鸦片地边跑，鸦片花开放的季节，孟山虎往鸦片地跑得就更勤。每次来，他都要先站在地边，出神地往整个花海巡视一遍，使劲地抽着鼻子，捕捉鸦片花发出的香气。望着这些倾注了山谷人心血和汗水，倾注着山谷希望的花朵，孟山虎脸上漾出了满足的欢笑。在地边看够嗅够了，孟山虎觉得还不过瘾，还要打开地边的篱笆门，小心翼翼地向花海走去。

孟山虎和香秀在山谷中生活的第五个年头，香秀生下了一个活泼可爱的女孩。孩子满月那天，孟春林特意从山外买来小孩的衣裤鞋袜，到山谷来给孩子过满月。

孟山虎炖了两只山鸡，炒了一大锅山牛肉，算是给孩子办满月。孟春林给每个人都筛了一碗酒，端起酒碗说：

"孩子们，我老汉今天添孙了，山虎和香秀添丁了。今天高兴，我们大家都要喝，都要喝高兴。"

男人女人，大人孩子，都喝下了碗中热辣辣的酒。酒滑进肚中，男人热到了心里，女人孩子被呛得流出了热泪。喝干酒，孟春林又说："添了丁，家就大了，人气就旺了。不要看今天这个山谷只是你们两家，天长日久也会是一个大寨子。今天，我再敬你们一碗，希望你们两家在今后的日子中，能携手共度，平平安安。"

大家都喝下酒后，孟春林接着说："你们能熬到今天，着实不容易。景堂一家有了固定的日子，山虎和香秀也添了宝月，种鸦片还让我们都有了钱。虽说今后的日子谁也说不清楚，但你们有家，有儿有女，还找到了种鸦片挣大钱的路子……"

"爹！"

"孟大爷！"

孟山虎和孙景堂同时叫出了口。

"你们别打断我。"孟春林制止住两人，"今晚我高兴，高兴就得喝个痛快，说个痛快。你们让我喝，让我说。什么是日子？有家，有人气，有吃，有穿，就是日子，就是我们需要的日子。来，孩子们，喝酒，不喝酒的吃菜，吃饭。我们要把日子过好，过踏实。"

孟春林给每人碗里都揳了一筷菜，又继续说道：

"山里日子难啊，我知道这么多年你们都受了不少苦。可山里日子自在，平等，山里没人欺负你们。这片土地上，很多人也像你们一样得过麻风病，但他们没有你们幸运，那些得病的人，不是被逼死，就是被人活活放火烧死。你们能活下来，还把麻风病治好，这不光是你们的造化，也是你们前世修来的福分。"

喝了一口酒，孟春林又继续说：

"今天我跟你们讲这些，是想告诉你们，在这个世道上没有人能帮得了你们，要想不被人欺负，不被人追着在山里东躲西藏，要想健康幸福地生存下去，就得靠你们的双手去争取。"

天黑尽了，燃起的松明柴照亮着不大的草屋，屋中弥漫着酒气，散发着浓浓的生活气息。屋外寂静的山野，飘荡着秋虫的鸣唱，偶尔传来一两声野兽的嗥叫，深沉、悲壮。

在草屋中住了一夜，第二天，孟春林执意要回去，不管孟山虎和香秀怎样挽留，孟春林还是不愿意留下来和他们一道居住在山谷中。临走，孟春林对孟山虎和香秀说：

"你们虽然治好了麻风病，但在外人看来，你们还是麻风病人。知道外人怎么说你们这里吗？那些打猎经过这里的人都说你们这里是麻风村，即使饿得不行，渴得难受也不会到这里来找水喝。我看，今后你们这里就叫麻风村。麻风村怕什么，麻风病都能治了，还有什么可怕的，没人来更好，没人来日子才会过得平静，过得实在。麻风村好啊，以后有可怜的麻风病人，我就带他们找你们，你们给他们治病，给他们一口饭吃，让他们在这里快快乐乐、平平安安过日子。没有人追赶，不受人歧视，多好啊。"

7

又到一个收获的季节。孟山虎和孙景堂的大儿子孙启忠背着熬好的膏胶体，牵着马来到县城，将膏胶体给了兴仁客栈的老板。这次老板不但给了他们一笔钱，还给了他们两支枪，两支正宗的德国盒子炮，一百五十发子弹。老板说：

"给你们防身用，世道越来越不稳定了，今后来来往往的，没有枪防身不行。"

孟山虎用老板给的钱买了很多油盐，布匹，女人用的针头线脑，用马驮着，二人打马连夜向山里赶去。

在路上行走的第三天，他们走到一个叫梨子冲的山洼，刚到冲口，就听到冲里传来了哭声。寻着哭声走过去，路旁的一块大石头边，一男一女两个十二三岁的少年，跪在一位老妇人的面前放声大哭。

孟山虎把马绳交给孙启忠，走上前去察看究竟。来到两少年身后，孟山虎看到老妇人的身体倚靠在石头上，双眼紧闭，脸上满是麻风病毒留下的创伤，双手很多关节已经腐烂，脚趾全部脱落，双脚已不成形。这肯定是一个已经很严重的麻风病人，病到这种样子不知道要经受多大的痛苦，也不知道要用多大的毅力，才能让生命走到今天。老妇人不知道死去多时了，展现在孟山虎面前的，已经是一具僵硬的尸体。

孟山虎突然间就有了想哭的感觉，他强忍住涌到眼眶的泪水，把两个少年从地上拉起来，对他们说："不要哭了，告诉我你们的家在哪里，现在最要紧的是赶快把你们的家人找到，商量着怎样把老人安葬。"

两少年中，那个看上去要大一些的男孩说：

"我们家没人了。爹病死了，妈也不在了，奶奶带我们逃难，走到这个地方，奶奶就靠在这里走不过去了。"

听了男孩的叙述，孟山虎逐渐理出了两少年的经历。男孩和女孩是兄妹，男的是哥哥，叫石成军，十四岁，女的是妹妹，叫石成霞，十一岁多一点快十二岁，他们的家就在距梨子冲不远的猴子沟。猴子沟三十二户人家，短短三年时间，就有十二户染上了麻风病，死了十多人。现在猴子沟没有染上病的人家，也早已搬离，那些家里有人染上病的，也死的死，逃的逃，剩下的更是自身难保。石成军的父母先后染上麻风病，父亲病死后，母亲为了不连累家人，离家出走不知所踪。把两个尚在年幼的孩子留给没有发病的老母亲。谁知不久，抚养石成军兄妹的奶奶也开始发病，越来越恶化，眼看要不行了，就带着石成军兄妹走出猴子沟，想把他们带到别的地方去逃命。从猴子沟出来还不到一周，奶奶就不行了。两兄妹想把奶奶送回猴子沟，刚刚走到梨子冲，奶奶说很累，要休息一下，一靠到石头上，就再也醒不过来了。

孟山虎从买来的布料中，抽出一匹颜色深一些的，帮石成军兄妹裹住他们奶奶的尸体，寻了个乱石坑，垒起了一个"坟"。安葬好老人，征得石成军兄妹同意后，他把他们俩带进了他和孙景堂一家居住的山谷。

山谷的深秋仿佛是在一夜间就掩盖了蓬勃的气息，先是阳光不再眷恋山谷,不再眷恋那些在山谷中生长的树木,早早地就爬上山梁,扯几缕红霞后,就匆匆越山而去。然后是那些躲在树林中的小鸟,不再鸣啁嘹亮的歌喉,穿梭在山梁和树林间的野兽们,也悄悄地不知躲到什么方去歇息了,山谷一下子变得分外寂静。叶落了,草枯了,山野里开始呈现出一派衰败的气象。片片落叶随风飘荡,扬起,落下,再扬起,再落下,在山谷,在山道堆积起了厚厚的一层。

孟山虎同石成军日夜兼程,向猴子沟赶去。带着石成军兄妹回到山谷后,孟山虎同香秀及孙景堂夫妇商量,猴子沟那些病人不能再受折磨,应该把他们接到山谷里来,给他们治病,让他们过上正常人的日子。商量好后,孟山虎和孙景堂就在山上寻找了一个多月,抓到了两条白鳝,用白鳝血又制了一些药。准备妥当后,孟山虎决定和石成军去接猴子沟的病人,其余的人就在家砍毛竹、伐树搭草屋,那些人来了能有屋子居住。

猴子沟是一个漂亮的小坝子,一条小河从坝子边的山脚下经过,河的另一边是一块接一块的水田,人家就散落在田边四周的山脚。从山顶上往下看,坝子的寥落尽收眼底。越往猴子沟走,孟山虎就越感到凄凉,路边的茅草覆盖着小路,很多田里早已看不到耕种的痕迹,一些房屋已经衰败,表明早已没人居住了。孟山虎他们在村子里行走,听不到狗叫,看不见鸡走,更看不到村寨惯常有的大牲畜留下的粪便。石成军告诉孟山虎,绝望中的人们把牲口全部宰杀吃光了,那些不愿意搬走逃命的人家,家中多是有人生病,不知道往哪去,就只好待在猴子沟苟延残喘,坐等死亡的降临。

石成军带着孟山虎走进一户人家,在这户人家里,孟山虎见到了一位叫石玉明的老人,麻风病的侵蚀,老人的下肢已经病变,几乎不能走动了。老人坐在家门口的一颗石凳上,盯着山上下来的那条小路,也盯着孟山虎和石成军两个向院子里走来的身影。看到石成军,老人惊讶地问:"孩子,你怎么又回来了,你奶奶和妹妹呢?"

石成军告诉老人,奶奶已经去世了,妹妹和他都遇到了好心人。石成军指着孟山虎对老人说:"大爷爷,就是这位好心的叔叔救了我们,他把我们带到他们家,给我们吃住。他们那里有药,可以治好麻风病。这次我和叔叔回来，就是来接大家到那边去治病的。"

听到有药能治麻风病，老人的眼睛亮了起来，但只是一瞬间就又黯然下去了。老人不看孟山虎，看着石成军说："你别骗大爷爷了，这种病是没药可治的，以前很多人得病，不是被烧死就是躲到山洞中去等死，没有哪个说能治好。孩子，趁着还没染上病，赶快逃命去吧，不要回来了，遭难的寨子也很快就不存在了。"

孟山虎示意石成军，叫石成军不要说话。他蹲到老人面前，诚恳地对老人说：

"老人家，成军说的没错，我们有药能治好麻风病。我们不骗您，以前我媳妇也得过麻风病，就是用这种药治好的。今天我们就来接您和大家去治，治好了，就成正常人了，就不会受到歧视了。"

老人看着孟山虎，想从坐着的石凳上站起来，结果只是欠了一下屁股，就又瘫到了石凳上，老人问："这么说，麻风病真能治好？"

孟山虎肯定地说："能治好。山谷中不光我媳妇，还有好几个也是得了麻风病的人，也在我们那里治好了。"

听了孟山虎的话，老人目光盯着远方，哽咽着说："麻风病能治好！列祖列宗，你们听到了吗？麻风病能治好，我们这一族人有救了！"

孟山虎说："老人家，寨子上还有多少人，您现在就叫大家一起跟我们去治病吧。"

老人喃喃地说：

"寨子，寨子已经没剩多少人了。没生病的早走了，病轻的也逃命了，剩下的就是我们这些走不动或者没地方可去的老弱病残了。"

在石玉明老人的指点下，孟山虎和石成军走进那些没有离开猴子沟的人家，动员到二十多个愿意同他们到山谷去治病的麻风病人，准备领着他们上路。两个上年纪的重症病人和石玉明，不愿意离开猴子沟，不管孟山虎他们怎么动员，三人死活都不愿意离开。石玉明说：

"我们这个样子，就是治好也是大家的拖累。我们哪里都不去，我们就守在这里，我们要守着老祖宗的基业。那些跑出去在外面待不下去的人回来后，我们就给他们指一条路，叫他们去找你们治病。"

无奈的孟山虎只好把从山谷带来的干粮，分一些留给这几位老人，老人们不要，他们说家中有粮食，现在人不多了，各家各户的粮食收集起来，就够他们吃好长时间了。见劝不动这些老人，孟山虎只好带上愿意跟他走的二十多人，洒泪告别猴子沟，踏上了往山谷迁徙的行程。

让孟山虎没有想到的是，他们离开猴子沟的当天晚上，三位老人聚在石玉明老人家，吃好晚饭后，他们都换上新衣服躺到床上，在相约的时间里点了一把大火……

作为村寨的猴子沟就这样消失了，连同猴子沟村寨一起消失的还有三位老人。一个多月后，孟山虎领着石成军再次走进猴子沟，展现在他们眼前的，已经不是昔日的村落，而是一片大火过后的沉寂和废墟。

从猴子沟走出的那些麻风病人，都得到了新生。他们在山谷中重新结庐而居，与先到的孟山虎一家，孙景堂一家，和石成军兄妹等，在大山的深处缔造出了新的村子。

落叶在树脚堆了厚厚的一层，山风将日子推入了寒冬。山谷中的草屋一家连着一家，将袅袅的炊烟和生活的气息，荡遍了整个山野。从猴子沟来的二十多个人住进麻风村不久，天就开始下雪了，飘飘荡荡的雪花撒落在枯枝上、竹林上、草屋上，撒落在整片山野，继而在孟山虎他们开垦出来的土地上，堆上厚厚的洁白花絮。

连日来，孟山虎同香秀一起配药、熬药，为新到的病人们治病，孙景堂一家成了他们的好帮手。他们为病人烧水清洗伤口，用药酒帮助病人擦洗患处，给他们敷药包扎。

寂静的山谷因人口的骤增，增添了许多生气。整个冬天，孟山虎和香秀一直在繁忙中度过，他们配制的治病药方拯救了他们自己，现在又帮助他们拯救了别人。这么多人的到来，山谷中的他们不再是个体，不再是孤单的两个人，而是形成了一个新鲜的社会群体。

春天随着一部分人的痊愈而光临了这片土地。开春后，孟山虎把那些病不重和没生病的人组织起来，开荒种地，继续大面积种植鸦片。那些离乡背井的人，也把伤痛埋在心底，重新开启了新的生活。

荆棘、树丛、竹林一片一片地被砍倒，晒干后被焚烧，生长鸦片的土地一片一片地露了出来。整个春天，熊熊的火光时不时地照亮山野，火光在吞噬树木草坡的同时，也宣告了一个村子的诞生，一群人新生活的开始。

8

鸦片地越来越大，山谷中鸦片绽放的鲜花也越来越艳丽。每到春夏之交，鸦片花散发的馨香就会弥漫整个山谷。自从种上鸦片，孟山虎就不再打猎，他把所有的精力都倾注在鸦片种植上，为山谷，也为他自己慢慢地积累起了一定的财富。

女儿宝月睡着后，香秀躺到孟山虎身边，将身体偎进孟山虎怀中。亲热过后，香秀问孟山虎：

"听成军讲，我们种的鸦片不是什么药材，而是供人抽的大烟？"

孟山虎看着香秀，香秀也睁着大大的眼睛看他。孟山虎更紧地把香秀拥进怀中，肯定了香秀的问话。香秀说：

"开始我还以为抽大烟就像爹抽叶子烟一样，也是用来排闷的。成军说不是那么回事，他说他在县城看见那些抽大烟的人，一个个就像痨病鬼一样，抽了大烟后就什么事也不想干，只想继续抽。"

孟山虎说："这些人我也见过。兴仁客栈旁边就有一个大烟馆，那里常常有一些流着口水，淌着鼻涕，守在门口讨烟抽的人。看着真是造孽。"

香秀叹了一口气说："没想到我们种的鸦片，原来真是害人的东西。"

孟山虎不说话，而是紧紧地搂着香秀，不想让她再继续往下说。香秀说的话，他也对兴仁客栈老板说过，老板却这样对他说："我们没想害人，是他们自己不争气，才会走到这个地步的。鸦片本来就是药材，有个头疼脑热或者肚疼什么的，大家都用来治疗，效果很好。是药就三分毒，鸦片也一样，用好就是药，用不好就是毒。我们本来就把鸦片当治病救人的药材卖，他们要拿来当毒药使，我们有什么办法。"

孟山虎不想把这个话重复给香秀听。不知道为什么，自从知道有人把鸦片膏当烟抽，抽着抽着就上瘾，然后就堕落，甚至家破人亡后，他的心就开始不安了。

见孟山虎不说话，香秀继续说："虎哥，不知为什么，我的心总是慌慌的，要不，我们不种鸦片了吧。"

孟山虎说："秀，我的心也很乱，我也想不种了，但现在不种还不行啊。不种鸦片，我们又拿哪样来维持生活呢？山谷中不光是我们一家，已经有几十口人了，这几十口人的吃、穿、用，这几年都全靠种鸦片。不种鸦片，我们就断了生活的来源，大家又得继续逃荒要饭，过着生病时的那种日子。"

香秀沉默了，孟山虎也沉默了，这是一个棘手的让他们无法理清头绪的问题。

夜深了，香秀打起了轻微的鼾声，孟山虎没有睡意，他的心从没像今夜这样乱过。冥冥之中，他总是感觉到似乎某个地方出了差错，至于错在哪里，他自己也说不清楚。有一点他是肯定的，兴仁客栈老板在蛊惑他种鸦片时，绝不会是像他说的那样拿去当药材卖，而是拿去制大烟给人抽，赚那些抽大烟人的钱。他有点恨兴仁客栈的老板，他又知道自己还不能怪他，如果山谷中这几年不种鸦片，不要说养那么多人，就是光他和香秀，日子都不会好过。

孟山虎翻身的动作弄醒了香秀，香秀睡意蒙眬地问："怎么还不睡？"

"睡不着。"孟山虎睁着双眼望着黑洞洞的屋子说。

"睡吧，别想那么多。"香秀劝慰着。

香秀劝慰着孟山虎，她的心也很烦乱。自从知道鸦片是害人的东西后，她就想劝孟山虎不要种鸦片了，好几次话未出口就又忍住了。她知道孟山虎，知道他心里想什么，他的心不光装着他自己，不光装着他和她的生活，还有村子，还有村子里大大小小几十口人的生活。特别是在让大伙过好日子这件事情上，孟山虎决不会让自己言而无信。回想她同孟山虎从相识到在一起过日子的日日夜夜，除了满足，她更多的就是感恩，对这个男人的感恩。这个男人不光给了她一个家，还给了她一个全新的生命。香秀不敢想象，要是没有孟山虎的日子，她不知道自己还能不能过得下去？香秀不敢再想下去了，她用手紧紧地抱住孟山虎，将头枕在孟山虎的胸膛上，只有这样，她才感到安全和依靠。

起风了，狂野的山风呼啸着一头撞向山野，撞向树林，撞向这看似平静而又不平静的草屋。

孟春林搬到山谷的第二年就去世了，临死前，他拉着孟山虎的手说："孩子，鸦片虽好，也不能毫无节制地种，更不能砍树开荒漫山遍野地种。够吃够用就行了，有这些山有这些树，你们的日子才会长久。"

兴仁客栈老板又带信来催送烟膏了。来人告诉孟山虎，外边抽大烟的人越来越多，生意越来越好做，老板希望他们再扩大些种植面积，争取来年再多送一些烟膏。

外面世界的不太平也波及了这片大山，前段时间，石成军和孙启忠去县城送烟膏，回来的路上，遇到有土匪在梨子冲关羊子（设卡抢劫），卖烟所得的钱悉数被抢去，石成军想反抗，大腿被捅了一刀，还差点丢了命。

孟山虎用卖药膏所得的钱，托兴仁客栈的老板帮买了十多条枪，几百发子弹，武装了山谷里的所有男人。山谷有了自己的一支队伍。石成军被孟山虎任命为领队，统领三十几名弟兄，负责山谷的安全和护送货物出山，从山外购买山中需要的生活用品。

到这片山上来打劫的土匪越来越多，山谷的日子也越来越不太平。有些土匪是从北边战场上溃退下来的军队，窜进这片大山摇身一变就成了土匪。这些由兵演变成匪的人更凶残，见人就抢，见牲口就抓，稍不从就开枪射杀。这些兵匪一进这片大山，就光顾过山谷几次，要不是看到那些没眉毛，手脚发红发紫的麻风病人，可能这片山谷早就被他们蹂躏光了。土匪们每次进山谷，虽没有抢什么东西就匆匆离开，但他们的骚扰，也让山谷的日子越来越不安生了。

已经一年多没出过山谷了，再不去县城交易，山谷中的生活用品就快接不上了，特别是盐这种必不可少的调味品，已经所剩不多。即使兴仁客栈老板不带话来，孟山虎也想进城一次了。

要出山交易了，兵荒马乱的日子，让孟山虎不知道这次去交易到底是福还是祸？他的心一直忐忑着。他不敢把这种不安表现在脸上，更不敢对人说。在这个山谷，他就是大家的主心骨，如果连他这个主心骨都开始心慌意乱，大家就更是惶恐不安。

临走前，孟山虎把自己的忧虑告诉了香秀，他说："秀，我想好了，鸦片我们不能再种了，害人的东西，来钱再多心也不会安宁。这次出山回来我就跟大家说，收完这一季鸦片，我们把这些地拿来种庄稼，自给自足，不用再看别人的脸色，好好地过我们自己的日子。"

孟山虎再次来到鸦片地边，看着那些茁壮成长的鸦片苗，心里的五味杂陈就泛了出来。孟山虎走入地中，摘下一朵含苞的花蕾，放在鼻子边。没有绽放的花蕾释放的不是花朵开放所发出的馨香，而是一种淡淡的让人说不出的味道，既像植物腐烂的臭味，又像一种被人称为"放屁虫"发出的味道。孟山虎凝神地看着这一大片鸦片，他知道这是山谷的一大笔财富，是山谷人生活的希望。从内心讲，他是很想让这种希望一直在大山谷中延伸，一直延伸出山谷的兴旺和繁盛。但自从知道鸦片害人后，他的心就一直在斗争着，一直在继续种与不种之间徘徊着，无法做出取舍，直到与香秀的深谈。他一直都想不明白，这么好的植物，这些能开出漂亮花朵的植物，怎么一结果，流出果汁后，就变成了害人的大烟呢？

入夏后的一天清早，孟山虎背上去年熬好的烟膏，带着石成军、孙启忠，还有四个麻风村的枪手，牵着四匹马驮，踏上了通往县城的小路。阳光追逐着孟山虎他们的脚步，一步一步地漫向山梁。山谷里，阳光氤氲的彩笔，将山谷点缀得五彩缤纷，艳丽多彩。树林边缘的鸦片地里，那些盛开的鸦片花，在蜜蜂和蝴蝶的舞动下，在山谷弥漫出了淡淡的馨香。

饥荒岁月

一

杀猪了，石明轩家的猪是公社食品站来人杀的，杀猪时石明轩母亲说猪还太小，让再多喂一段时间，喂大点再杀会多有几斤肉。食品站的人不同意，说去年石明轩家的猪就应该上购宰杀了，那个时候看到猪太小，才留下来让他们家喂了这么长时间，喂到现在也还不见猪长大。石明轩的母亲也知道，没有粮食吃没有糠来喂猪，猪是很难长得大的。尽管母亲、石明轩的大姐二姐，天天都不辞辛苦地去要猪菜，天不亮就起来煮猪潲，一桶一桶地猛喂，猪还是长不起来。村子里不光石明轩家，很多人家养的猪都像他家猪的样子，长到一定的程度后，就很难再见到它们长大长肥。公社食品站站长到纳料来看猪，见到这些猪一个比一个瘦，一个比一个小，无奈地摇摇头说，这些猪恐怕都是"萝卜猪"。食品站长所说的"萝卜猪"是一种不会长大的猪，直到那时，石明轩才知道世上还有一种不会长大的猪叫"萝卜猪"。石明轩的母亲一直想让食品站到过年时再来宰杀他们家的猪，过年时宰杀的猪，食品站会留下半边猪肉给他们家过年。其余时间宰杀的猪，一般只能留下半边猪头和一挂猪小肠，来杀猪的人足够大方的话，在留下半边猪头和猪小肠后，还会给主人家留下一截猪大肠。

不管石明轩的母亲怎样哀求，猪还是被宰杀了。食品站来杀猪的两个人叫石明轩的母亲把烫猪的水烧开后，就同他父亲下到猪圈。那两人一人一边抓住猪的两只耳朵，石明轩的父亲则捏住猪的两只后腿，三个人一合力，就把猪从圈里提溜出来了。他们把猪按在一块木马架的木方子上，抓住猪耳朵的另一个人就用一只脚跪在猪肚子上，腾出一只手接过石明轩递过去的刀子，把刀在猪身上来回擦了两下，就用锋利的刀尖瞄准猪脖子准备捅进去。父亲看到石明轩的哥哥石明伦来接猪血的盆子里水放得太少，就吼着对石明伦说，再去加几瓢水，等一下你们才多有几碗血汤喝。

只一会工夫，一头活蹦乱跳的猪就变成了两瓣血淋淋的猪肉，肠子以及猪的所有内脏被掏出来摊放在一个簸箕里。石明轩站在破开的猪肉边，使劲地吞咽着口水，石明伦则去帮着父亲打下手清理猪内脏。待一切都收拾好后，父亲帮着把猪肉运送去了公社。这次食品站的人不光给石明轩家留下半边猪头，一挂猪小肠，一截猪大肠，还破天荒地把猪油留给了石明轩家。石明轩父亲在临出门去送肉时对母亲说，把猪血煮给孩子们吃，肉、杂碎和那些油都不要动，等我来家收拾。

父亲去公社还没有回来，他肯定在公社吃饭了。那些去公社送过肉的人回来都说，把肉送到公社后不光有饭吃，还有肉吃，公社炒的肉大片大片的，吃到嘴里就会有油从嘴角流出来。去公社吃过肉的人边说还边吞口水，口水在喉咙的喉结那个地方一动一动的，咕噜咕噜地仿佛真的在吞肉，听的人喉咙也在一动一动的，也在不断地往肚子里吞口水。石明轩家中午就煮那一大盆猪血吃，开饭前母亲舀了一大钵出来，说要留给父亲，石明轩和石明伦都有点不太乐意。吃完桌上的血，石明伦嚷嚷说还没饱，要把留给父亲的那钵也拿来吃。他说，不用留了，爹肯定在公社有肉吃了。大姐二姐和石明轩也说还要吃，最后母亲只好把钵里的血又倒一些出来，只给父亲留一小部分。那一盆猪血让石明轩家每一个人的肚子都感到了从未有过的充实。吃完猪血，母亲对石明轩姐弟说："出去的时候不准哪个说我们家留有肉吃，别人问到就说，食品站的人讲我们家的猪太小，不够重量，把肉全部要走了，一点都没有给我们留下。"

吃完饭，石明轩和石明伦去坡上要柴，他们一边打着饱嗝一边往坡上走。石明轩想邀约几个伙伴一起去，石明伦不准。石明伦说："我们自己去，快去快回，多要几捆柴，等爹回家后就可以炒肉吃了。"一想到晚上可以有肉吃，石明轩石明伦的精神干劲都很足。石明轩问石明伦，是猪头肉好吃还是猪肠子好吃？石明伦想了好一会说，猪头肉好吃，猪头肉可以吃出油，而猪肠子吃不出油。石明轩又问石明伦，晚上爹会煮什么来吃，是猪头肉还是猪肠子？石明伦说，肯定两样都吃，光吃一样吃不饱，最好连猪油都煮来吃，不要拿来熬油，熬出油后就没剩多少肉了。

石明轩和石明伦往家扛第二捆柴时，他们的父亲回到了家中，父亲给他们从公社包来了将近一钵的熟肉。父亲说："今天公社开会，开会的人都是在公社食堂吃大锅大锅的肉。"父亲不光在公社和开会的人一起吃肉，他们家那个在公社食堂做炊事员的表叔，还把那些吃剩的肉都装给了父亲，叫父亲带回家。晚上吃饭，母亲把父亲带来的熟肉热给全家人吃。父亲只吃了一碗饭，而且一片肉都没有吃，他说他在公社已经吃饱了，并且还喝了酒。父亲说，酒是按人头分的，每个人二两，并一再强调，公社书记和社长也只是二两。

石明轩父亲准备明天请大队支书、大队长、大队会计、民兵连长、工作队的李队长到家来吃饭。他对母亲说："马上就要到五黄六月了，如果现在不请他们，以后有救济，我们家就很难挤得上去。趁现在有点肉，赶快请他们来吃一顿，也才好得到他们的照顾。"石明轩的母亲很为难，家里已经没有好多米了，请这些人来吃一顿，过两天家里就会没有米下锅。父亲说："不管了，先请再说，只有把这些人请到家吃一顿，以后救济下来，这个家才会有米吃。"

请客是在晚上，吃完中午饭，父亲把石明轩、石明伦、石明轩的大姐二姐，都打发出家门，叫他们去找地方玩，玩到天黑再回家，不到天黑不准哪个回来。中午吃饭，父亲叫母亲给石明轩姐弟炒了一小碗猪小肠，然后平均分到了石明轩、石明伦、大姐二姐的碗里。分炒熟的猪肠子时，石明轩看到父亲多分了两小截给大姐二姐，石明轩和石明伦心里就很不满意，但却不敢在脸上表现出来。石明伦用脚踢了踢石明轩，想叫石明轩说话。石明轩看了看石明伦又看了看父亲，看见父亲的眼睛也正瞪着自己，就没敢开口。分完猪肠子后父亲发话，老大老三你们两个讨猪菜喂猪辛苦，我就多给你们一点，今后你们再多勤快去讨点猪菜，把圈里的那头猪喂大点，肥点，过年食品站来上购，就可以多留下一点肉，到时候全家就可以饱饱地吃一顿了。说完这话，父亲看了石明轩和石明伦一眼，然后就出去了。父亲出去后，大姐把父亲多分给她的猪肠子，夹了一些到石明轩和石明伦的碗里，石明轩立即把大姐给的连同自己应得的那份猪肠子，都吞进了肚子里。石明伦却夹还了大姐，他说他不太爱吃猪肠子。

石明轩和石明伦拿上盆和桶，到距离村子两里路远的小河沟里去抓鱼。要是在以往的时间里，父亲和母亲是不会准许他们到河沟里来的。河沟边经常看到有蛇出没，石明轩很害怕，石明伦一点都不怕，他甚至找了一根长长的竹鞭，说要打一条蛇来烧吃。但当一条有锄头把大的蛇从草丛中游出来时，石明伦却吓得丢下手中的鞭子，拉着石明轩没命地往大路上跑，跑到路边的一块大石头边，两人都累得一屁股坐在石头上。喘了好久气后，石明轩对石明伦说我们回家吧。石明伦说："不，天没黑，回家父亲要责骂我们。"

石明轩和石明伦就在路边的那块大石头上，坐了很长很长的时间。不久，夕阳下山了，天也一点一点地阴沉下来。看着远去的夕阳，石明伦说："我们回家吧，他们肯定吃好了，爹肯定把我们家的肉都煮给他们吃了。"最后他抽了抽鼻子说他都闻到了肉的香味。石明伦说这话时，石明轩也使劲嗅着鼻子，但什么也没有闻到。石明伦说："我看见过那个大队支书吃肉，嘴巴张得大大的，一口可以吃下去两大块肉。他们一个个都能吃，肯定会把我们家的肉全部吃光。"

石明轩和石明伦回到家，大姐二姐还没有回来，父亲和那些请来的人也快要吃好饭了。见到石明轩和石明伦进家，工作队的李队长叫他们一起过去吃饭。父亲却对他说："不要管他们，他们吃的还在后头。"石明轩不知道那个时候父亲说这话是什么意思，是说石明轩他们要在后面吃，还是说他们以后有机会吃？这个问题已经顾不得让石明轩去多想了,他紧盯着几乎被扫荡一空的饭桌,双眼迸出饥饿的火花,肚子也叽叽咕咕地叫个不停。

二

　　课堂上,老师布置了一道作文,题目是《我的理想》。作文课是两节连堂课,老师要求作文必须在课堂上完成。虽然一个早上才上三节课,由于总是吃不饱,到第二节课时,石明轩的肚子已经饿得咕咕叫。石明轩在作文本里写上,我的理想是吃一顿饱饭……写了不到五十个字就交给老师看。老师看后说不能这么写,要往大处想,不要光想着吃饭的事。想了一会,石明轩又写上,我的理想是吃饱饭,还要有肉吃……这次多加了三十多个字。老师看后仍然说不行,说理想不光是想自己的事,还要想着别人的事,要想大事。石明轩绞尽脑汁想了一会,又在本子里写上,我的理想是全家人都吃饱饭,有肉吃,父亲还有酒喝……经过这么一折腾,字数虽然比前面多了,内容也比前面丰富了,但作文本也变得花里胡哨了。石明轩把作文本拿给老师看,老师看后还是说不行,叫石明轩一定要往大处想,想更大的理想,多想想今后要干的大事。可除了想吃,石明轩实在想不出其他的东西了。眼看着一早上的课就结束了,石明轩还是没有把老师需要的远大理想写出来。放学收作文本的时候,老师恨铁不成钢地对石明轩说:"我看你是饿痨鬼转世,除了吃还是吃,就再也想不出别的东西了?"老师说话的时候,石明轩勾着头,双手紧紧地抱着饥饿的肚子,一副很惭愧的样子。

　　因为饥饿,石明轩总是不好好上课,总是不想待在教室,上课时也总是心不在焉,老想找机会逃学。因为害怕父亲的鞭子,虽然不想读书,石明轩却不敢将逃学付诸行动。哥哥石明伦和石明轩一样,都不愿意去读书,读书太饿,坐在教室里听老师上课时肚子就像猫抓一样难受。石明轩不敢逃学,石明伦却偷偷离开了学校。父亲发现石明伦没有到学校去上学时,石明伦已经离开学校五天了。父亲叫石明轩去找石明伦，石明轩找了很多地方都没有找见。父亲提着一根专门用来打牛的鞭子像疯子一样气冲冲地在寨子中蹿来蹿去，并大声地喊着石明伦的小名。石明轩一直替哥哥担心着，担心父亲如果找到哥哥，肯定会用手中的牛鞭狠狠地抽他一顿。

石明伦逃学出来那段时间，山上的杨梅已经成熟了，石明伦和几个不愿读书的伙伴一道从学校出来，就直接到山上去采摘杨梅。石明伦把父亲用木板给他做成的木箱书包里的书、本子都统统取出来，放在教室的书桌里，背上空空的木箱书包就上了山。石明伦把采摘到的杨梅装到木箱里，装了满满一箱，背到三十里路外的集上去卖，卖掉杨梅，用所得的钱去吃了两大碗不要粮票的豆粉。石明伦从此就不再去上学了。

父亲是在石明伦从学校逃学一个多星期以后才把他找到，那个时候，山上已经没有杨梅可采摘，石明伦回家来时，身上的衣服已经破烂不堪，但脸上的皮肤却变得红黑红黑的，身体看上去也比从前强壮了许多。石明伦刚跨进家门，父亲顺手就从门背后把早已准备好的鞭子捞出来，手一扬就往石明伦的身上抽去，鞭子落在石明伦的身上时，石明轩紧紧地闭上了眼睛。石明伦一动不动地站着，既不说话也不躲避。父亲准备抽第二鞭，奶奶出现了，奶奶夺过父亲手里的鞭子，不让父亲打石明伦，并叫母亲把石明伦拉到了一边。

由于奶奶的及时出现，石明伦免遭了一顿暴打。但是父亲却不解恨，他经常找机会骂石明伦，不给石明伦好脸色看。特别是吃饭间，他不是嫌石明伦拿筷子的姿势不好看，就是嫌石明伦喝稀饭喝得太响，影响大家，要不就说石明伦吃得太多，光会吃不会做事。不久，父亲到队上去给石明伦报了名，让石明伦成了这个家的半劳力。

父亲一直希望石明轩和石明伦都能够读好书。他的计划是等石明轩他们都读好书，长大后就送去当兵，当兵退伍就回到家来当干部。当上干部就是人上人了，要用有用，要穿有穿，要吃有吃，他和他们的母亲也就不用愁了。特别是吃，那就说不尽了，想吃什么就吃什么，什么时候想吃肉都会有肉吃。石明伦却不听父亲的安排，石明伦打乱了父亲的计划，父亲就很生气。父亲没有送石明轩的大姐和二姐去读书，尽管大姐和二姐也想去读书，父亲却从来没有起过这个念头。母亲对父亲提出来，让石明轩的大姐二姐也去上学。父亲说，女娃儿家，长大以后就是别人家的人，去上学有什么用。父亲的这一句话，就把大姐和二姐的上学梦给扼杀了。

　　石明伦时常都在怀念去卖杨梅换豆粉吃的那段日子，他经常向石明轩绘声绘色的描绘吃豆粉的细节，每次都说得石明轩馋涎欲滴。石明伦说，豆粉里虽然没有肉，却放了很多油，吃到嘴里时香喷喷油漉漉的，每次吃完豆粉，我还要用舌头把碗舔得干干净净才放手。石明伦一边说还一边吧嗒着嘴巴，就像真的在吃豆粉。每当这个时候，石明轩就紧盯着石明伦的嘴巴，使劲地往胃里吞咽着口水。石明轩曾央求父母去赶集时带自己去，让自己也去吃一次豆粉。但每次不是母亲用巴掌把他赶回来，就是父亲用呵斥把他吼回家。石明伦做了半劳力后，赶集的机会也多了起来。特别是缴公粮的日子，以前都是父亲和母亲去，从石明伦回家参加集体劳动后，每次去缴公粮，就是父亲和石明伦一起去了。

　　上学真的很饿，特别是上到最后那一节课，肚子就会咕噜咕噜地叫，饿得特别难受，有好几次石明轩也想从教室里逃出来，像石明伦一样，到山上去寻找充饥的东西。但一想到父亲那凶狠的目光，和那细长细长的，抽在身上就会起血印子的细鞭子，心里就感到很害怕。自从哥哥石明伦不读书，回家参与务农后，父亲对石明轩上学看管就更严了，任何时候，只要看见石明轩上学时间不去上学而是在玩耍，抓住后就是一顿暴打。

　　好不容易熬到放假，队上的农活也干完了，进入农闲时间，大家就清闲和慵懒了许多。石明轩和石明伦却闲不下来，父亲逼着他们去要柴，并规定他们一天要要回三捆柴，晚上才能吃饭。石明轩和石明伦走在去要柴火的路上，石明伦问石明轩，我们爹像不像地主？石明轩说像。石明伦却说不像。石明伦说，地主天天吃肉吃白米饭，我们爹没有白米饭吃，更没有肉吃，最多只能算是地主家的狗腿子。那个时候的石明轩和石明伦，既惧怕他们的父亲，又深恨他们的父亲。

　　石明轩和石明伦在房子背后的山岩上，砍一棵有石明轩身子一样粗的青杠树。石明轩在距离树不远的地方坐着,看着石明伦一斧一斧地举起然后又落下。这里离家很近,山下的房屋和活动的人影都清晰可见。从这里看家所在的地方,寨子里参差不齐的二十六间房屋,就像一个个营养不良的人,矮矮遢遢,灰灰蒙蒙,看上去东倒西歪,别别扭扭。此刻很多人家的房顶上都已经飘起了白烟,那些烟不是从房顶飘出,而是从房子的另一侧冒出来,然后才聚拢到房子的上空,形成一股缠绕不散的烟雾。狗的叫声、牛的叫声此起彼伏地在烟雾中回响着,传递着,然后又在山岩上回应着。有了这些声音的陪衬,这个看上去死气沉沉的寨子,才就此生出几分鲜活的生命气息。

　　石明轩听到了猪被宰杀时发出的哀叫声,石明伦也听到了,他停下斧子往山下望去,然后回过头来对石明轩说,六叔家杀猪了,他要接新娘子了。六叔是石明轩的一个堂叔,石明轩只知道六叔要在这个冬天结婚,没想到这么快就到了他结婚的日子了。

　　石明伦说,今早我们可以到六叔家去吃饭,肯定会有猪血肠吃。一听到吃,石明轩的肚子就不争气地叫了起来,石明轩对石明伦说:"哥,快点砍吧,我们早点过去,去晚我怕他们把猪血肠都吃光了。"石明伦说:"现在才杀猪,起码我们把柴要到家,他们都还没有整好。"嘴上虽然这样说,石明伦还是快速地挥动手上的斧子,狠劲地向面前的树砍去。不一会儿,被砍断的青杠树就慢慢地向下倾斜着身子,然后快速地向山岩下飞去,瞬间就传来了落地的轰响声。

　　到家把肩上的柴一放,石明轩就立即往六叔家跑去。六叔家,石明轩看到猪已经被宰杀好,猪肉已经被对开分成两片,并排摆放在堂屋中间的八仙桌上。父亲和几个人在忙碌地灌猪血肠,石明轩的二叔和另外两个人,则把猪头和猪腿从猪身上切割下来,放到火上去烧皮。皮肉与火接触后发出的焦糊味从火塘里飘出来,弥漫在整个空气中,散发出浓浓的肉香味,引动得石明轩的肚子,更加饥饿难耐。

　　几只狗和几个早到的小伙伴围在火塘边,看着大人们在火上烧肉,石明轩也加入到他们中间。大人们先把猪腿拿到火上去烧,过了一会又从火上取出来,放到地上用刀背敲下猪蹄上的蹄壳,并向门外丢去,随着丢的动作,狗们也轰地散开往门外跑去,去拣拾那些被丢到门外的蹄壳，用嘴衔着溜到一边去津津有味地啃吃。有几只狗还为此在门边打了起来。看到狗们在啃蹄壳，并且吃得很投入很陶醉，石明轩感到了从未有过的诱惑。此时石明轩真想变做一只狗，然后加入到门外的群体中，去抢上一只蹄壳，到一边去大快朵颐。石明轩一边看着狗们的吃相，一边大口大口地吞着口水。正在这时，有一只蹄壳在刀背的重力作用下，滚到了石明轩的脚边，石明轩伸手把它捡起来，没有丢到门外，而是紧紧地抓在手里，快速地向门外走去。

溜出六叔家大门，石明轩找了个背人的地方，迫不及待地把拣到的蹄壳放到了嘴里。蹄壳太硬，石明轩根本就没有啃下什么东西，更别说品尝肉的味道了。但石明轩还是没有放弃，仍然继续把蹄壳放到嘴里面去啃，边啃边吞口水。让石明轩没想到的是，他的一举一动，都被来抱柴火去做饭的三婶看在了眼里。看到石明轩的馋痨相，三婶像遇着鬼一样惊叫起来："鬼崽噫，你看你那种样子哟，丢死人啰！"三婶的叫声把石明轩吓呆了，她转身离开时，石明轩手上还紧紧地拿着蹄壳，愣愣地站在那里不知所措。不一会，父亲怒气冲冲地从六叔家冲出来。看到父亲，石明轩慌忙丢下手上的猪蹄壳，撒腿就跑。没跑多远，石明轩就被父亲抓住了，父亲的巴掌随之也就狠狠地落到了石明轩的屁股上，身上、脸上。

父亲真的生气了，用手打了石明轩两巴掌后，又从六叔家的柴火堆里抽出一棵细柴棒，狠狠地抽在石明轩的身上。母亲赶来带石明轩回家时，石明轩已经哭不出声音了，父亲都还在那里使劲地揍他，很多人来拉都拉不开。石明轩和母亲往家走，父亲也在后面骂骂咧咧地跟着。一到家，父亲又从门背后抽出放在那里的鞭子，准备再用鞭子抽石明轩，被母亲用身子护住了。母亲一边用身子护石明轩一边对父亲说："你就只会打人，有本事你让孩子吃饱，让孩子不饿。还打，还打你干脆把我们全家都打死算了，省得大家在这个世上穿也穿不利落，吃也吃不落肚。"说完，母亲也跟着石明轩哭了起来。听到母亲的这几句话，父亲待了一会，然后扔下鞭子，蹲在一边也呜呜地哭了起来。

三

啃猪蹄壳的事让石明轩在寨中丢尽了脸面。过后的好长一段时间，石明轩走到哪里，都会有人问石明轩，猪蹄壳好不好吃？有没有猪屎的味道？问完后不管石明轩回不回答，大家都在哈哈大笑。石明轩知道大家都在嘲笑自己，都在嫌弃自己。大人嘲笑还无所谓，同龄伙伴们的嘲笑，却一度让他变得很难堪，很长一段时间，他都不敢走到伙伴们中间去玩耍。二奶是村里的五保户，她没有像其他人那样嘲笑石明轩，见到石明轩从不提他啃猪蹄壳的事，还常常关切地问石明轩："崽噫，肚子还饿不饿？以后肚子要是饿了就来找二奶，二奶给你找吃的东西，不要去做那种丢人现眼的事了。"

尽管那时二奶家也没有什么吃的东西，但二奶家有一棵谁也不知道树龄的老梨树，树干大得要两个大人手牵着手才能够抱住。这棵村子里唯一的梨树，一直是石明轩他们这群半大孩子关注的对象。平时二奶都把梨树看得很紧，不让他们靠近。特别是梨子成熟的季节，二奶更是寸步不离地守在树下，连风吹落下来的梨疙瘩二奶都看得很紧，没有经过她允许，任何人都不能进园子里去拣拾。梨子一成熟，二奶就叫人帮着上树把梨果打下来，卖给公社收购站，换取盐巴钱和煤油钱。

随着时间的推移，人们渐渐淡忘了石明轩啃猪蹄壳的事，石明轩又慢慢融入寨上的伙伴群中，与他们一道玩耍了。时令已进夏天，二奶家的梨子虽还没有成熟，但挂在高高树枝上的梨果，已经馋得这些孩子口水直流了。这样的季节里，石明轩这些孩子都渴望刮大风，被风从树上吹落下来的梨疙瘩，二奶都会大方地准许他们进园子去拣来食用。白天长得越来越让人难熬，由于总是吃不饱，饥饿就像一个虫子，时时都在啃蚀石明轩那细小的胃。石明轩和几个小伙伴来到二奶家的梨树下，渴望能在树下拣到几个被风吹落下来的梨疙瘩。他们在树下的泥坑和附近的草丛中全部梳理了一遍，一个梨疙瘩也没有拣到。有人提议用弹弓把梨果从树上打下来，得到大家的一致同意。小伙伴们安排石明轩到门前去看二奶在不在，如果二奶在，就要想办法阻止住她，不让她到屋子背后来。石明轩不想去，小伙伴们说不行，一定要他去。他们说，只有你去最合适，你家和二奶家是一个家族，二奶不会怀疑你，我们去了二奶都不相信。你去前面守，我们把梨果打下来，到时多分给你一个。

　　石明轩从房子背后绕到二奶家门前，刚好看到二奶从门里走出来。看到二奶，石明轩感觉有点紧张，隔老远就急忙叫了一声"二奶！"二奶打量着石明轩，问石明轩有什么事？石明轩嗫嚅了半天也说不出话，心也就更加咚咚跳个不停。见石明轩站在那里不说话，二奶问是不是想来园子里拣梨疙瘩？二奶一提到梨，石明轩的脸就红了起来，站在那里更是支支吾吾，不知说什么好。二奶说，这孩子，想哪样你怕我不晓得，还脸红不好意思讲。说完二奶走进屋子中，出来时手上拿了几个梨疙瘩。二奶把梨疙瘩递给石明轩，说："这是昨天风吹落的，早上刚从园子里拣来，园子的梨疙瘩我已经拣光了，你就不要去踩我的园子了。"

　　梨疙瘩绿绿的细细的，比石明轩的拇指大不了多少。石明轩接过梨疙瘩时，二奶说："你们这些馋嘴猫，一个个就像饿痨鬼一样，梨子的花瓣都还没有落，成哪样吃嘛？一天到晚来守，把我的园子都踩坏了。"二奶的话说得石明轩的心咚咚地跳得更快，石明轩真怕她走去后园，破坏掉他和伙伴们打梨果的计划。好在说完这几句话，二奶也不再细说，也没有往后园走，而是招呼石明轩到门口去坐。石明轩乖乖地坐到了大门边的石凳上，坐下去时顺手把一个梨疙瘩放进嘴里咬了一口。二奶问梨疙瘩好不好吃？石明轩说好吃。二奶从她的手上取出一个梨疙瘩放到嘴里咬了一口，随即马上吐到地上，"呸"了一声说："涩得这样，你也吃得下去？我看你是饿痨鬼转世了，什么都敢吃。"

　　石明轩把梨疙瘩送进口中，几大口就把四个梨疙瘩全部吃光。吃完也没有感觉到二奶说的那种青涩味道，相反却感到有一种想吃饭的欲望从胃里冒出来，诱惑得肚子更加饥饿难耐。

石明轩一直惦记着在房子背后打梨果的伙伴们,不知道他们打下梨果没有?吃完二奶给他的梨疙瘩,石明轩就磨蹭着想离开,二奶却不让他走。二奶一直在用话问石明轩,问石明轩这段时间家里吃什么饭?是稀饭还是干饭?是白米加苞谷饭还是尽吃苞谷饭?是不是加菜叶或者别的什么东西?石明轩的心思一直都放在园子里打梨果的伙伴们身上,对二奶的问话老是答不上来。见石明轩心不在焉,答话时支支吾吾,颠三倒四,二奶生气地说:"你不好好陪我说话,下次再有风从树上把梨疙瘩吹下来,我就拿给国祥他们吃,不给你吃了。"

二奶问石明轩家吃什么菜?石明轩想了想说,我们家没有菜吃,天天吃辣椒水。二奶又问:"上个月你们家猪崽是不是死了,死了几个?"石明轩说:"六个,六个全部死了。"二奶问猪崽死的那几天你们家吃什么菜?石明轩想了想,然后说:"我们家没有菜吃,天天吃肉!"

一提到吃肉,石明轩吞了一口口水,石明轩看到二奶也吞了一口口水。二奶说:"啧啧,都天天吃肉了,还骗我说没有菜吃,真是个小骗子。"

猪崽死的那几天,石明轩家过了一段神仙日子。尽管那些猪崽从生到死都没到一个月,看上去也比那些在石明轩家出没的耗子大不了多少,石明轩的父亲还是用开水把死猪崽的毛都烫干净,用稻草火把一个个死猪崽烤得焦黄焦黄的,让他们一家人饱饱美美地吃了两天。吃死猪崽那几天,父亲母亲都一直告诫石明轩他们姐弟,吃肉的事不准到外面去说。现在,为了二奶的那几个梨疙瘩,石明轩一下子就忘记了答应父母的话,把父母不准说的事也说了出来。

石明轩对二奶说:"二奶,你不要把我讲的话讲出去,讲了爹妈要打我的。"二奶说:"我不会讲的,我一个老人还不知道这一点,不用你讲我都晓得不会讲出去。但你也要记住,以后你们家吃肉的时候,你要给二奶留一块,让二奶也尝尝味道。如果你不给二奶留一块,我就要把你今天讲的话讲给你爹妈听,还不准你到园子里来拣梨疙瘩。"

从二奶家出来,二奶又给了石明轩两个梨疙瘩,还没有走出二奶的视线，两个梨疙瘩就全部被石明轩吃进肚去了。石明轩把梨疙瘩连同口水的味道一起使劲吞下肚后，才慢慢地往前走去。拐过房角，脱离了二奶的视线，石明轩立即撒腿向后园的梨子树下跑去。等石明轩气喘吁吁跑到梨子树下，伙伴们的身影早已经不见了。

石明轩在打谷场上寻到那些伙伴，他们都说没有打到梨果，而且一个个还张开嘴叫石明轩检查。石明轩知道他们一定打到梨果并且分吃光了。以前他们用弹弓打二奶家的梨果，一次都没有落空过，这次他们肯定也不会落空。明明知道他们在骗自己，石明轩也没有办法。

四

二奶家的梨子大部分都被跟石明轩一般大的孩子偷吃了。梨子没有成熟的时候他们去偷，梨子成熟了他们也去偷。二奶常常把他们追得鸡飞狗跳，追得满寨子奔跑。因为饥饿，石明轩他们这群半大孩子，常常都冒着被二奶追赶的危险，三天两头潜进二奶家后园，拍打树上的梨果。

石明轩很害怕二奶。尽管二奶对石明轩很好，常常把被风雨吹落下来的梨疙瘩拿给石明轩缓解饥饿，并在梨果成熟时节，打下一些梨果，给石明轩家送过来，让石明轩和家人品尝解馋。因为常常去偷梨，石明轩他们这群半大孩子，常常被二奶追得满寨跑。二奶对偷梨的孩子都很凶，看见了先是咒骂一顿。谁不幸被抓到，二奶不光用如枯柴一样的手，狠狠地在他的屁股上抽上几巴掌，还要把抓到的孩子拉到家长面前去告状，让家长把孩子收拾一顿。石明轩被二奶抓到过一次，那次二奶没有打石明轩的屁股，直接拉着石明轩的手，把石明轩拖到他父亲面前。那次，石明轩的父亲就把石明轩狠揍了一顿。

二奶生病了。进入冬天，天就变得特别寒冷，还长时间下雨，让人感觉到烦闷、不安。一个冷雨霏霏的晚上，队长来到石明轩家，叫石明轩父亲把家族的人全部喊到家中。队长说，五保户二奶病得很重，需要有人照顾，队上商量后向大队进行了汇报，大队希望还是由你们家族来照顾二奶，最好是能够让二奶住到你们这几家中的一家来，这样才便于照顾。队长把话说完，就把目光从屋子中每一个人的脸上慢慢扫过，大家都低着头，谁都不说话，更没有人站出来说让二奶到家中来住。队长又说，二奶看起来很难熬过这个冬天，我现在来跟你们商量，是看着你们几家都是她的家族，如若你们不管，我们队上就安排人管了。我们安排人来管，今后有什么事，你们家族就不要来闹。父亲抬起头对队长说，我倒是想管，可我的娃儿多，生活不好，怕二奶来了没有吃的，拖累她老人家。队长马上就说："你即使同意，二奶也不能住到你们家来，她现在是病人，不光要有人照顾，还要清静。你家一大群娃儿，吵都要把她吵死了。"队长然后对石明轩三叔说："维斌，我看这个冬天二奶就住到你家吧。"三叔说："我倒是没有意见，我的父母跟着我住，我还得回家去跟两位老人商量商量才行。"队长说："有哪样商量的，只要你家两口子同意就行了，你家两个老人，再加一个老人，刚好有伴。"

　　商量好了以后，石明轩的父亲、二叔、三叔和爷爷奶奶一大家子人，就到二奶家去接二奶。得知大家的来意后，二奶却不领这个情，死活不愿意搬出来住。二奶喊着说："我都快要死了，我死也要死在自己家里，决不到别人家去死！"无论大家怎么劝说，二奶都不肯搬到石明轩三叔家。见劝不动二奶，队长也没有办法。最后他说："干脆你们几家商量一下，由哪一家出一个人来照顾二奶，给照顾的人按半劳力记工分。"石明轩的爷爷说要按全劳力记。队长说这段时间正是农闲，在家坐也是坐，按半劳力记已经很不错了。听了队长的话，石明轩的爷爷也就不再说什么。停了一会，爷爷对石明轩的父亲说："老大，你家吃饭的嘴多，反正这段时间也没有什么事做，你就带着娃儿来陪二奶，好歹也多挣到两个工分，来年就可以多分一点粮食。"

　　石明轩跟着端着稀饭的母亲走进二奶家，去给二奶送饭。稀饭是用纯大米熬出来的，看上去黏稠稠油汪汪，让人馋涎欲滴。为了病中的二奶，石明轩家仅有的大米都用来给二奶熬稀饭了，这段时间，石明轩家的饭里除了苞谷面就是一些蔬菜，很少再看到大米粒。

二奶的病越来越重，到最后连大米稀饭都吞不下了。刚开始时，石明轩和母亲把饭端过来，伺候二奶吃好，母亲就去做自己的事情，留下石明轩或者他们姐弟中的某一个人陪伴照顾二奶，烧火给二奶烤，晚上，父亲母亲中的一个人再过来和二奶做伴。二奶越来越不行了，并常常处于迷糊状态，石明轩的父母就不敢再大意，他们不得不放下手上的活，一天二十四小时地守在二奶的床前。

一天上午，二奶叫石明轩的父亲找来队长，她对队长说："我死后这个房子留给老大（石明轩的父亲）家，屋背后的自留地和梨子树也留给他们家，其余的几块自留地，就麻烦队上帮分配给另外几家家门族下。"说完这几句话，二奶长长地喘了一口气，忽然对父亲和队长说："是哪家在吃肉，我闻到了肉的香味，能有一口肉吃多好啊！"二奶对父亲说："上次你们杀猪给我送来的肉太香太油了，我放在菜里煮了好多天都还有油味，那香味好多天都不会散。"二奶说这话时，石明轩看到父亲哭了，他一边用手抹着从眼里流出的泪花，一边从二奶的床边走出来，对门外边的母亲说："去家把那只母鸡杀了，炖好后端过来给二奶。"

石明轩的母亲把炖好的母鸡端进二奶家，整个屋子里就弥漫出了一股鸡肉的清香味。石明轩使劲嗅了嗅鼻子，那股香味就慢慢地被吸进了肚子里。见石明轩一副馋涎欲滴的样子，父亲狠狠地瞪了他一眼。在父亲的逼视下，石明轩连忙把那一对饥饿的目光从母亲端着鸡肉的手上收了回来。也许是鸡肉的香味太诱人，躺在床上昏昏沉沉的二奶还没有看到石明轩的母亲进大门，就睁开眼睛大声地喊叫着说："香肉，好香的肉啊。我要吃肉，我要大口吃肉，饱饱地吃一顿肉！"

石明轩的母亲把鸡肉锅放到二奶家的灶台上，找来一个碗盛了一大碗鸡汤，又从鸡身上扯下一只鸡腿，一起端给二奶。石明轩的眼睛一直紧随着母亲的动作，一眨不眨地紧盯着锅里的鸡肉。看到石明轩那馋相，父亲对他吼道："站在那里搞哪样，还不过去帮你妈端碗！"

二奶已经从床上坐了起来，石明轩和母亲一进房间，刚好看见她睁着一双饥饿的目光紧紧盯着走进房间的他们。那目光里流露出的贪婪和渴望，直到二奶去世后好久，石明轩想起来都还很害怕。石明轩的母亲刚把鸡肉和鸡汤端到床边，二奶就一把把手伸出来，准确地抓住了碗里的鸡腿。石明轩的母亲吓得惊叫一声，汤从碗里洒了出来，洒到了二奶的床上和身上。二奶却顾不了那么多，她用手紧紧地抓住鸡腿往口里送。鸡腿刚刚塞进二奶口中，石明轩就看到二奶的眼睛慢慢地闭上了，然后只见她往后一倒，就歪到了床上。

二奶去世了，她死时连一口鸡汤都没有喝上。二奶塞进口里的鸡腿，装棺时，石明轩的父亲费了很大劲才从她口里扯出来。本来石明轩的父亲还打算掰开二奶的手，把鸡腿从她的手上扯下来，被赶来的爷爷制止了。爷爷说："老大，别扯了，就让二奶带那只鸡腿走吧，到那边她也就不会挨饿，也能够有肉吃了。"

二奶的丧事是队上办的。为给二奶办丧事，队上杀了石明轩家喂的一头大黄牯牛，这头牛前不久和别的牛打架，摔断了一条腿。队长早就想把它给杀了，让全队人都改善一下伙食，一直找不到借口。现在正好借给二奶办丧事的机会，名正言顺地就把牛给杀了。

办完二奶的丧事，队长来到石明轩家，对石明轩的父亲说，原来答应给你们工分照顾二奶的事，恐怕很难办得到了。队长说，队上的很多人都有意见，现在你们家得了二奶的房子、自留地和梨子树，再给工分就不合理了。石明轩的父亲说不给就不给吧，那几个工分也值不了多少。队长说："虽然不给工分，但队上还是想多多少少要补给你们家一点。这样吧，给二奶办丧事还剩下一副牛骨头架子，我们队上商量了，就留给你们家炖来吃，也算是一点补偿。"石明轩的父亲没想到还会有这样的好事，他立即带着石明伦和石明轩，跟在队长身后，从二奶家的灶房里把牛骨头架子搬到了家中。

二奶去世后，石明轩大病了一场，梦中老是出现二奶从碗里抢吃鸡肉的那种可怕样子，一天到晚昏昏沉沉的，还说胡话。石明轩的母亲和奶奶都认为是他的魂魄被二奶勾走了，就去请人来给石明轩喊魂。石明轩的父亲却不信那些，他把石明轩背到公社医院，在那里住了两天，又吃药又打针，见没有什么好转后又把他背回家，找来草药熬给他喝，一个多星期后才把石明轩从死亡线上拉回来。石明轩病好转来时，家里的牛骨头架子也已经炖吃光了，连吃不动的骨头都被当成柴火烧掉了。石明伦说炖牛骨头架子的那几天，他的嘴巴都是油汪汪的，干活、走路都比平时有劲。石明伦对石明轩说："太可惜了，我如果晓得你这么快就好起来的话，一定会给你留一点肉，让你也尝尝牛骨头肉的香味道。"

五

石明轩原以为自己家得了二奶家的梨树，以后吃梨疙瘩就更方便了。没想到二奶死后不久，公社派来工作队，在纳料大队开展割"资本主义尾巴"活动。二奶去世后留给石明轩家的自留地，很大一部分又被划给了集体，二奶家屋背后的老梨树，也在工作队的监督下，由生产队派人砍掉，做成了好多个装水喂牛的牛槽。石明轩的父亲本来想，得到二奶的自留地后，就拿来种早苞谷，早点种出粮食，让全家人到夏天都不会拉饥荒。石明轩的母亲更是想，有了梨树，秋天卖掉梨果，就可以取出多年积下来的布票，给全家一人添一件新棉袄。自留地被收走，梨树被砍掉，父亲和母亲的梦都变成了一场空梦。

生产队派人来砍梨树那天，石明轩的父亲躲到了外面，母亲也把自己关在家不出门，还交代石明轩姐弟，不准他们出去观看。尽管石明轩他们一家人都没有去看，梨树被砍断，倒地时发出的轰响，他们还是清晰地听到了。梨树倒地的时候，石明轩的母亲哭了，石明轩和两个姐姐也哭了。只有石明伦没有哭，他呆呆地坐着紧咬嘴唇，一副欲哭无泪的样子。

日子又回到了饥饿难耐的岁月中，石明轩仍如一只饥饿的狗，每天东闻闻西嗅嗅，总想找到吃的东西。

石明轩拿着锄头，背着背篓在已经收过红薯的地里仔细挖刨搜寻着，希望能找到那些被遗漏下来的红薯。他一块地一块地搜寻，一坨土一坨土地翻找，一连找了好几块地，成样子点的红薯一个都没有找到，找来找去也只找到几根像小手只一样大的红薯根。红薯没找到，他反而把自己弄得又累又饿,气喘如牛。石明轩坐到地边的一块大石头上,用手指甲仔细地把红薯根上的泥土去掉,用嘴对着红薯根连着吹了几口气,不管不顾地把红薯根塞进了嘴里。嚼在嘴里,红薯根散发出一股泥土味,泅进石明轩的喉咙,呛得石明轩干呕了几声。石明轩没有把口中的红薯根吐出来,反而嚼得十分起劲,吃得津津有味。

放假后,像石明轩一样大的孩子都会跑到生产队的红薯地来,每个人都背着一个竹编的小背篓,拿着锄头在大人们已经翻犁过的红薯地里再重新翻找一遍,希望能找到没有被大人们拣去的红薯。这是大人们交代的任务,找到红薯后就装进背篓,带回家交给大人,由大人放到粮食里,掺着煮来当饭吃。

虽然起了一个大早,石明轩所在的这一片地估计昨天晚上就已经有人来刨过了,地里到处都是人踩出来的脚印。能在晚上到地里来刨红薯的一定是大人,像石明轩这样的小孩,一般晚上都不敢出来。一无所获的石明轩正在不知道该怎么办时,听到有人叫自己的小名。叫石明轩的人是寨上的维刚叔,他问石明轩愿不愿意跟他到河那边的桦口坡去挖山药。维刚叔说:"那边的山药最好挖,很多山药都长在石板上,只要把石板上面的那一层泥土揭开,就能挖到山药了。"维刚叔的话让饥肠辘辘的石明轩一下子就动了心。石明轩还是有点犹豫,他害怕父亲知道后,会把自己痛打一顿。维刚叔说:"不怕,我保证你爹不会打你。你是去挖山药,又不是去做坏事,你爹只要看见你挖到山药,就不会打你了。"

石明轩他们寨子四周的大山,桦口坡最特别,距离寨子最远,坡度最陡,面积最大,森林最茂密。因为里面还有豹、熊、野猪等野兽,寨子里的人都很少到桦口坡去,只有大队组织民兵去打猎时,才会有人深入那个地方。桦口坡就像一把人们用来犁地的铧口,从上往下弯曲着,慢慢向它脚下的牛洞河延伸。石明轩虽然也很向往桦口坡的山药,但一想到那些野兽,心中就很害怕。维刚叔说:"怕什么,豹子、熊和野猪,都已经被民兵们追到很远很远的地方去了,上前天我就一个人去挖过,什么也碰不到。你去不去?不去我就一个人去了,文山、国军他们想去我都不带他们,要不是看到你这么可怜,一大早就来这里刨，我才懒得喊你。"石明轩说他还没有吃早饭。维刚叔说："我也没有吃，我准备到桦口坡那边去挖到山药后，就用火烤山药吃，烤山药比家里的饭要好吃得多。"维刚叔的话终于让石明轩动了心，走之前石明轩说："我没有什么工具，拿什么去挖？"维刚叔说："只要有锄头就行，到那边我再用柴刀帮你砍一根木棒，削来做梭子，就可以挖了。好挖得很，很多地方只用锄头刨就会刨到山药，梭子都不一定用得上。"

石明轩跟着维刚叔沿着河谷向桦口坡走去，走了很长时间，他们终于进入了桦口坡。一进山，茂密的森林就立即吞没了他们，一棵棵紧挨着的大树，把高大的枝杈伸到他们头顶上，严严实实地遮住了他们头上的那一片天，只给他们漏下少许的亮光，照亮他们在林中穿行。一进密林，石明轩就对维刚叔说："维刚叔，阴森森的，我有点怕。"维刚叔伸手来拉石明轩，说："来，我拉着你，跟着我走，你还有什么可怕的。绕过这片树林，前面就看到山药了。山药都长在林子少的地方，林子多的地方都是树，山药抢不赢树，它们都不会长到林子里来。"

石明轩和维刚叔穿过林子来到一处草坡，草坡上的草都很高。除了那些很高的草外，草丛中还长着一些小树，这些树远没有他们刚才经过的林子里的树大。在草坡上，他们发现了很多山药，山药的藤蔓虽然已经干枯，但还是紧紧地绑缚在草根或者小树上。顺着这些藤蔓，石明轩和维刚叔很容易就找到了山药生长的地方。找到山药的根后石明轩发现，这里的山药并不是像维刚叔说的那样很好挖，它们被深深地掩埋在泥土下面。虽然这里的泥土很松软，用手都可以刨开，但是要想把山药弄出来，还必须得下很大的功夫。

因为不得要领，接连挖了好几个地方，石明轩都没有把山药挖出来。看到维刚叔的背篓里已经躺着好几截又肥又大的山药，石明轩很着急。维刚叔走过来，看了看石明轩挖的地方说，这样挖不行，这样挖又费力又很难把山药挖出来。维刚叔边说边用锄头在石明轩挖过的地方，往下坡的方向刨出一个大大的斜坑。斜坑被刨出将近有他高后，他就叫石明轩站到斜坑里面去，用梭子沿着山药的根撬土，山药四周的泥土被撬开后，山药就露了出来。

掌握了要领的石明轩也能挖到山药了。虽然石明轩挖到的山药远没有维刚叔的多，也没有维刚叔挖到的根长、好看。但一想到那些汁液饱满，躺在背篓里的山药是自己挖到的，石明轩的心情就特别激动。维刚叔过来叫石明轩时，石明轩撅着屁股正刨得十分起劲。维刚叔是来叫石明轩过去帮忙的，维刚叔说他发现了一只竹鼠洞，就在那边的大芭茅丛下面，洞口的泥巴都还很新，估计竹鼠就在里边。那个洞也不是很深，只有一个后洞，让明轩过去点火到后洞去熏，他在前面洞口守着，竹鼠跑出来就可以抓住，到时候就有竹鼠肉吃了。

石明轩立即丢下正在挖的山药，扛着锄头跟随维刚叔来到他发现竹鼠的地方，看到了一个新鲜的竹鼠洞，维刚叔已经用两块大石头把两边的洞口都给封住了。维刚叔叫石明轩与他一起去拣干树枝和枯草，捆成火把状，抱到另一边的洞口。维刚叔用火柴把捆着的火把点上，对石明轩说："我把石块搬开后，你就把火伸到洞口去烧，火越大越好。我现在就到前面洞口去等，我不喊你你就不能让火熄灭，要一直烧到竹鼠在洞里挨不住，从前面跑出来为止。"

维刚叔绕到了芭茅丛的前面，石明轩把燃着的火把架在洞口烧了起来，并不断地往火上添柴，让火燃得很旺。为了防止火烧坡，维刚叔已经把洞口周围的草和树都清理了一遍，清理出一块大大的空场地来。石明轩不断地往火上添上枯树枝、干草，火旺旺地燃着。维刚叔在前面大声对石明轩说："我已经看到它的头了，把火再烧大一点，脱衣服来扇风，把烟子往洞里面扇，等一下它就挨不住了。"

石明轩一边加火，一边脱下身上的衣服往洞里扇烟。在衣服的扇动中，火焰、烟雾一齐往竹鼠洞里涌去。在大火的熏烤和不断的扇风中，石明轩的脸上流下了细密的汗珠。就在石明轩累得两只手都快抬不动时，前面传来了维刚叔高兴的喊声："抓到了抓到了，我抓到竹鼠了！"听到维刚叔的喊叫，石明轩连衣服都顾不得穿，立即丢下还在燃烧的火把，向前面维刚叔那里跑去。绕过芭茅丛，石明轩看到维刚叔手上提着一只又肥又大的竹鼠，竹鼠看上去比石明轩家那只大猫还要肥还要大。维刚叔用一根藤条捆住竹鼠脖子，把藤条紧紧抓在手里。石明轩想从维刚叔的手上把竹鼠提过来看，维刚叔不准他动，说这么看就行了，一下你不小心弄跑掉，今天我们就白辛苦一场了。

挖到了竹鼠，维刚叔高兴，石明轩更高兴。维刚叔说把竹鼠拿回家去杀掉，石明轩和他一人一半平分。一想到晚上将会有香喷喷的竹鼠肉吃，而且这竹鼠还是自己参与抓到的，石明轩就特别兴奋。他想，只要晚上把竹鼠肉提回家，自己偷跑到桦口坡来挖山药的事，肯定不但不会遭到父亲的责骂，说不定父亲一边吃着香喷喷的竹鼠肉，一边还不忘夸奖自己几句。好久没有笑过的父亲，一定会像从前一样，用手摸着自己的头，高兴地对母亲说："我们家的幺崽也长大了！"

挖到了竹鼠，石明轩和维刚叔都很兴奋，维刚叔更是没有了要继续挖山药的打算。虽然时间还早，太阳才刚刚当顶，但维刚叔就建议回去了。石明轩看到自己背篓里只有可怜的几小截山药，很想把刚才已经挖了一半的那棵山药挖出来再走。维刚叔走到石明轩刚才挖山药的地方看了看，当即建议石明轩不要费力气去挖了。维刚叔说，这个地方不好挖，山药也才刚刚冒出一个头，要挖到山药根还远着呢。见石明轩还有点恋恋不舍的样子，维刚叔就从他的背篓里，拣了几截不大成型的山药，丢进了石明轩的背篓。虽然那些山药比起维刚叔背篓里的山药来，既短小难看，又不是很成型，但石明轩已经很知足了。

回家的路上，石明轩和维刚叔都还没有吃什么东西，因为高兴，他们的肚子也不觉得饥饿。快进寨子时，维刚叔叫石明轩不要把挖到竹鼠的事讲给别人听。石明轩问可不可以讲给我爹妈听？维刚叔说："不要讲，等晚上你来我家把肉提回家，给他们一个惊喜，他们就会更高兴。"石明轩想想也是这个道理，就同意了维刚叔的建议。走进寨子后，维刚叔建议石明轩先回家，回家吃饭，吃完饭休息一会再来拿竹鼠肉，到那时他也就把竹鼠杀好了。石明轩不想回家，想跟维刚叔一起去杀竹鼠。维刚叔说："我一个人能弄得了，一起去会引来别人多心，到时很多人围拢来，竹鼠就分不成了，只能煮来给大家吃。"听了维刚叔的话，石明轩也没有想得太多，和维刚叔分手后就直接回了家。

只有二姐在家，见石明轩的背篓里有山药。二姐问石明轩到哪里去挖的山药，石明轩说去桦口坡。听了石明轩的话，二姐说："你也学会野来了，去那么远的地方，要让豹子把你叼去才叫活该。"石明轩吃着二姐端来的饭，心里还在一个劲地直乐。吃着吃着，终于还是忍不住把抓到竹鼠的事说了出来。二姐说石明轩骗她。石明轩发誓说，是真的，不信我们现在就到维刚叔家去看。

放下碗，石明轩和二姐赶往维刚叔家，到他家门前，却看到他家的门是关着的，他家一家人都不知到什么地方去了。与他家一墙之隔的七奶，看到石明轩姐弟来找维刚叔，就说他们一家刚刚去了甲忙外婆家，说要在那里吃晚饭才回来。听了七奶的话，石明轩"哇"的一声哭了起来。

维刚叔骗了石明轩！维刚叔没有把竹鼠肉的一半分给石明轩，而是自己独吞了，这让石明轩一家一直耿耿于怀。一天，石明伦找了一个借口，当着很多人的面，把维刚叔狠打了一顿，并向众人讲出了打他的原因。在场的很多人开始还在拉架，听了石明伦的话后，都站到一边去袖手旁观。还有人说维刚叔这种奸人该打，打得合理。也许是自知理亏，挨打时，维刚叔自始至终都没有还手。

六

破天荒地，父亲没有为石明轩去桦口坡挖山药的事揍他。在得知石明轩和维刚叔挖到竹鼠，竹鼠肉又被维刚叔私吞后，父亲也没像石明轩家其他人那样，表现得愤慨和激动。他说石明轩一个小孩子家，本来就不应该跑去桦口坡，更不应该去挖什么竹鼠。父亲说，人家维刚叔能让你保住命回家就相当不错了，要是换一个心更狠的人，得了竹鼠后不声不响地把你丢到那个地方，回不回得来家就成问题了。但父亲也对石明轩提出了警告，以后如果发现你还往桦口坡跑，豹子不把你叼去，回到家我也要揍断你的腿，让你以后再没机会去到处乱跑，让我和你妈为你操心。

夏天是最难熬的日子，白天时间很长，长得让人难受。为了节约口粮，把仅有的粮食合理分配到能够维持全家人度过夏荒，捱到早苞谷成熟的日子。这期间，石明轩家由母亲做了安排，中午吃干饭，晚上就只能喝照得见人影的菜粥。早上起来，母亲就把全家人全部赶出家门，上学的上学，做事的做事，她和父亲也去参加生产队劳动。临出门前，母亲还不忘嘱咐他们姐弟，太阳不当顶不准回家。往往等到石明轩和哥姐回到家，母亲就已经把饭做好了。自从入夏以来，母亲就把家中的米锁了，钥匙掌握在她一人手中，要米做饭，她一人负责。以前做饭，母亲还常叫石明轩的两个姐姐给她打下手，现在也很少叫了。姐姐们在坡上干活回到家，母亲就已经把饭摆到了桌上。晚上一喝完菜粥，母亲就命令大家上床去睡觉，不准任何人再跨出家门。生产队的粮食年年只够支撑到夏初，过了夏初后的好长一段时间，家家都在闹饥荒。对粮食管理得好一点，会合理调配粮食的人家，日子就会好过一点，过了夏初还勉强有口饱饭吃，哪怕就是顿顿喝菜粥，肚子也会好受一些。而一些人家因为对粮食管理得不好，一到夏初就开始闹饥荒，吃了上顿没下顿。

好不容易熬到盛夏，眼见着早苞谷抽穗了，扯出了红红的缨子，开始挂苞谷个，人们因饥饿而变得很沮丧的心情，也一天天慢慢好起来了。

石明轩和堂哥心福进到心福家自留地，选了地中间的两棵苞谷，一人一棵把苞谷杆连根从土里拔了出来，然后一溜烟跑到山坡上，把根去掉后，就躲在树丛中啃起了苞谷杆。啃完苞谷杆，感觉到肚子还是空落落的，他们又把苞谷棒子掰下来，剥开包裹棒子的那一层叶子。棒子上的米粒才刚刚起浆，用指甲一掐，白白的米浆就冒了出来，同时鼻子里也闻到了一股清新的芬香味。心福已经把苞谷棒子放到嘴里去啃了，边啃边说：「很好吃，甜甜的，前几天我就是这么吃的，一吃过后就不会忘记了，时时都想来吃。要不是怕被爹妈发现，我真想天天到地里来，把这些嫩苞谷都掰下来啃吃。」石明轩把苞谷棒子放到嘴里，果然如心福说的一样，那种清甜比公社供销社卖的硬硬糖还要有味道。

放学走回家的时候，心福告诉石明轩肚子很饿，想去找点东西吃，问石明轩愿不愿跟他一起去。一听说去找吃的，石明轩马上就答应了。于是一出校门，他们就离开了一路回家的同学，向心福家的自留地走去。心福家的自留地在石明轩他们从学校回家的路边，距离寨子一里多路的山脚下，自留地被心福家父母用高高的围栏围了起来，只留一道门出入，门上还放了好多荆棘，但这些都难不倒成天在山里钻的石明轩和心福。石明轩以为心福带他到自留地里来，是来找黄瓜、西红柿之类可以生吃的东西。心福说："我妈不愿在地里种黄瓜，我妈说这块地离家远，种了也是帮别人种，自己不得吃不说，还会踩坏庄稼。"

心福家自留地里种的是早苞谷，旁边那些地里的苞谷苗才薅第二遍，他家地里的苞谷就已经戴红缨帽了。心福要石明轩和他到地里去扯苞谷杆吃，石明轩有点担心，怕扯苞谷杆会让他父母发现。心福说："不会，我们到那些比较密的地方去扯，扯好后用泥巴把坑盖掉，保证不会发现，我都来扯过两回了。"

吃完苞谷杆啃完苞谷棒子，石明轩和心福在山坡上躺了下来，从树缝间洒到他们身上的阳光，让他们感到闷热和烦躁不安。心福像大人样叹了一口气，对石明轩说他家这几天已经没有米下锅了，他父亲去亲戚家借来一口袋苞谷，他母亲把苞谷磨成面，一顿用碗量一小碗来熬苞谷稀饭给全家人喝。虽然煮了一大盆，但都是汤多米少，吃下来不抵饿。特别是劳动或走路时，放一两个屁肚子就空了。心福家七个人，可以想象，一碗苞谷面熬的汤，无论如何，都是无法填饱七个饥肠辘辘的肚子，充其量只能使这些肚子不至于会饿瘪下去。

农忙时节，为了响应上级的号召开展支农活动，学校一天只上上午三节课，上完三节课就放学回家。老师叫学生们回家帮队上干活，但是生产队从来都不让这些小孩去参加干活。队长发话说，这些小孩子碍手碍脚，什么事也做不好，搞不好还会弄坏庄稼，既然学校不上课，就让他们在家玩耍，各家各户自己把孩子管好，不要让他们到处惹事就行了。好多人家在这段时间都吃不饱，大人们的心思都放在吃上面，也就无心再认真花心思来管束孩子，只是把队长的话转述给孩子，嘱咐孩子不要去外边惹是生非。至于不上学后孩子在外面干什么，也很少有父母过问。石明轩的父亲这几天给他规定了任务，规定石明轩吃完中午饭，一天给家里打一捆柴火。把柴火扛到家，石明轩再去干什么，他父亲也很少再管他。心福的父亲也是规定他一天给家里要一捆柴火，他和石明轩从同学变成柴友后，在一起玩的时间就多了起来。为减轻肚子的饥饿，每天把柴火扛到家，他们就相约去找野果吃，找不到野果，他们就无所事事地到处闲逛，偶尔也溜进别人家的自留地，偷点地里还没有长成熟的黄瓜或者西红柿什么的充饥。更多的时候，他们都是躲在某一处的树荫下，任凭肚子咕噜噜地穷叫唤。

在山坡上躺了一小会，石明轩和心福拿上柴刀分头去林子中砍柴火。一条蛇从草丛中梭出来，从石明轩面前梭过，吓了石明轩一大跳。石明轩大叫一声"蛇"，然后就吓得连话都不会说了。心福拿着一根木棒跑过来，问石明轩，蛇在哪里？石明轩用手朝蛇梭过的地方指了指，心福就走过去，小心翼翼地用木棒在草丛中搜寻起来，搜寻好久都没有看到蛇的影子。心福直起身子，不无遗憾地对石明轩说，可惜，蛇已经梭走了。

石明轩问心福为什么不怕蛇。心福说，蛇虽然很可怕，但只要有木棒就可以对付蛇了。把蛇打死，把蛇皮剥了，就可以用火来烧蛇肉吃。心福问石明轩吃没吃过蛇肉？石明轩说没吃过。心福说："我吃过，那次和你哥他们一起吃的，蛇肉很香，很好吃，蛇汤更香，更好喝。"心福所说的吃蛇肉那次，石明轩当时也在场，只不过他没敢吃蛇肉，更不敢喝蛇汤，就无法品味出心福所说的那种香味。那也是个炎热的夏天，石明轩的堂哥石明均和几个人去坡上干活，打到了一条大蛇，那蛇比石明轩的腿肚子都还大。蛇拖到寨子中间的打谷场上，石明轩和一大帮半大孩子跑去看，看到蛇就像没死一样，时不时地身体都还会动一下。石明均他们把蛇挂到树上去蜕皮时，蛇的身体都还在不断地上下扭曲，一副很痛苦的样子。蜕好蛇皮，有人拿来一口大锅，把蜕好蛇皮的蛇砍成一小截一小截的，放到锅里，加上盐巴后，就开始架火去煮。望着刚才还在不断扭动的蛇，转眼之间就变成了一小截一小截的蛇肉，一会还要被人分食。石明轩不但没有食欲，而且还很恶心，他不敢想象，那些蛇肉如果吃进肚子里去，会不会让他马上就会呕吐出来。就在石明轩胡思乱想的时候，蛇肉煮熟了，锅盖刚刚揭开，肉香味刚刚飘出来，在场的人就拼命地把筷子伸到锅里去抢夹蛇肉。石明伦不但自己抢到了蛇肉，还给石明轩也抢到了一小截。石明轩却不敢吃，见到别人吃得津津有味，鼻子也感觉到蛇肉应该很香，他只能使劲地吞咽着口水，不敢像别人那样，把蛇肉放到口里去大嚼特嚼。石明伦把蛇肉夹给石明轩时，石明轩不光不敢去取，还闭上了眼睛不敢去看。想到蛇在地上蠕动的样子，石明轩就害怕得要命。石明伦帮石明轩抢来的蛇肉，最后还是石明伦自己吃了下去。

　　正在石明轩心有余悸的时候，下面的路上传来了二姐的声音。二姐大声地喊叫着石明轩的小名。石明轩答应一声，从林子里钻出来，走到路上二姐的面前。二姐问石明轩和哪个在一起，石明轩说是和心福哥。二姐就叫他们不要砍柴了，赶快和她走，她要带他们到屯上去吃饭。屯上是今天大人们去干活的地方，在路上二姐对他们说："今天全寨子的人都到屯上去吃饭，有肉吃。"

　　今天，生产队组织大人们到屯上去薅二道苞谷，跟去的两只狗从树林里追出了两头野山牛，队长组织全队的男女劳力去围追。一大群人和两只狗在山上围追堵截，花了两个多小时，终于把两只野山牛追到手了。

　　打死野山牛，大家就嚷嚷着要把山牛肉分了回家去做饭吃。队长不同意，说现在正是农忙季节的时间，公社来的工作队正在到处检查农业生产。回家去煮饭吃，被工作队检查看见，饭吃不上不说，还要受到批判，年底队上还要被扣救济粮。有人提议干脆就在山上煮吃，这个提议立即得到了大家的拥护。有人就说，这几天大家都饿得心慌了，光吃肉恐怕不行，如果能再有一顿米饭吃就更好了。有人就跟队长建议，仓库里还有一千多斤余粮，称一点出来大家打一顿平伙。开始队长不同意，经不住大家软磨，最后也就点头默认了。

　　队长安排一部分男劳力收拾死山牛，一部分人回家带锅；几个女劳力回去从仓库里拿谷子去用锅炒干，舂成白米带到山上来做饭。有的人家提出来，应该把孩子和老人也算上，把老人和孩子都喊上山来，给他们一个吃饱的机会。这个提议也获得了大家的一致同意。

两只山牛肉连内脏在一起，加起来有两百多斤，炒了满满三大锅。全寨子八十六个人按八个八个一桌分成了十一桌。大家有的是按户成桌，有的是组合成桌，坐好后肉就端了上来，每一桌都是满满一大锅香喷喷的山牛肉。

吃饭的场面很热闹，大人喊小孩叫，空气中一直笼罩着欢庆的气氛。大家一边吃一边高声谈论，说笑，每个人的脸上都洋溢着欢快的笑容。那些开始还陪着家人猛吃的男人们，吃着吃着就相互走动起来。他们从井里舀来水，倒进碗中，像喝酒一样用碗一碰，大喊一声"干"，然后一饮而尽，做出陶醉的样子，仿佛他们真喝到了酒。石明轩的父亲一边喝水一边悄悄地对他母亲说，叫孩子们多吃点，吃得饱饱的，省得他们老是喊饿。石明轩的二叔端着一碗水过来和父亲碰碗，喝下去后他说："要是真有一碗酒喝，那就真正是过神仙日子了。"

吃饭前队长先讲话，他说，今天在这里吃饭谁也不准出去乱说，各家各户要招呼好你们家人，管好自己的嘴，乱说出去被工作队听到大家都要受批判。大家受批判，查出是哪个说出去的，今年的救济粮下来，我们就不分给他家。"说话时队长的表情很严肃很凝重，看得出他还是很担心。大家都开始吃的时候，他又高声重复了一遍，大人不光要管住自己的嘴，还要管住孩子，不准他们到处去乱嚷嚷，乱嚷嚷让工作队晓得了，查到是哪家漏出去的，生产队不光要扣他家的三个工，还要扣半个月的口粮。

那是石明轩长这么大以来吃得最饱，吃得最多最开心的一顿饭，一直吃到肚子实在装不下了，石明轩才放下碗。由于吃得太多，当天晚上回到家，石明轩就一直闹肚子疼，来来回回跑了十多趟茅厕，到天快要亮时肚子才减轻负担。从那以后，石明轩的胃就落下了毛病，只要多加一口饭，胃就会很不舒服，就会腹胀难受。

七

吃山牛肉过去没多久，纳料大队就来了知青。知青们的到来，增加了这片土地上的活力。知青让这片土地感到新奇，知青们对这片土地也感到新奇。那些从城市来的知青，干活都不怎么样，可对什么都新鲜好奇。他们不认识小麦，把小麦认作韭菜，把新长出来的苞谷秆称作甘蔗，闹了好多笑话。知青刚来那阵，和大家处得还可以，没发生什么冲突，大家都把他们当成生产队的一员，他们与大家一起劳动，生产队给他们记工分，分配粮食给他们吃。时间一长，受不了苦的知青们就开始乱来了，他们打架惹事，和其他队的知青拉帮结伙偷鸡摸狗，把整个大队闹得鸡犬不宁，户户不安。大人们都讨厌知青，知青们也讨厌大人，常常生起一些捉弄大人的是非，引起大人们的不满，但大人们拿知青也没办法。知青们虽然讨厌寨上的大人，却对小孩很好，他们会把一些不看的小人书送给寨上的孩子们看，偶尔还会给他们喜欢的孩子一颗水果糖吃，哄这些孩子去帮他们要柴或做一些小事情。

分到纳料生产队的知青叫老牛，是上海人，打架挺凶。和老牛一道分到纳料生产队的还有另外两个人，一年后，那两人回了城里，只有老牛一个人还在纳料待着。听说他家的成分不好，回不了城。老牛虽然也是知青，但却不像前面走的那两人一样遭人恨，他从不偷寨子里的东西，也从不欺负寨子里的人，遇到外人欺负寨子里的人，他还会上前去帮忙。老牛来到纳料生产队的时候，石明轩的大姐已经出落成了一个很漂亮的姑娘。石明轩大姐的漂亮是纳料大队人人皆知的，那时候，常常有一些年轻人，到石明轩家房前屋后吹口哨，唱情歌，希望能把他大姐约出去玩耍。为了约出石明轩的大姐，这些人有好几次还在石明轩家门口打了起来。由于石明轩的父亲管得紧，石明轩的大姐一次也没有被约出去过。自从老牛来到纳料生产队后，那些到石明轩家房前屋后来吹口哨、唱情歌的人明显少了，最后，口哨声和歌声也听不见了。后来石明轩才知道，是知青老牛把那些人打跑的。

　　石明轩躲在一棵大柏树后面，看到知青老牛和大姐坐在一块草坪上，他们先是靠在一起说话，说了不一会，老牛就用手去抱大姐的肩膀，大姐不愿意，摔脱了老牛的手。老牛不气馁，一次次地企图去抱大姐的肩膀，大姐一次次把老牛的手挡开。终于，老牛的手再放到大姐肩膀上去的时候，大姐没有再把老牛的手撇下来。老牛用手抱住大姐的肩膀，两人的头就靠在了一起，他们说着悄悄话，石明轩一句也听不到。不一会儿，石明轩看到老牛和大姐倒在了草坪上。石明轩感到鼻子有点痒痒，急忙蹲下身子，用手捂住嘴巴。这一系列的动作还来不及完成，一个喷嚏就急急忙忙地冒了出来，喷嚏发出巨大的响声把石明轩自己都吓了一大跳。

　　打完喷嚏抬起头，石明轩看到老牛和大姐已经从地上坐了起来。他们都把脸反过来往大柏树这边看，石明轩的心紧张得都快从嗓子眼里蹦出来了，幸好他们只看了一小会儿，就把头又转了过去。石明轩急忙从树背后溜出来，藏进了不远处的小树丛中。石明轩看到大姐从地上站起来，对老牛说，我们回去吧。老牛也站起来用手去拉大姐，被她坚决地摔开了，摔开老牛的手，大姐就走了。大姐走远了，老牛却还在原地坐着，不一会他也从地上站起来，走到大柏树边，前后左右看了看，然后大声说："还不出来，臭小子，我都看见了，你还往哪里躲。"

　　石明轩以为老牛真的已经看到了自己，就乖乖地从树丛里走了出来。看到石明轩，老牛说："是你呀，小小年纪不学好，还学会盯梢了。"石明轩虽然还不知道老牛说的盯梢是什么意思，但也明白老牛是说自己在偷看他和大姐的事。石明轩分辩说："我没有偷看你们，我只是刚刚路过这里，就被你看到了。"老牛用一只手揪住石明轩的耳朵，威胁着他，你这个小鬼头，想不到还人小鬼大。你都看到了什么？石明轩说："我什么都没有看到，我真的是刚刚走到这里。不信你去问国军他们，我们在那边躲猫猫，我刚跑到这里，就被你发现了。"老牛紧紧揪着石明轩的耳朵不放，从耳朵那个地方传出的疼痛，让石明轩不得不龇牙咧嘴地向老牛告饶。老牛不但不放手，还揪得更加用力。老牛一边用力揪石明轩的耳朵一边说："快点说，是哪个叫你来跟踪我们的？是你爹还是你妈？或者是寨子中的哪一个人？不说我就把你的耳朵揪下来喂狗。"石明轩说："我没有跟踪，我只是到这里来躲猫猫，不信你到那边去看，国军他们还在那边找我。"见石明轩不肯说出是谁派他来跟踪的，老牛也只好放开了揪着他耳朵的手。脱开了老牛的手，石明轩感到耳朵才又回到了自己的脑袋上。石明轩用手一边揉搓耳朵一边对老牛说："搞哪样嘛，下这样的狠手，揪得人家的耳朵都快要落下来了。"

老牛问石明轩为什么要到这里来，石明轩坚持说是到这里来躲猫猫，还没有躲好就被老牛发现了。老牛问石明轩看到了什么，石明轩说，我光顾着找地方躲藏了，什么也没注意，什么也没有看到。石明轩知道刚才看到的事是绝对不能说的，只要说看到了，老牛肯定又要揪自己的耳朵。老牛用他的一只手紧紧抓住石明轩的手，恶狠狠地说："我不管你说的是真话还是假话，看到了也不准到处乱说，更不准跟你爹妈说，我只要听到你把今天看到的事说出去，我就把你的耳朵揪下来。"说话的时候，老牛又做了一个揪耳朵的动作。石明轩连忙把头一偏，害怕老牛的手又把自己的耳朵揪住。

石明轩回到家，也没敢把看到老牛和大姐在一起的事告诉爹妈，更不敢告诉任何人。就连大姐后来问他，那天在大柏树那边看没看见什么，他也说没看见。这事过去不久，石明轩和老牛成了朋友，老牛经常叫石明轩到他的知青屋去玩。老牛那里有很多小人书，他把书拿给石明轩看，并允许石明轩借给其他小伙伴看，这帮石明轩在伙伴们中间奠定了很高的地位。老牛说他要做石明轩的大姐夫，问石明轩愿不愿意？老牛的话让石明轩很意外。石明轩说，我大姐不会嫁给知青，更不会嫁给你。老牛问是哪个说的，石明轩说是我爹妈说的，爹妈说你们知青都还要回城去，都不会在这里生根。听了石明轩的话，老牛沉默了。过了一会老牛问石明轩，是不是你大姐也这么说？石明轩说，大姐说没说我不知道，但爹妈说了大姐肯定就不会嫁，大姐听爹妈的话。老牛再次沉默，好久好久才悻悻地说："我也很想回去，可是我能回得去吗？"

一天，石明轩来老牛的知青屋玩，玩了一会，老牛喊石明轩去叫他大姐出来，说有事找她。石明轩不去，说去了让父母知道，他们就会揍他。老牛说："你只要把你大姐从家里叫出来就行了，又不会有人知道。"石明轩还是不想去。老牛就对石明轩说："你只要把你大姐从家叫出来，我就带你去吃肉。"石明轩说："你吹牛，现在五黄六月的，又不是过年，哪里有肉吃？"老牛说："我不骗你，真的有地方吃肉，只要把你大姐叫出来，让她来见我，我就带你去，保证让你吃到肉。"见老牛说得很认真，看老牛不像是哄人的样子，石明轩使劲往喉咙里吞了几口口水，用手提了提裤子，就跑回家叫他大姐去了。

石明轩的大姐没有出来见老牛。石明轩去到家，看到母亲和大姐二姐三个人在一起择菜，她们把从坡上要回来的猪菜倒在地上，从那些猪吃的菜中把人能吃的菜择出来，再掺杂到米里去做饭吃。石明轩在她们身边蹲下来，假装帮她们择菜，眼睛却时不时地往大姐身上瞟，希望能引起大姐的注意。大姐却只顾一心一意择菜，对石明轩的暗示视而不见。石明轩的母亲叫石明轩到一边玩去，不要来捣乱。石明轩几次用眼光去暗示，都看到大姐不理不睬，站起来时就顺手拉了大姐的裤脚。大姐抬起头，看了石明轩一眼，问石明轩要做哪样？大姐说话时，石明轩看到母亲和二姐都在看他，他急忙把溜到口边的话又咽了回去，期期艾艾地向门边走去。

见石明轩迟迟没有把他大姐从家中喊出来，老牛就上石明轩家来了。老牛一进门，石明轩的母亲就用一种敌视的眼光盯着他，仿佛他是到石明轩家来抢劫的。村里人都在说知青的坏话，石明轩的父母亲就一直防着已经长大了的女儿，不准她跟知青们来往。特别是这一段时间，石明轩的父母亲像是知道了什么似的，一直都不准大姐单独行动，无论是上坡干活还是晚上在家，他们都把大姐看得紧紧的，不让她有半点自由的空间。老牛对着石明轩的母亲，叫了一声"伯母"。石明轩的母亲警惕地问他有哪样事？老牛说："我要到大井去有点事，天快黑了，我想来叫小祥陪我去一趟，路上好有个伴。"石明轩的母亲说："小祥还小，走夜路不方便，你找别人陪你去吧。"老牛说他只想有个伴，去一会就回来了。石明轩的母亲说小祥还没有吃饭，等我们吃成饭也晚了。老牛说："我也还没吃，大井我朋友那里已经做好饭，等我过去吃，小祥也正好和我到大井去吃，那边的朋友还在等我们。"也许是看在石明轩可以不在家吃饭的原因，母亲同意了。石明轩跟着老牛出了门，出门时老牛往大姐坐的地方看了一眼，大姐仍在专心致志地择菜，没有理老牛。从老牛进门到离开，大姐都一直在低头择菜，没有抬过头。

出得门来，老牛问石明轩刚才怎么没叫大姐出来？石明轩说，我妈在旁边，我不敢叫，我拉了大姐，她不理我。老牛叹了一口气说："看来不光你父母对我有成见，你大姐对我也有成见啊。"

老牛带石明轩去大井吃狗肉。老牛说，虽然没有把你大姐喊出来，我还是要带你去吃肉，我说话算数。石明轩和老牛向邻近的大井生产队走去，路上老牛对石明轩说，大井的知青们今天搞到了一条狗，今晚上好几个点的知青都要聚到那里去吃狗肉，你小子遇到我，也有这个口福了。

老牛最后没有成为石明轩的大姐夫。跟老牛去大井吃狗肉回来不久，石明轩就上中学了。中学课程多，每天上下午都要上课，早上早早地就要从家出发去学校，晚上放学回家，还没有走进家，天就黑了。石明轩很少再有时间到老牛的知青屋去。有时在路上碰到老牛，老牛会问石明轩书好不好读，作业重不重之类的话。石明轩的内心里，一直很希望老牛能跟大姐好上，这样老牛可以带他到别的知青点去吃肉。在大家都勒紧裤带挨饿的日子里，知青们总是有本事搞到肉吃。尽管石明轩知道，知青们吃的肉，不是偷来的就是抢来的，常常让大人们不屑，石明轩还是很羡慕他们的日子。石明轩上中学后不久，老牛出事了，老牛在去赶场的路上，把邻近寨子里一个人的头打破了，这个人的父亲是纳料大队的大队长。大队长的儿子在去赶场的路上，强行拦住石明轩的大姐，强行去拉石明轩大姐的手，被跟在后面的老牛看见，老牛拾起路边的一根木棒，上去就给了他头上几大棒。

老牛被抓走了。不久后老牛带信来，叫石明轩大姐到他住的知青屋，把他的东西收拾来放到石明轩家，把他的那些小人书全部送给了石明轩。老牛因为殴打革命群众，破坏农业生产，被送到很远很远的地方去劳动改造了，从此后他就再没回过纳料。老牛被抓走后不久，石明轩的大姐也出嫁了，嫁给了邻村一个比她大十二岁的老光棍，那个时候，她已经怀了老牛的孩子，她是自愿把自己嫁出去的。出嫁的头天晚上，大姐躲到老牛住过的知青屋，哭了一大半个晚上。直到这个时候，石明轩的父母亲才晓得大姐同老牛已经好了好长时间。

八

　　石明轩上中学没多久，大姐就死了。那是初秋一个闷热的黄昏，石明轩的大姐夫到他家来报信，大姐夫进家时他们一家人正在吃晚饭。听到大姐的死讯，他们全家人都惊呆了。从这个家嫁出去还不到半年，他们那曾经活鲜鲜水灵灵的大姐就死了。石明轩的母亲首先哭出了声音，然后二姐和石明轩也张嘴哭了起来，只有父亲和石明伦没有哭，他们都用一种迷茫的目光看着跪在地上的大姐夫，嘴巴张得大大的，一副不知道大姐夫在说什么的样子。出嫁才几个月的时间，大姐就死了，而且在这之前并没有一点预兆，他们一家人都有理由怀疑大姐的死跟大姐夫有关系。首先反应过来的石明伦放下手中的碗，站起来两手抓住大姐夫的衣领，把他从地上提起来，恶狠狠地问大姐是怎么死的？讲不清楚今晚就不要出这个门。石明伦已经长成了一个标准的男子汉，在生产队已经领到了全劳力的工分。石明伦的力气大在纳料一带是相当有名的，队上组织挑粪，按斤数计工分，别人一次最多挑一百五十至一百八十斤，石明伦一次就可以挑三百多斤。被石明伦从地上抓起来，大姐夫害怕得连话都说不清楚了。他们只看到他的嘴在动，却不知道他在说什么。石明伦的一只手紧抓着大姐夫的衣领，另一只手握成拳头，随时准备着要砸到大姐夫身上。大姐夫用求助的眼光从屋子里每一个人的脸上扫过，最后停留在父亲的脸上，哀哀的声音细细地说："爹，你看这……"父亲对石明伦说："国明，放开他，让他慢慢说，说清楚。"石明伦把大姐夫放开，恶狠狠地说："讲不清楚今晚就连你一起埋了，让你给大姐陪葬！"

在大姐夫断断续续的叙说中，石明轩一家才知道大姐是被蛇咬死的，她是到山上去要猪菜，不小心踩到了一条蛇，蛇就咬了她的脚，她自己从山上走到家时脚已经肿得很大了。大姐夫急忙去请来大队的赤脚医生，赤脚医生还没有进门，大姐就已经不行了。听完大姐夫的叙述，父亲说："为什么不送去公社医院？"大姐夫说："来不及，我们还没捆好担架，她就……就不行了。"

父亲、石明伦和石明轩随着大姐夫，打着火把连夜赶到十多里外的大姐夫家，见到了躺在门板上的大姐。在蛇毒的侵蚀下，再加上已经六个多月的身孕，大姐的身体看上去特别的臃肿和庞大。石明轩一行进门时，大姐夫那六十多岁的母亲在那里大声哀哭，那些赶来的家门族下正在七手八脚地拉劝着。父亲一言不发地走到大姐躺着的门板边，石明轩和石明伦紧跟在父亲身后。大姐的脸已经因肿大而变形，眼睛和嘴巴却还在张开着，石明轩几乎都认不出来了。有人告诉他们，用手抹过了，她不肯闭眼睛，也不肯关嘴。父亲用手覆盖在大姐的脸上，从上往下抹了一把，最后让手掌停留在大姐的嘴巴上。父亲说："丛叶，我们来看你了，把眼睛闭上啊，不要去想了，这是命，命中注定的，你该是这个样子，怪不得哪个，要怪就怪你投错了胎。这回你一定要看好了，找一个好人家，重新投胎，来世让自己过好一点……"父亲的话还没有说完，屋子里的很多人就哭了起来。特别是那些女的，她们哭得最厉害，声音也最响亮。说完这几句话，父亲就把手从大姐的脸上拿开，大家看到大姐的眼睛和嘴巴都闭上了。

大姐夫的母亲边哭边对石明轩的父亲说："亲家，两条命啊，你说老天为什么这么作孽？"父亲没有说话，他把脸扭到一边，使劲地用衣袖在脸上擦着，直到把流出来的眼泪擦干，才转头问石明轩的大姐夫，有棺材没有？大姐夫说用他妈的。父亲说："那你们就把她装了，也不用去看什么日子，后天就上山，早点落土，好让她早点去投生享福。"

大姐的死对石明轩一家打击很大，特别是石明轩，好久都没有从失去大家姐的悲伤中解脱出来。在这个家，大姐对石明轩最好，她知道石明轩贪吃，有好吃的东西就常常舍不得吃，先顾着石明轩。在家里吃饭，只要饭里掺有大米，大姐就会尽量把大米粒从她的碗里拣出来，添到石明轩的碗里。石明轩家吃肉的机会很少，往往吃肉时都是由父亲把肉平均分配到他们每一个人的碗里，这个时候大姐就会把她碗里的肉再匀一些给石明轩，让石明轩多吃几片。

大姐和知青老牛好的时候，这个家是石明轩先发现的，大姐叫石明轩不要说出去，他就一直没有告诉父母及家中的任何人，而且还常常给他们打掩护，隐瞒大姐和老牛幽会的真相。要不是老牛出事大姐怀孕，石明轩认为大姐肯定会嫁给老牛，老牛也一定会娶大姐，大姐的日子一定就会很好过。

大姐嫁给大姐夫，虽然大姐夫对她很好，但石明轩知道大姐的日子不好过。出嫁后，石明轩见大姐就很少笑过。没有出嫁前，大姐可是一个很爱笑的人啊。由于大姐是怀孕出嫁，石明轩父母觉得丢人，就没有请什么亲戚，也没有什么陪嫁，大姐出嫁后也一直没有回过家，主要是父亲不准她回来。石明轩所在的中学距离大姐所在的寨子不足五里路，在学校读书的那些日子，大姐经常到学校来看他，给他带来一些山毛桃、野杏之类的小吃。每次见到石明轩，大姐都会问，母亲的身体好不好？父亲打不打人？你的饭吃得饱不饱？国明哥的饭量是不是又大了？国兰姐一天要几回猪菜？家中的米够不够吃之类的话。尽管大姐问出的问题多半都不要石明轩回答，石明轩从这些话中还是味出，大姐很想家，想家中的每一个人。

大姐夫的父亲早年过世，家中只有大姐夫和大姐夫的母亲，一个人干活养一个闲人，生活比石明轩家要好过得多。石明轩的大姐嫁过去后又多分了一个人的口粮，吃饭就更不成问题了。大姐曾叫大姐夫给石明轩家送过米，被父亲骂了回去。父亲对母亲说，我们就是饿死也不吃丛叶家送来的米，如果丛叶再叫人送米过来，我就把那些米扔到圈里去喂猪。父亲虽然骂得很凶，也很武断，大姐夫送来的米，母亲悄悄收下后，父亲也默认了。每次大姐夫送米来，父亲也只是象征性地骂几句，并没有真的把那些米扔进猪圈喂猪。

大姐死后，石明轩以为父亲不会悲伤，没想到父亲悲伤的表现却比家中任何一个人都厉害。父亲的悲伤是隐忍的，不像家中所有成员那样把悲伤表现在肢体语言和行动上。安葬大姐好多天了，石明轩看见父亲还时常在偷偷地抹眼泪。有一天晚上，石明轩听到父亲和母亲谈话，父亲说："要是老牛请人来讲把丛叶嫁给他，丛叶现在就不会死了。"直到那时，石明轩才知道，老牛为了娶大姐，曾找人到家向父母提过亲。石明轩陆陆续续又听到父亲说："老牛那孩子也是很不错的一个人，可惜是知青，要不是知青，丛叶配他是最合适的。"

从那个时候起，石明轩才感觉到父亲也是一个很有感情的人，但他却把这种感情在子女的面前隐蔽起来，让他们看不透更读不懂。石明轩一直弄不明白，父亲那么觉得愧对大姐而又为什么不准大姐回娘家？父亲为大姐的死表现得很悲伤而又为什么不想吃大姐送来的米？石明轩本想带着这个问题去问石明伦，但现在石明伦已经不大理石明轩了。石明伦每天干完活，回家吃好饭就出去，直到很晚很晚才回家来睡觉，天一亮又出去干活。除了吃饭的时间，石明轩很难有机会和石明伦在一起。最终，想了好久的问题都没有问出结果。

大姐夫杀了一头猪来安葬大姐，猪不是很大，是大姐嫁过去后喂来准备年终上购给食品站的。猪很瘦，杀下来除了皮子和骨头外，几乎就看不到什么肉。农忙时间大队不准办酒席，除了一些亲戚和大姐夫家来帮忙的几个家门族下，没有什么人来吃饭，很瘦的一头猪吃了一顿，还剩下一些。石明轩他们回家时，大姐夫砍了四斤左右样子的一块肉，叫他们带回家来吃。石明轩他们本来不想要，大姐夫拎着肉在山路上追了好长时间，并在父亲的面前跪下来，父亲才叫石明伦把肉从大姐夫的手上接过来。

肉拿回家，父亲把肉挂到了灶门口上面的铁钩上，从灶房里出来进去都会看到那一块肉，和嵌在肉上面那几根干巴巴的骨头。石明轩的父亲一直没有提出把那块肉拿来煮吃，母亲也不提，石明轩家谁也不提，就像那块肉应该是挂在那里一样。平时很饿肉的石明轩，现在也感觉不到饥饿了，见到那块肉甚至于用手碰到，也没有了以前那种馋涎欲滴的感觉。那块肉就静静地挂在那里。直到有一天，他们全家人都闻到了肉发出的臭味,父亲才对母亲说,把肉炒来吃吧,烂掉太可惜了。

肉已经有了味道,石明轩的母亲炒肉时,加进了许多配料,肉炒熟后才勉强闻不出之前的那种臭味。经过高温煎炒,还发出了诱人的香味。肉端上桌,石明轩的胃却对这些肉产生了排斥。石明轩用筷子夹起锅中的肉时,突然就想到了死去的大姐,想到了她那鼓胀的肚子和浮肿的脸,然后无论如何都没办法把肉再吃下去。石明轩强行把一块肉放进嘴里,还来不及咀嚼,立马就有了一种想呕吐的感觉。石明轩立即起身往门外跑,还没有跑出大门,就哇哇地在门边吐了起来。父亲和母亲都赶过来问石明轩怎么了?石明轩边吐边含含糊糊地说:"我也不知道是什么原因,只是想吐。"

石明轩就这样吐了好久,仿佛连胆汁都吐了出来。吐完后石明轩对母亲说:"妈,我难受,我不想再吃肉了⋯⋯"

熊出没

一

父亲失联了！连同父亲一起失联的还有他喂养的两头大黑熊。

父亲的这次失联应该是早有预谋，他在带着黑熊们离开家的时候，还顺带走了家里好久不用的一口小黑锅，背走了米缸里的一大袋米。平时不离身的电话，被放在了家里。

母亲的电话如炸雷一般，把我惊得从椅子上跳起来。母亲说："你父亲把两头熊都带出去了，往大青山方向走了。"

接到母亲的电话时，我正在同县林业局的代表协商，希望在父亲把两头大黑熊交出来后，他们能付给我们家一笔丰厚的补偿资金，让父亲的这几年付出和母亲的辛苦能够有所回报。林业局的人总是不松口，他们张口闭口就是"按国家规定办""按国家政策处理"，不给我做出准确具体的答复，最后把我弄得情绪糟糕透顶，此次谈判就僵住了。林业局的一位副局长还对我说："黑熊属野生动物，规定是不允许私自喂养的，回去好好和家人商量，赶快把黑熊送到动物园去，否则我们就要开出罚单，真走到那一步就得不偿失了。"

母亲还在电话那头嚷嚷。"这死老头子，他连米和锅都背出去了，背了三十多斤米，是捆在熊背上驮走的。我看得清清楚楚，一头熊驮米，一头熊驮锅，走得很快，喊也喊不应……"母亲的嚷嚷越来越弱，慢慢变成了呜咽，最后就干脆变成了哭声。

和林业局的谈判继续不下去了，父亲把黑熊牵去放了，我就没有了谈判的资本。去纳料的路上，我把车开得很疯狂，出县城不远就被交警拦了下来。拉开车门时，我身上的火气仍旧燃烧得很旺盛。交警给我敬礼，开出罚单。我不得不把冲到头上的火气硬生生地压回肚里，沮丧地从交警手里接过罚单。离了交警的视线后，藏在肚里的火气又让车疯狂地奔跑起来。

奔跑了很长一段距离，我把车停在了一个山垭口，父亲和他的黑熊只要进入大青山，再怎么奔跑，我也追不上他们了。

妹妹跟着那个湖南佬跑了。那个到这片山上来熬松脂油的湖南佬，那个大我妹妹近二十岁的湖南佬，他没有从这片土地上带走他要熬的松脂油，却带走了我那腿有残疾的妹妹。妹妹跟湖南佬走的那天，父亲和上房二叔喝得人事不省，任凭母亲如何拳打脚踢，父亲都歪在地上不肯起来。气急败坏的我从县城赶到家，父亲还倒在地上呼呼大睡。我把父亲从地上拎起来，就像拎着一只癞皮狗。酒味混合着口水的残涎在父亲的嘴角挂着，延伸出一条亮晶晶的丝线。母亲从厨房端来一瓢冷水，往父亲的脸上泼去。

父亲醒了，看见我，从衣服里摸出两大沓钱，递到我手上，说："给你还车款的，这回你应该不责怪我们没帮你了吧。"

我不接钱，质问父亲妹妹哪去了？父亲说，走了，跟她男人去过好日子了。说完父亲还想睡觉，我不让他睡，叫母亲继续往父亲的脸上泼水。

父亲从地上坐起来，突然像想起什么似的，"哎呀"一声，爬起身就往门外跑去。两沓钱从父亲的手里掉出来，掉到我脚边，我一伸手就把钱抓到了手里。

我和母亲跟着父亲往门外跑。母亲跨出大门时被高高的门槛绊了一下，发出了痛苦的呻吟。母亲没有停下来，继续追着我和父亲跑。门外的世界里，一半阳光，一半阴影。父亲绕过阳光，往屋背后的阴影中跑去，我和母亲也绕过阳光，追着父亲的身影，跑向屋背后的阴影中。

父亲打开柴房门,从里面牵出两头铁链子拴着的小黑熊。我和母亲惊愕地看着父亲。父亲把小黑熊拴在柴房的柱子上,从屋里端来一盆米浆,放在小黑熊面前。小黑熊往后退缩着身子,不理会父亲的殷勤。父亲张开两只手,像赶小鸡一样往外赶着我和母亲。出去出去,我们都出去,它们怕羞,我们都走开,它们就吃了。

离开柴房,父亲才告诉我们,两头小熊是他从湖南佬那里要来的。提到湖南佬,我想起了妹妹,我问父亲,妹妹是不是真的跟湖南佬走了?父亲不说话,父亲用手在身上乱摸。我把钱拿到他眼前晃了晃,问他是不是找钱?父亲说:"原来你已经拿到了。是你妹给你的,她说她坐了你几次车,以后没机会再坐你的车了,她就想帮你一回,从湖南佬那里拿了两万元钱,叫我给你,她就跟湖南佬走了。"

"你把我姑娘卖了!"母亲尖叫起来。几只正在觅食的鸡听到母亲的尖叫声,停止了觅食的动作,都伸长脖子,"哟——哟"地向同伴发出了警告。

父亲不理会母亲的尖叫。父亲想去看他的小黑熊吃没吃米浆,我一伸手就抓住了父亲的衣服。父亲挣了几下没有挣开,父亲说:"钱你都拿到了,你还想干什么?"尖叫过后的母亲在发出第二声尖叫后就扑向了父亲,手快如闪电地在父亲的脸上抓了五个手印。父亲一边躲闪着母亲的进攻,一边对我喊:"达遒,快拉住你妈,她把我的脸抓破相了!"

我把手上拿着的两沓钱揣进衣服口袋,腾出手拉住母亲。母亲像一条疯狗,喘着随时准备咬人的粗气,向父亲喷洒着天下最恶毒的粗话。趁我拉住母亲,父亲迅疾地去看了他的小黑熊,然后又回到了我和母亲身边。父亲说:"好了好了,它们都吃了,吃了就能活了,我就可以喂养它们了。"

湖南佬带走了我妹妹,给了父亲两万元钱,还给了父亲两头小黑熊。本来湖南佬是想把两头小黑熊牵出去卖大价钱的,他不想白送给父亲。瘸子妹妹看到父亲盯着小黑熊的眼睛放出贪婪的绿光,知道父亲喜欢小黑熊,就对湖南佬说把小黑熊留给父亲吧。湖南佬有点不愿意，妹妹说："连两头小熊你都舍不得，我跟你走还有什么意思，我不跟你走了。"湖南佬说什么也要带走妹妹，就只好把小黑熊留给了父亲。父亲说："两万元钱补给你还车款，我们一分都没拿，以后你就不要在我面前埋怨你买车我们没帮了你。小黑熊我来喂养，养大了卖钱我和你妈一人一半，这是你妹妹补给我们的。"

母亲还在缠着父亲不依不饶，我也认为父亲把妹妹给予一个可以做她父亲的人是不太应该。父亲不以为然，父亲问我："你妹妹不跟湖南佬跟谁？谁会出两万元钱帮你还车款？谁会白送两头小熊给我们养着？这方圆十里八地谁会出这么多彩礼钱来领走一个瘸腿姑娘？湖南佬人是老了点，但实在，他答应让你妹妹过好日子，我相信他，他当着我的面发了誓的。你妹妹也说跟了湖南佬，她感到很幸福。她自己都觉得幸福了我还留她在家干什么，在家你们能让她幸福吗？"

母亲不再拉着父亲，一屁股坐到地上就开始号啕大哭。父亲不理会母亲，一头扎进了那两头小黑熊待着的柴房。我揣着两万元钱，趁母亲还没有回过神来，赶紧离开了家。母亲一旦回过神，说不定就会从我这里把钱抢回去，逼着我和父亲去把妹妹找回来。

二

大洞寨的王肖民用炸子搞了一头熊，一头六百多斤重的公熊。大青山熊出没的休息，一下子就在纳料周围的村寨引起了轰动。

纳料方圆十里八寨专门用炸子偷猎的人不只王肖民一个，能用炸子猎到熊的人，王肖民还是第一个。在这之前，纳料周围村寨那些制炸子偷猎的人，猎到最大的野物只有野猪，从来没有人猎到熊这么大的野兽。

王肖民卖掉四只熊掌和熊皮，拿到了一万六千元钱。加上卖掉熊肉，熊胆和熊骨的收入，在纳料这片山区，他的头就昂了起来。他走路挺着胸膛，说话牛气，经常把这样的话挂在嘴上："怕卵，大不了再去搞一头熊，喝酒钱就来了。"

王肖民和拉岩李成相的老婆，在大井湾苞谷地里搞得正欢。四个男人突然冲进苞谷林中，把他们扯开，把王肖民摁在地上就是一顿暴打。其中一人自称是李成相的表哥，这位表哥扯下苞谷杆，连同带着锯齿状的苞谷叶，一下一下地抽在王肖民光光的屁股和命根子上。王肖民一边挣扎着要去捂被苞谷杆抽的地方，一边向李成相的表哥求饶。跟来捉奸的其中两人把王肖民紧紧摁住，大声嚷嚷着叫李成相的表哥使劲抽，抽狠一点。在苞谷叶锯齿状的边缘切割下，王肖民的屁股和命根子变得血肉模糊，丑陋不堪。

王肖民跪在地上，哭丧着求饶："不要打了，再打就坏了，以后就不能用了。"有人忍不住捂着嘴笑了起来，李成相的表哥也咧开嘴笑了一下，又赶紧把嘴闭上。一个人过来拉住李成相的表哥，问跪在地上的王肖民："不抽可以，你说怎么办？"王肖民一个劲地磕头，说"我错了，以后再也不敢了，只要你们不再打我，你们想怎么做都行？"

李成相的表哥又在王肖民的命根子上抽了一鞭，在屁股上连着抽了几鞭，边抽边骂："你以为李成相不在家就没有人主持公道了，你就可以瞎整了。跟你讲，我们的眼睛不瞎，我们看得见，老天也看得见。"

王肖民用手捂住裆部，哀求着。"不要打了，我受不了了，要怎么处理，你们提条件吧。"王肖民哭丧着脸。

李成相的表哥又踢了王肖民一脚，说："呸，猪狗不如的东西。你自己讲吧，这事怎么了结？"

王肖民被从地上拉起来，有人说："不要让他穿裤子，就这样拉他到他们寨子去亮相。"

"求你们了，怎么处理都行，只要你们不再打我，不拉我去寨子亮相，你们想怎么处理我都答应。"王肖民又准备矮下身子下跪求饶，抓着他的人紧紧夹住他，不让他下跪。

"三万块钱的损失费，也不要你上门去放炮仗挂红了，把钱数出来就放过你。"李成相的表哥说。

夹着王肖民的人也许是累了，也许是看到王肖民不敢逃跑，他们就放开了摁着王肖民的手。手一放开，王肖民就一屁股坐到了地上。

"三万？我没有这么多钱。王肖民可怜巴巴地说。"

"没有钱还出来乱搞。跟你讲，今天不拿钱，这个关你是过不去的。"

"真的没有这么多钱，我家的情况你们又不是不晓得，我有爹娘要养，有孩子要管，房子又刚修好。我身体又不是太好，这些年就靠老婆一个人出去打工找钱，哪里有钱来给你们。"

有人起哄说："身体不好还来搞别人的老婆，还搞得那么起劲。恐怕不是身体不好吧？"这句话又惹来了一阵笑声。

李成相的表哥又踢了王肖民一脚，说："你以为老子们不晓得，前段时间你炸了一头熊，得了几万块钱。舍不得拿出来是不是？舍不得出钱，我们就到你们寨子上去，让大家看看你这模样。"

"那是他们瞎传，没得这么多钱，只得几千块钱，除还账后，剩下的不到三千块钱了。"王肖民哭丧着脸。

有人朝王肖民的屁股猛踢一脚，说："还在哄老子，你以为老子不清楚，光是卖熊掌和熊皮，你就得了一万六千元。还有熊肉，你和你家两个老表抬到镇子上去卖的，很多人都看见了六十元钱一斤，少说也要得两万元。还有熊胆，熊骨。还想骗我们，真是要钱不要命的货……"话还没说完，几只脚同时又踹到了王肖民的屁股上。

王肖民杀猪般地嚎叫起来。

李成相的表哥说："我们也不为难你了，卖熊掌和熊皮的钱归我们，卖肉、卖胆、卖骨头的那些钱我们就不要了。怎么样？"

王肖民坐在地上哼哼着，疼痛和屈辱让他死的心都有了。但这些人不让他死，只要他的钱。他们不让他穿裤子，却时不时地踹他一脚，或者用苞谷杆抽他一下。苞谷杆抽人虽然不伤肉，但苞谷叶那锯齿状的边割在人身上，比用棍棒抽人还更难受。

"真的没有这么多钱，用的用，还人的还人，家中只剩万把块钱了。这万把块钱我全给你们，只要你们放过我，我马上就去家拿钱来给你们。我这次说的是真话，不相信，你们就只能把我打死了，多的钱我是没有了。"

一个人看住王肖民。其余人退到一边的苞谷林中，嘀嘀咕咕一阵后，李成相的表哥走过来对王肖民说："一万二，不能再少了，再少我们就只能把你弄到寨子上去亮相了。"

在跟王肖民回家取钱的路上，李成相的表哥警告王肖民，说："你不要耍花招，我们刚才用手机录得有像，如果你跟我们耍花招，凭这个录像，我们就可以告你强奸我表弟媳，让你去把牢底坐穿。"

堂哥王肖国来邀王肖民去大青山猎熊，看到王肖民萎靡不振。问明事情原委后，惊叫起来：

"什么？花一万二千块钱去整一个烂婆娘，你肯定被人家下套了！"

三

我开车带马雅雯到旷野去兜风，母亲的电话打来了。我一边开车一边接听电话，听到母亲总是唠唠叨叨没完没了，只好把车停了下来。母亲在电话中数落着父亲的诸多不是。母亲说："你老子完了，我们这个家完了，我和你老子的这辈子也走到头了。"

得了湖南佬的小熊，父亲的性格就完全变了。爱酒如命的父亲不见了，变成了爱熊的父亲。他爱熊爱得神魂颠倒，爱得如痴如醉，父亲把以前对酒的热爱全部转换到了对熊的热爱上。父亲把心思完全放在了小熊们的身上，除了偶尔干干农活，家里的大事小事都推给了母亲，一概不再过问了。父亲不顾母亲的感受，从他和母亲共同居住的房间里搬出来，和两头小熊住在了一起。

母亲的声音很大，那部我给他购买的山寨手机肯定开到了最大音量，大音量传到我的手机上，"嗡嗡"地震动着我的耳膜。听着母亲在电话里的嚷嚷声，马雅雯捂着嘴在一边咕咕地笑个不停。我用手捂住电话，问马雅雯有什么好笑的？马雅雯凑到我耳边，很暧昧地说："你父亲，嘻嘻，你父亲是不是有什么癖好啊？"我一怔，当即推了马雅雯一把，生气地吼道："你乱说什么，你才有癖好呢。"被我推开,马雅雯也不生气,把身子坐正后,满脸绯红地望着我说:"我就是有癖好了,没有癖好,怎么连周末都不回家去陪老公,心甘情愿在这里陪你这头熊。"

母亲依旧大声嚷嚷:"达遒,你赶快来家吧,你再不来,我就没法活了。你参卖了我的姑娘不说,现在又把我的牛卖了,卖牛所得的钱全部买了熊吃的东西,不拿给我买油盐,连零花都不给我留一点。"

没有熊的日子里,家里说话算数的是母亲。除了下地干活的时间,父亲天天泡在酒坛里,基本没有清醒过。每次接到母亲的电话,都是告诉我父亲和谁喝上了,父亲又喝醉了,又吐在了家里,把衣服和裤子吐得到处都是。家里原来喂养着一条看家狗,金黄色的毛发,人立起来几乎一米七高。有次母亲和妹妹到县城来看病,家中只有父亲和狗。父亲天天醉酒,狗寻不到吃的东西,就吃父亲醉后吐出的秽物。半个月后母亲和妹妹回到家,狗也成了酒狗,变得不爱吃东西,看到父亲喝酒就来劲。每次父亲喝酒,狗就蹲在父亲身边,仰脸看着父亲,涎水从嘴角滴答滴答地流出来,十足一副酒鬼像,无论怎么驱赶,就是不肯离去。父亲醉一次,这条狗也醉一次。父亲喝醉了就躺在地上,狗醉后就爱到寨子上去跟那些狗耍酒疯,好几次还差点咬到人了。母亲一气之下,把狗卖给了走村串寨的狗贩子。黄狗不见后,父亲还想到寨上有小狗的人家去抱一只来养,被母亲骂了个狗血淋头。母亲当着我和妹妹的面糟蹋父亲,我们家有个醉鬼就够了,我不想再养只醉狗来惹是生非。

父亲不再醉酒了,父亲不醉酒的功劳要归功于那两头小黑熊。小黑熊进我们家的第一天,父亲是最后一次喝醉,酒醒后父亲就不再喝醉酒了。从湖南佬那里得到小黑熊,为了庆贺,父亲特意邀上房二叔来家喝了一顿酒。他告诉上房二叔,我答应姑娘的,以后不再喝酒了,要帮姑娘把熊养大,姑娘生儿育女后,要带他们过来看熊。为了兑现对妹妹的承诺,为了养熊,父亲真的把酒戒了。

父亲把拉纳坡脚一大片自留地里快要成熟的苞谷扯了,那些香甜可口的嫩苞谷变成了小熊的零食。腾出的空地上,父亲请人帮助搭了一间小屋，小屋的一头是熊舍，一头是他的卧室。父亲扯苞谷那天，母亲去干涉，父亲把母亲打了。母亲哭着搭长途车来县城找我，在我这里住了三天。三天后我和母亲赶到家，父亲和小熊已经搬到了新搭好的小屋里。我和母亲还来不及对父亲兴师问罪，父亲就对我说："谁来也不行，谁阻止我养熊，我就不认谁。"母亲尖叫起来："王天成，我的自留地是用来种菜吃的，你到里面来起房子，到里面来养熊，我拿哪点来种菜？"父亲说："田地那么宽，我只占这点，其他的随便你种，种菜种毒药我都不会干涉。"

来帮父亲扯苞谷搭屋子的人告诉我，父亲没有打母亲。那天母亲不准父亲扯苞谷，父亲只是推了母亲一下，母亲不经推，就倒在地上了。有好心人把母亲扶起来后，母亲就走了，搭成小屋后他们也没有看到母亲。

我劝父亲要尊重母亲的意见，不要为两头小熊与母亲闹僵，让外人看笑话。父亲不买我的账，说："我跟你们讲，这两头熊我是养定了，至于我怎么把熊养大，你们不要管我，我不来问你们要钱就行了。"

我们和父亲对峙的时候，小熊探头探脑地从房间里走了出来。父亲做了两棵长链子，两头小熊分别被拴在房间的两棵柱子上，只要打开门，不用放开链子，小熊就可以走出门来玩耍了。每天只要在家，父亲都会把门打开，让小熊从门里走出来玩耍，父亲一边干活一边就可以照看小熊了。小熊比刚来时壮实多了，也不再惧怕人了。几个来看熊的小孩在熊跟前丢了一些吃的东西，熊有滋有味地啃吃起来。

打开了话匣子，母亲喋喋不休地向父亲抛撒着最恶毒的骂语，开始父亲还顶撞两句。最后索性把嘴巴闭上，坐到一棵木棒上，从背后扯出烟杆，有滋有味地抽起了烟。这个动作更惹来了母亲的愤怒，母亲扑上去要扯掉父亲的烟杆，我急忙拉住母亲。两头小熊对父亲和母亲之间的事更是漠不关心，只是自顾自地吃着地上的食物。母亲向父亲扑去，带动面前的泥土飞扬起来，熊才被吓了一跳，急急忙忙转身跑进栖身的小屋。

看热闹的人协助我把母亲拉住了。在我们的劝慰下，母亲平静下来。在众人的监督下，父亲也向母亲认了错，母亲才不再吵闹。父亲说："只要母亲不干涉他和小熊的生活，他以后决不会再对母亲动手，更不会推打母亲。"

原以为母亲和父亲化干戈为玉帛后，就不再生事了。好久没有接到母亲告状的电话，更以为父亲和母亲的生活已经平静，不会再受到父亲养熊的影响，两个人的生活就这么循着不紧不慢的节奏，慢慢地过下去。母亲的电话开始让我有点摸不着头脑，慢慢听下来后才发现父亲和母亲生活中的那盆水，平静的表面下，还在潜藏着滚沸的漩涡。

也许父亲根本就没有考虑到，熊这么能吃，这么难养。还不到一年，两头慢慢长大的小熊就让父亲喘不过气来了。冬天来临了，父亲请人在拉纳坡脚挖了一个大洞，花一大笔钱买了上万斤红薯，放到洞里，为小熊们储存食物。父亲还买了几千斤苞谷粒，用大麻袋装着堆满了他和熊居住的小屋。为买红薯和苞谷粒，父亲卖掉了家中那头最大的黄牯牛。父亲知道卖牛母亲肯定会干涉，趁母亲上镇里赶集，父亲偷偷联系牛贩子来家，把牛牵了去。母亲从集上回到家，卖牛的钱已经变成了洞里的红薯和堆在小屋中的那些苞谷粒了。

母亲去找父亲闹，这次父亲的态度很好，父亲说家里剩下的那头小黄牯明年就长大了，长大就可以耕地了。父亲说："我为什么，我还不是为这个家，我把熊侍候好，长大就可以卖钱了。一头熊和一头牛比，哪样划算？当然是熊划算，卖了熊，五头牯牛都可以买得到。"母亲不依不饶，在父亲和熊的小屋里闹腾，撒泼。父亲则是打不还手，骂不还口。母亲闹腾了一阵，见父亲依旧不温不火，实在拿他没办法，只好哭着给我打电话。

母亲认为这日子没法过了，要和父亲离婚，坚决离婚。母亲叫我回家，回家帮他和父亲写离婚书。母亲说："这死老头子，他眼里哪里还有我，还有这个家。现在他眼里只有熊了，熊就是他老婆，是他养的女人，比他老婆比他子女都还亲。现在他把我这个家当成什么了，当成养熊的仓库了，熊没吃的了就来拿，就来要。自从和熊住到一起，他对这个家不闻不问，对我也不闻不问了。跟他说话，他连看都不看我一眼。"

母亲的最后这句话马雅雯也听到了，母亲的话还没有说完，她就忍不住捧着肚子大笑起来。为了不让正在气头上的母亲听见，我挂掉了电话，没好气地瞪着马雅雯，问她有什么好笑的？马雅雯边笑边说："想不到你妈挺逗的，还吃熊的醋。都老几十岁的人了，还吵吵闹闹要离婚，真够新潮的。"

决不能让父亲和母亲离婚，我想回家一趟，马雅雯说她也想跟我去。我没好气地说："你去干什么，你去我怎么向我父母介绍你，说你是我的女朋友？你又是结了婚有老公的人了，说我们两个在打平伙（既不是朋友也不是夫妻的同居关系），我父母才更想不通。"马雅雯说："无所谓，你说什么都可以，反正我不在乎，我都不在乎你还在乎什么。我要去看看那是什么样的两头熊，怎么把你父亲迷得连家都不要了，连自己的女人也不要了。"

四

朦胧的月光下，李成相家黑灯瞎火的，没人在家。王肖民掏出家伙，在李成相家屋山头撒了一泡恶狠狠的尿，尿水将李成相家屋山头的墙壁淋湿了很大一片。撒好尿，王肖民还不解恨，对着李成相家墙壁低声骂着。骂完，看看四周并没有什么人，他又对刚才尿湿的地方飞出一脚，看到有脚印清晰地印在墙壁上，才愤愤地离开。

王肖国说李成相的老婆肯定也参与做套来讹他，他不相信，要去找李成相老婆问个明白。接连好多天他都猫在拉岩李成相家附近，没有寻到李成相老婆。李成相家的大门上挂着一把大铁锁，好多天都是一个样，看样子好久都没有打开了。王肖民对王肖国说："他妈的那个死老奶，我硬是没看出她做的套在哪里？那天去大青山放炸子回来，我从她家苞谷地边经过，她在苞谷林中打猪草，说是被蜂子叮了，叫我帮她看。我掀开她衣服，看到两个白白胀胀的奶子。你晓得的，你弟妹长期不在家，我就忍不住了。我以为碰到好事了。一万二千块钱，还没搞过瘾，钱就飞了。我硬是不服气，我要去找那个女人要回来。"王肖国劝王肖民："算了吧，你就是找到那个女人，她不承认你拿她更没办法。其他人你又不认识，那个李成相的表哥，你在哪里见过了？没见过，没见过你相信他真是李成相的表哥？你去找她，她反过来和你闹，说就是你强奸她，她也是受害者，你反而是狗咬糍粑，脱不得爪爪了。就当是花钱买一次教训吧，以后精灵点就行了。"

王肖民决定再去炸一头熊，把那一万二千元的损失找回来。这主意和王肖国不谋而合，王肖国来找王肖民，就是要跟他合伙到大青山上去炸熊。王肖国说："昨天三爷告诉我，他在大青山的青杠坡捡木耳，看到了一头母熊和一头公熊，它们在河坎上的树林里摘野桃子吃，边吃公熊就边爬到母熊的背上，边吃边折腾，大半天才离开那片树林。"

王肖国说："也是怪，以前大家有枪在手的时候，没听说哪个看见熊，现在枪被收走了，熊就出来了。"

"没有枪才好，没有枪我就可以用炸子搞熊了。"王肖民说。

王肖国问："你炸到的那头熊是不是像外边说的那样，卖了四万多？"王肖民没有告诉王肖国具体数字，说也差不离。

看到王肖国流露出羡慕惊讶的表情，王肖民说："这不算多，买熊掌的人说，下次再搞到熊，不要肢解。整只卖给他，熊身子只要没被炸坏，也没肢解过，还很完好，一头熊他愿意出到六万元钱。如果是七百斤以上的大熊，钱还会给得更多。"

"六万！"王肖国惊叫起来："老子在外面辛辛苦苦做一年工，累死累活都找不到这么多钱。"

王肖国问："不知道他要不要小熊，活的小熊，一头能给多少钱？"王肖民问哪里有小熊？王肖国低声说："你还不晓得吧，纳料王天成家那个瘸子姑娘，前段时间，被那个在这一片转悠找松脂油的湖南佬拐走了。湖南佬把他在大青山上捡到的两头小熊留给了王天成，王天成把小熊当宝贝一样养了起来。哪天去问问那个买熊人，要小熊的话，我们花点小钱从王天成手里买过来，再转手高价卖给他。"

王肖民不相信，说："我只见过养牛养马养猪养羊养狗的，没见过还有人养熊。这熊的野性那么大，真能养活？恐怕养熊人早就不在了。"

"说起来我也是第一回开眼界，前段时间我到纳料去走亲家，听亲家说起，开头我也不相信。亲家带我去看，两头小熊被王天成用铁链子拴着，关在小屋里面养着，圆滚滚肥嘟嘟的，比满双月的小猪大很多，可爱得很。王天成喂它们吃苞谷米，吃红薯，吃萝卜，有空王天成还牵它们到坡上去耍，让它们爬树。前几天，我亲家过来耍，说看见王天成的小熊又长高了许多，差不多有我家大黑狗大了。要不到两年，王天成就会把它们养成大熊了。养成大熊，他就更不会轻易卖人了。"

王肖民听得如痴如醉，眼冒红光。王肖国刚说完，他就迫不及待地说："要真是这样，我们就有财发了。我去问问，只要有人愿出大价钱，我们就弄来卖给他。"王肖国说："我就担心王天成那老鬼不肯卖，听亲家讲，为养熊，王天成和老婆都闹翻了，自己到坡脚去另起房子和熊一起居住，不和老婆住一起了。"

"买什么买，哪个说买了，哪天黑夜我们摸过去，趁这老鬼不备，我们把熊牵走不就完了，还花那冤枉钱做什么。"。王肖国认为这样不行，说："大家都是隔山抵坳的亲戚，不好下手，万一被发现了，脸面丢尽，弄不好还要蹲班房，划不来。"王肖国说他不想做小偷，只想买过来转手倒卖，从中吃一点差价钱就行了。

王肖民找到买熊人，买熊人不收活熊，说活熊的目标大，被抓到肯定要蹲班房。小熊崽他更不要，活的难脱手，死的又不值钱，等养大了再说。从镇里回转的路上，王肖民顺道拐到纳料，见到了王天成的两头小熊。熊的身影乍一入眼，他就吓了一大跳，这哪里还是两头小熊？已经是两头壮实的大熊了。也就是年把时间，这两头熊肯定就能赶上他炸到的那头大公熊了。

黄昏的夕阳在西边点上一片红霞，黑夜再次降临纳料这片大山，将拉纳坡和远处的山坡裹进漫延而来的黑夜中。天刚黑，王肖国就用一个大黑塑料袋提来几大卷鞭炮，与王肖民在家关着门制炸子。王肖国把鞭炮一个个拆开，把鞭炮里的火药倒进一个碗里，待碗里的火药有一定数量，王肖民就往火药里兑上一些磷粉，搅拌均匀，再小心翼翼倒进一个纸包里。王肖民裹紧纸包，在纸包外抹上一层猪油，轻轻地将纸包放在一块木板上。

王肖民告诉王肖国，制炸子很有讲究，药量要控制好，少了炸不死野兽，多了就会把野兽炸坏，野兽炸坏就不值钱了。王肖民不准王肖国碰裹好的炸子，更不让王肖国裹炸子。他说，制炸子最危险的就是裹炸子，一般人手脚重，弄不好就会爆炸，轻则炸断手，重则炸死人。

王肖民和王肖国做好二十个炸子，王肖民就叫停了。二十个炸子有十个外层浸裹着猪油，有五个包着面皮，有五个稍大一点的则包着一层猪肉皮子。二十个炸子摆放在木板上，大小参差不一，小的如拇指，大的如小笼包。王肖民说，我们不能光想着炸熊，野猪、狐狸、兔子、野猫也要炸，炸到就是我们的财。王肖民告诉王肖国，炸子不能放得太多，放多了记不住。要记住放还要记住收，光放不收误炸人就会出大事。

王肖民和王肖国背着米和锅，带着头天晚上裹好的炸子，向大青山走去，朝阳在他们身后拖出了长长的阴影。一群鸟儿从天边飞来，掠过他们的头顶，振动着翅膀向着朝阳升起的山顶飞去。鸟儿们似乎要去迎接初升的太阳，既显得匆忙又飞得很零乱。在阳光的倒影中，大青山的轮廓慢慢浸进王肖民和王肖国的眼中。雾霭在大青山繁茂的林海中漫延开来，铺向四周的山野，连绵起伏，连绵不断。流经大青山的牛洞河，先是将大青山一分为二，走了近十公里，也许是觉得这样分开大青山有些残酷，就一头扎进大青山脚，在地下潜行了近三公里，才从大青山的另一面坡脚冒出来。连绵的林海，长年不断流的牛洞河，将大青山打扮成了动物们的乐园。禁猎后，大青山更是变成了动物们的天堂，河里的鱼多了，山上的动物也多了，就连好多年不见的熊，也在大青山出没了。

王肖民与王肖国，轻车熟路地没入大青山的林海中，踏上了一条只有王肖民才知道的小路。正午的阳光，在王肖民和王肖国没入林海后，就再也找不到他们的身影了。林中的飞蚊和一些不知名的小虫，亲热地围着王肖民和王肖国，"嗡嗡"地诉说着，热情地把他们弄得手忙脚乱。在牛洞河边的一块石头上，王肖民和王肖国坐下来吃了一些干粮，稍做休息后，他们继续向大青山的更深处挺进。河流被抛在了身后，阳光也被抛在了身后。那些讨厌的蚊虫，无法被王肖民和王肖国抛开，他们走到哪，蚊虫们就跟到哪，不让他们消停，不让他们清静。

不会制炸子、不会放炸子的王肖国完全依赖于王肖民，王肖民往哪里走，他跟着往哪里走，王肖民叫做什么，他就做什么。纳料人把王肖民这种不正经干农活，又不出去打工，一天到晚在山里钻的人称为"山猴"。山猴王肖民因为身体有病，没有出去打工，也做不了大活，只好依靠大青山，过着偷猎的日子。之前，王肖国跟大多数人一样，都看不上王肖民的所作所为。回到家不能出去继续打工找钱，看到王肖民因为猎到熊而找了大钱，心就动了起来。王肖国开始还以为王肖民不会带上自己，没想到一说明来意，王肖民就答应了。因为身体上的原因没能出去打工的王肖民，虽然一直过着偷猎的营生，但每次出入大青山，内心都会生出一股紧张的情绪，有了王肖国这个伴，进出大青山就不会那么紧张了。

王肖民领着王肖国往大青山深处走。在一个山谷里，王肖民放下了第一颗炸子，在炸子的旁边做了一个记号。王肖民边放炸子边做记号，从山谷慢慢向一道山梁爬去。王肖民说，记好这些记号，明早天亮我们要一路检查过来，收被炸死的野物，也收那些还没有炸开的炸子。这个地方虽然不大会有人来，还是以防万一，我们不能让炸子炸到人，炸到人我们两个都脱不了爪爪。

安放好炸子，夕阳也就西下了。王肖民带着王肖国来到一个山梁上，这是大青山从远处逶迤过来，在牛洞河边隆起的一个高峰。每次到大青山来安放炸子，王肖民都喜欢夜宿这道山梁。山梁上的一堵高崖下，一个两米深的岩缝，就是他每次到大青山来放炸子过夜的地方。岩缝干燥，避风，岩缝旁边不远处还有一口小水井，吃水很方便。岩缝所在的位置视野很好，只要天气晴好，从岩缝走出来，爬上身后的高崖，大青山牛洞河这一面的风景就尽收眼底。每次放完炸子，王肖民都要坐到高崖上，用目光将大青山巡视一遍，就像一个占领者巡视他拥有的领土一样。每次坐到高崖头，王肖民都会生出一种不一样的感觉。这种感觉王肖民自己也说不清楚，就是让他满足，让他骄傲，让他感觉强大。

王肖民和王肖国站在高崖头上，从河谷吹上来的凉风从他们的身边掠过，给他们送来了无比惬意的心情。王肖国从来没有到这座山梁上来过，他没想到山梁上会是这样美好。俯瞰逶迤的群山，聆听树林的歌唱，欣赏天边的彩霞。王肖国突然冒出了想大喊一声的冲动，把此刻这种美好的心情酣畅淋漓地大喊出来。"噢——哦——"王肖国喊了一嗓子，准备再喊第二嗓子时，被王肖民制止了。

王肖国看向王肖民，见王肖民并没有看他，而是两手叉在腰上，目光一眨不眨地凝望着脚下的大山谷，凝望着从大山谷由近而远延伸的那一大片看不到头的树林。王肖国挪过去，站到王肖民身边，王肖民还是不看他，只是把身体往旁边挪了挪，给他腾出一个宽敞的位置，眼睛仍然紧盯着山下的河谷和那一大片树林。

王肖民用手指点着脚下那一个大山谷，问王肖国："肖国哥，这片山大不大？"王肖国不知道王肖民问的是什么意思，他看了一眼山谷，看了一眼远处，由衷地说："大，太大了，我都看不到头。"王肖民说："这么大一片山，如果只属于我们两个该多好啊，这样我们就不用再回大洞寨子，再不用为到别人家的山上去砍一棵柴而争得六亲不认了。"王肖民说："要是在从前，我肯定会跑到这里来，做一个占山为王的强盗，把这片山占成我的地盘。家就安在山下的牛洞河边，每天爬到这个最高的地方，把这片山想看的地方都看一遍，把那些树林都理一遍。天黑后睡觉，早上一起来就去收山，取回头天炸子炸到的野物，自由自在，这日子，就滋润了，也知足了。"

五

　　看到马雅雯，母亲把我拉到一边，悄悄问我："儿子，上次我在你那里看到的不是这个姑娘，跟妈讲，是不是又换女朋友了？"我没好气地说："什么又换女朋友了，这是我同事。人家已经结婚，有丈夫的，听说我爸养了两头熊，非跟着跑过来看。"母亲看了看站在远处的马雅雯，把我拉近身旁，附在我耳边说："儿子，你不要嫌老妈多事。你们年轻人的事妈可以不管，但妈要告诉你，有家有室的女人最好少招惹。我看这女人眉毛上翘，嘴角外斜，肯定不是个善主……"妈——我打断母亲的话，"你电话急匆匆把我召回家，你和我爸到底怎么了？"

　　提到父亲，母亲立即两眼放光，嘴角撕裂，一串气话噼呖啪啦地冒了出来："怎么了？这死老头子，喊你来就是要你去问他，他到底是要家还是要熊？我这个家已经经不起他折腾了，他要再这么折腾下去，这个家就散了算了。你就问清楚，不行我们就分开过，把田地也分了，我种多少吃多少，他个人种多少吃多少，免得他总是拿我的东西去喂熊。"

　　初秋的阳光在山野晒出了丰收的日子，闻着山风吹来的食物的芬芳，被铁链子拴着的熊坐不住了。它们每天拖着长长的链子，从小屋里跑出来，在父亲为它们腾出的院子里兜圈，把父亲的房屋扯得瑟瑟发抖。就是夜晚，熊也让父亲不得安宁，常常是在父亲快要睡着时，它们就扯动铁链子，将链子拉得哗啦哗啦响，将小屋扯得地动山摇，搅得父亲好长时间都睡不踏实。睡不着的父亲干脆搬了一把椅子，与熊坐在一起，看着熊们在房间里折腾。久了后父亲发现，熊并不是每时每刻都在折腾，它们也有安静的时候，只有当山上传来野兽们的呼唤时，熊才开始坐立不安，才开始扯动铁链子，烦躁地在房间里走来走去。要不就像人一样，直立起来，发出粗重的喘息。父亲认为是小熊们想家了，想野外的生活了，想他们生长的大山了。

父亲每天就做一件事，起床后就把熊牵到山上，陪熊在山上摘野果吃，陪熊们玩耍，看两头熊在林子间嬉戏，追逐，或者看它们从一棵树爬到另一棵树，每天不到天黑不回家。白天在山上玩耍够了，熊在夜里就安静多了，父亲也有时间睡安稳觉了。庄稼成收时，母亲找不见父亲的身影，眼看着季节不等人，母亲只好自己下地收庄稼。母亲好不容易在一天晚上逮到父亲，说好第二天请人来帮收稻谷，父亲无论如何第二天必须要参加，在家招待那些来帮忙的人。第二天，父亲把收稻谷的事忘得干干净净。一大早，请来帮助收稻谷的人在田里忙开了，仍不见父亲出现。母亲赶到父亲和熊居住的小屋，发现父亲和熊都不见了。

　　没有参与收庄稼的父亲，把地里那些成熟的南瓜收了。母亲在地里看到好多该成熟的南瓜都不见了，站在地埂边刚开骂几句，父亲就出现了。父亲叫母亲不要骂了，说瓜是他摘的，跟别人没有关系。母亲问父亲摘的瓜放在哪里，她怎么看不见？父亲说都给熊吃了，熊比较爱吃成熟的南瓜，他就全部摘来喂熊了。母亲一屁股坐在地埂上，喘着粗气，一直喘到能说话后，才从地埂上站起来，随手拎起准备用来装瓜的背篓向父亲扔去。父亲一闪，背篓掉到了地上。母亲指着父亲喊道："王天成，你不是人，你是野兽，你的眼里只有野兽，没有人！从今天起，你就跟熊去过。带上你的熊，你爱去哪里就去哪里，不要来我眼前晃，我已经不是你老婆了，熊才是你老婆。"

　　父亲把掉在地上的背篓捡起来，放到母亲身边，看着母亲说，不就是摘几个瓜吗，用得着这么生气。父亲不说话还好，不说话让母亲把气出够，事情也就过去了。父亲很想对母亲解释清楚，越解释就越让母亲生气。"几个瓜？你说得好听。你种过没有，你帮我锄过草没有，帮我施过肥没有？一天到晚就只顾着你的熊，什么也不做，东西成了你就来收，就来抢，你和你的熊都是我们家的强盗！从你把熊牵进家，你想想你败去了这个家好多东西？牛被你卖了，苞谷被你扯了，现在瓜又被你摘了。你还想干什么？是不是要把我也剁了来喂熊你才甘心？"父亲自知理亏，母亲一急他更不敢反驳母亲。但仍不服气地嘟哝，牛我会还给你的，熊长大后卖掉，不会差你一头牛，更不会少你的苞谷和南瓜。

母亲不理父亲,气咻咻地回到家中,立即给我打了电话。

母亲想和父亲离婚,并把口头的行动付诸到了实际行动上。母亲不再给父亲做饭,父亲回家吃饭,看到母亲没做有他的饭,也不恼怒,第二天索性就不回家吃饭了。

刀子嘴豆腐心的母亲,在父亲回家吃饭的时候,把父亲气出了家门。打电话对我发泄过后,母亲的气也就慢慢消了,睡了一觉醒来,母亲又不想离婚了。像以前和父亲怄气一样,母亲认为父亲第二天肯定会向她认错,死皮赖脸地蹭回家,央求母亲给他做饭吃。这次母亲却想错了,父亲看到母亲是真生气,不再给他做饭,索性连家都不回了。接连几天看不见父亲回家,母亲的心虚了。母亲偷偷跑到父亲和熊居住的小屋,躲在屋背后,从缝隙里偷看到父亲在烧红薯当饭吃。父亲烧了一大堆红薯放在地上,两头小熊分坐在父亲的两边。父亲自己吃一个红薯,也分给每头熊一个红薯。父亲和熊就像一家人一样,把红薯吃得津津有味,仿佛他们吃的不是红薯,而是山珍海味。熊吃得很快,吃完后都去抢父亲的红薯,父亲急忙从地上把烤熟的红薯拿到手上,试了试温度后,塞进两头熊的掌心。此情此景让母亲简直气炸了肺,母亲想到自己在家孤孤单单一个人,吃什么都没有味道。又还牵挂着父亲,见他这段时间不回家,怕他饿坏,心想自己就下下矮脚,服个软,把他叫回家吃饭算了。看到父亲和小熊把红薯吃得有滋有味,父亲和小熊亲密无间,其乐融融,母亲的醋味又一次被撬开了。母亲用脚踹开门,冲进父亲和熊的小屋,手指几乎戳到父亲脸上。"王天成,你还有家没有?你还有老婆没有?是不是老娘不来请你,你就不打算要这个家了?"母亲质问着。

父亲和他的熊还在山上。我拨了父亲的电话,电话里父亲的声音时断时续,时而清晰时而朦胧,时而干脆听不见,时而又振聋发聩地回响着。父亲所在的山上信号不是很好,电话声音清晰时,我能想象得出,父亲和他的熊不是站在哪道山梁就是行走在哪一片开阔地,父亲的声音听不见时,我估摸他们可能又进了哪处山谷或者跑到了哪片山崖的背后。我不知道是父亲在牵着熊跑,还是熊在前面跑父亲在后面追？电话里父亲说话的声音总是气喘吁吁，表明他一边在跟我说话，一边在追赶着他的熊。

马雅雯等不及了，一定要我带她上山，去看父亲的熊。我带着马雅雯往父亲说的山上走，我们爬上一个小山梁，山梁上有一片小草地，马雅雯兴奋地躺到草地上，示意我到她身边去。我给父亲打电话，父亲在电话中仍是气喘吁吁地说，熊不愿意走我们在的那片山梁子，他得听熊的话，熊往哪里走他就往哪里走，他得跟着熊。父亲叫我不要去找他们了，他和熊得到另一片山的树林里面去，那片树林蔓生着很多八月瓜，他和熊要在那里品尝成熟的八月瓜才回家。

挂掉父亲的电话，我准备叫马雅雯往回走，到山脚下的小路去等待父亲。马雅雯躺在草地上，对我摆出一个诱惑的姿势。一看到马雅雯的这个姿势，我的身体立马就激情澎湃起来。我向马雅雯走过去，刚到马雅雯身边，她就一把把我拉到身上，张嘴凑在我耳边说："草地野合……"我用嘴堵住她的嘴，没让她再继续说下去，双手不断在她身上寻找攻击的目标。

我和马雅雯回到山脚，父亲和他的熊还没有回来。我和马雅雯在小路上站了好久，才看到夕阳下的山脚钻出两头黑熊，接着父亲也从树林中钻了出来。父亲和熊完全进入我们的视线，夕阳的红光也正好给他们披上一片彩霞。拴熊的铁链子攥在父亲手中，熊在父亲的前面慢悠悠地走着。

"太酷了！简直没办法去形容了！一个老男人，牵着两头黑熊，行走在夕阳下的乡村小路上。"马雅雯兴奋地摇着我的手，不断地发着感慨，"你父亲和熊都太有味了！"学中文的马雅雯，任何时候都不忘作诗。我曾为此多次表扬过她的才情，她一嘚瑟，就抛着媚眼对我说："当然，我是谁，我是马雅雯，我就是和别人不一样。不会作诗的人，感觉生活就是一块平静的镜子，会作诗的人，生活中就会处处体现出浪漫。我就是一个喜欢浪漫的人，特别是在对待爱情上，我也要幻想出富有节奏的诗意来。"

我带着马雅雯迎上去和父亲打招呼，父亲拉着熊停下和我们说话。两头熊却不肯停下脚步，它们连看都不看我们一眼，就越过我们的身体往前冲去。父亲紧紧攥着铁链子,熊才不得不停下来。一头熊立起来,打量着我和马雅雯。马雅雯兴奋地想用手去摸熊,父亲立马大声喊道:"不要乱摸,它们跟你不熟悉,会把你的手抓坏。"马雅雯缩回手,对着父亲和熊吐了吐舌头,挤了挤眼睛,还对我做了个鬼脸。另外一头小熊居然跑向马雅雯,张嘴就咬住了她的裙子。马雅雯吓得惊叫起来。父亲急忙扯紧手上的链子,温柔地喊道:"二黑,不要淘气,她是客人,把客人吓坏,回家就不给你红薯吃了。"

父亲的两头熊,公熊叫大黑,母熊叫二黑。父亲说,大黑二黑乖得很,特别听他的话,在山上无论它们走多远,只要听到叫唤,它们就会立马跑到身边来。

六

大青山的清晨就像一处人间仙境,朦胧中透视出几丝飘逸,几丝幻象。夜晚那些活跃的鸟在清晨雾霭起来后,更是起劲地亮开了不竭的歌喉。阳光启航后,太阳从天边的山顶上慢慢地露出了喜庆的笑脸。雾在山谷中一点一点地抬升,一直抬升到快要罩到太阳的时候,才又慢慢地远离太阳而去。一些雾走了,一些雾又从山谷漫出来,如此演绎,直到太阳完全照到整个山谷。欢快悦耳的鸟音在山谷中此起彼伏地传唱,合唱、独唱、二重唱,偶尔穿插着高中低三步表演唱,将山谷一天的开始演唱得热烈奔放,喜意浓浓。

王肖民是被一只鸟的歌唱吵醒的,这只不知疲倦的鸟,从昨夜天刚黑就开始唱起,一会儿仿佛是在这边山,一会儿仿佛又在那边山;一会儿仿佛在山梁,一会儿仿佛又在山谷,声音缥缈不定,若即若离地歌唱着相同的一首歌。歌声飘到王肖民他们休息的山梁上,天就放明了。

从梦中醒来的王肖民,先是长长地打了一个哈欠,舒畅地伸了一个懒腰。鸟的歌声还在耳边盘旋着,王肖民支起耳朵,想仔细地捕捉鸟儿留下的歌韵,却什么也听不到了。雾起来了,这只鸟的独唱会也结束了，它把舞台留给了那些白天更活跃的鸟，悄悄地寻一个地方，舒舒服服地睡觉去了。王肖民钻出昨夜休息的岩缝，从山谷中波涌过来的大雾也来到了他的面前，他下意识地伸开手掌，却什么都没有抓到。大雾从他的身边掠过，伴着微风让他情不自禁地打了一个寒战，他裹了裹衣服，又钻回了和王肖国栖身的岩缝中。

王肖民和王肖国到大青山已经是第三天了，每天天一亮，山脚下的大雾散尽后，他们满怀信心地从栖身的岩缝中出来，顺原路去检查是否有被炸死的猎物。每次满怀希望地出去，又失望地返回，除了带回那些没有爆炸的炸子，他们每天依旧两手空空。

王肖国从躺着的地方坐了起来，用手揉了揉眼睛，也是长长地打了一个哈欠，双手举过头顶，伸了一个舒服的懒腰，说："日卵的，昨晚上那只鸟，吵得老子硬是好久都睡不着。"

王肖民说："前两晚也叫，前两晚我都睡得死死的，独独昨晚睡不着，硬是日怪了。"

"肖民，你说今天我们会不会有收获？"

"事不过三，大的没得到，小的今天也应该让我们得一只了。"

王肖民和王肖国就着井水，每人吃了一碗昨晚剩下的米饭。放下碗，他们从山梁上下来，顺着林中的小路，来到了牛洞河边。清清的河水里，能望得见小鱼在水中穿梭的身影。王肖民以前经常自制炸弹到牛洞河来炸鱼。他刚结婚那阵，牛洞河的鱼那才叫多，一个炸弹扔下去，随着冲天而起的水柱，水里就漂起了一层白花花的鱼。两三个人邀约一起来，只消两个炸弹，捞起的鱼就够他们抬了。有时两颗炸弹下去，漂起的鱼太多，他们只拣大的，小的就让它们随波逐流。后来到牛洞河里炸鱼的人逐渐多了起来，鱼就慢慢减少了，到最后，河里的鱼都不知到哪去了。有时连着扔好几颗炸弹，不要说大鱼，就是小鱼，都不见漂一个。被炸多了，牛洞河的鱼都变精了，以前只要哪个地方看到鱼，就是投一颗石子下去，鱼都会聚拢过来，看看是不是从天上掉下的馅饼。现在明明看到这个地方游着一群鱼，炸弹刚刚扔下去，鱼就倏忽间跑得无影无踪。炸弹在水里面爆响，除了激起一股水柱，什么都没有漂起来。王肖民已经好多年不炸鱼了，纳料方圆几里地的人也有好多年不来炸鱼了，牛洞河的鱼就慢慢又多了起来。每一个水滩里，都游动着一群一群的小鱼，大鱼也时有出现。

王肖国看着游动的鱼儿对王肖民说，今天如果还不行的话，干脆我们回家去整两颗炸弹来炸鱼，弄点鱼去卖也可以。王肖民说，现在的鱼不好炸了，炸来的鱼也卖不出钱。天气这么炎热，等你把炸到的鱼运到市场上，鱼都有味道了，谁还买你的，炸几斤来自己尝鲜还可以。

王肖民向水中扔了一颗石子，鱼群倏忽间就作鸟兽散，不知去向，许久许久才又慢慢地从周围的石缝中探头探脑地游出来。王肖民又向水中接连扔了几颗石子，把鱼群弄得丢魂落魄似的。王肖民边扔石子边说，炸鱼太危险，去年通州肖老五家大儿子，就是炸鱼把自己炸死的。

说到肖老五，王肖国也认识。肖老五的大儿子去炸鱼那天，是一个大晴天，那天他在玻璃瓶子做好的炸弹引线上点上火，太阳太刺眼，没有看出引线是否被点燃，就凑到眼前来看，还来不及看清，炸弹就在他手上爆炸了。肖老五大儿子的手被炸断，半边脸被炸飞，人当场就没气了。王肖国说，我不知道他去炸鱼怎么要把引线弄得那么短？王肖民说，现在很多人炸鱼都把炸弹的引线整得很短，只有这样才能炸到鱼。现在的鱼都很狡猾，引线长了落到水里还不开炸，鱼早就跑光了。引线短炸到鱼的把握要大一些，危险也就增加了。通州那边，除了肖老五家老大，我认识的经常炸鱼的好几个人，都把自己的手炸断了。

王肖民和王肖国顺着林子里昨天他们走过的路去检查炸子。一蓬草丛下，王肖民小心翼翼地把炸子拿到手上，这颗包着猪肉皮的炸子，已经散发出了肉食腐烂的臭味，上面还爬满了蚂蚁。王肖民小心翼翼地揭下包着的猪肉皮，把皮连同那些蚂蚁一起扔到地上，用树叶擦去粘在炸子上的腐肉，把炸子装进了拿在手上的一个竹筒里。王肖民告诉王肖国，这些炸子要重新带回去加工，药被露水浸过后就会回潮，回潮后就不容易爆炸了，即使爆炸，威力也大不如前了。

树林里没有路，王肖民和王肖国走的路，全凭他们的记忆和昨天留下的记号。身体碰撞树叶落下的露珠，弄湿了他们的衣服，也弄湿了他们的头发。穿行在树林间，早起的蚊虫在他们的四周飞舞，发出"嗡嗡"的声音，他们时不时要腾出手，驱赶一下围在他们耳边乱飞的蚊虫。一路下来，他们走得手忙脚乱，也走得疲惫不堪。

王肖民提着的几个竹筒里已经装了十二颗炸子，竹筒里每增加一颗炸子，王肖民和王肖国内心的沮丧就多增加一分。一路上他们都不说话，只是一前一后喘着粗气走着，绕过荆棘，扯掉挡在面前的枯枝，扒开茅草，移开枯叶。弯腰，寻找，再弯腰，再寻找，不断地重复着机械的动作。

还剩下最后三颗炸子，最后三颗炸子再没有收获，一个夜晚又白白地浪费掉了。太阳已经升上了高空，树林中也开始变得闷热起来，围到王肖民和王肖国身边来的蚊虫也越来越多，蚊虫们的搅扰也让他们越来越感到烦躁。越过一片林子进入另一片林子，他们都感觉到快要走不动了。在一棵野山梨树下，他们停下来，一个人吃了几个野山梨，力气似乎才又回到他们的身上，也才开始有力气说话。王肖民咽下最后一口梨肉，张开嘴说："硬是日怪了，平时这山里野猪、野猫、野狗都挺多的，正找它们的时候都不见了，好像它们都知道我们来是要找它们似的。"王肖国也说："上回我看到的熊就是在这一片，不光我，好几个来捡木耳的都说在这片山看到了熊，好几头熊，现在这些熊也不知跑到哪去了？"

王肖民说："这次再没收获我们就先回家去，回家我就去大井找赵振树，请他帮弄几个会发出香味的炸子，我就不相信那些馋嘴的家伙们能逃得过那种香味。"

收到第十九颗炸子放置的地方，走在前面的王肖民看到前方的小树在不断地颤动，来不及暗示跟在身后的王肖国，就快步向树丛跑了过去。

"肖国哥，蛇，大蟒蛇！"听到王肖民的喊叫，王肖国也快步跑了过去。一条两米多长的大蟒蛇盘桓在树丛中，肚子鼓鼓囊囊的，看样子是刚吃下什么东西，还来不及梭走。看到他们，蟒蛇立即把头对着他们，嘴里吐出红红的信子，咝咝地向他们发出警告。王肖民和王肖国每人找了一根棒子，趁蛇不注意，狠狠地向蛇头打去，只几下，就把蛇打得趴在地上耍不起威风了。

打死了蛇，把死蛇从草丛和树叶中拖出来，他们才发现这是一条他们此前从未见过的大蛇。确信蛇不再有生命迹象后，两人才从刚才的紧张和惊惧中缓过神来。王肖国说，打到这么大的蛇也很不错。这么大的蛇，蛇皮肯定很值钱，也不枉我们在山上守三天三夜了。

用绳子捆好蛇，他们继续在昨天放炸子的位置寻找第十九颗炸子，把四周的草和枯叶以及乱石都翻遍了，仍不见第十九颗炸子。两人满头大汗地找了好长时间，第十九颗炸子仍没有找到。王肖民说，昨天我就放在这里，难道这颗炸子会走路不成？王肖国说是不是有野物来吃掉了呢？王肖民说不可能，如有野物吃掉，就应该有野物被炸死在附近。王肖国说，是不是炸子发潮了，野物吃的时候没有爆炸。王肖民说不可能，他很清楚他制的炸子，才三天时间是不会发潮的。

王肖国说，要不就是野物吃掉了炸子，炸子把野物炸死后，大蛇过来把野物吃掉了，我们才找不见野物，只找到蛇。听了王肖国的分析，王肖民就想划开大蛇的肚子检查，王肖国制止了他，王肖国说蛇肚子一划开，蛇就不好拿回去了。在大太阳的烘烤下，蛇还会很快发臭，就不成钱了。王肖民只好作罢。两人又在周围附近找了半个多小时，仍不见炸子，只好抬着蛇，向放置第二十颗炸子的地方走去，收回了昨天放置的最后一颗炸子。

捕获了一条蛇，让王肖民和王肖国总算没有空手而归。为了赶快把蛇运出山去贩卖，他们不再返回住的岩缝去收拾炊具，而是用一棵棍子，穿在用绳子盘起来的蛇中间，合力抬着蛇，直接就从找到最后一颗炸子的地方，匆匆踏上了出山的道路。

七

父亲的熊不可遏止地长大了，长成了两头漂亮的大黑熊。熊对食物的需要量也越来越强，一百多斤苞谷籽，两天就光了。父亲给我打来电话，吭哧了半天，才吞吞吐吐地说出要跟我借五千元钱。他说他要给熊买红薯，还差一点钱，希望我能帮帮他。也许，父亲还记起当初他说的养熊不要我们管的话，在电话里他一再强调，五千元钱他只是跟我借，等他度过这段难关后，就会找钱来还我。

父亲的熊吃得越来越多，这点从母亲把养的猪卖了拿钱给父亲买熊饲料，又用大部分承包地来种植熊吃的食物就可看出来。父亲原以为熊到冬天后就可以冬眠，然后他就可以缓一口气，就可以在熊冬眠的时间去找活干，找钱来给熊准备来年的食物，这样算下来，养熊也就花不了多少钱。整个冬天，父亲养的熊虽然变得不像春夏秋那样活跃，但仍然吃东西，没有东西吃就在熊舍里歪歪斜斜地走来走去，一副要死不活的样子。为了让熊保持体力，增加能量过冬，看到熊不会冬眠，父亲也只好不断地给熊喂食。父亲和熊的生活越来越捉襟见肘了。

父亲和母亲因为养熊闹到几乎要离婚的地步，我电话告诉了妹妹，妹妹分别给父亲和母亲打了电话。也不知道妹妹在电话中是怎样劝母亲的，从此后，母亲就很少给我打电话告父亲的状了。倒是久不久给我打电话的父亲，说母亲也开始喜欢他的熊了，还跟他一起在拉纳坡的荒山上开垦了一片地，在地里种南瓜、种红薯、种萝卜，这些东西都是种来养熊的。妹妹跟湖南佬生了一个儿子，我把妹妹发来的儿子照片拿给父母看，他们都很高兴。父亲在看了妹妹儿子的照片后，马上去给熊扔了一筐红薯。父亲说，我必须要把熊养好，养得肥肥壮壮的，我外孙来的时候，才会喜欢上熊。

生下儿子的第一年，妹妹和湖南佬本来打算要带孩子回来过年的，临近春节时妹妹电话告诉父母，他们不能回来了。他们的婆婆不让他们回来，说是孩子生下不到一年，无论如何要在家过第一个春节，过完春节再到外婆家也不迟。过完春节妹妹他们仍没有来，妹妹告诉父母，她和湖南佬跟随一些亲戚到长沙做工去了，等第二年过年他们再回来。

父母用妹妹的承诺支撑着，合力喂养着越来越大的黑熊。我把小外甥的照片冲洗出来，让父母慢慢欣赏。父亲甚至把照片拿给熊看，叮嘱它们，这是你们的小主人，以后看到他，你们要听他的话，要让他骑到你们的背上去，你们要带他到山上去玩耍，要摘野果给他吃。父亲给熊看照片的时候，两头熊哼哼哈哈着，缠着父亲，流着口水向父亲讨要食物。父亲把照片收进口袋，给两头熊一个大南瓜。父亲把南瓜分成两半，两头熊一头抱着一块，到一边哼哧哼哧地大饱口福去了。

从最初的争吵到认可父亲养熊，到最后又支持父亲养熊，我不知道母亲是如何转变的。偶尔给我来电话的母亲，除了扯些家长里短的话和敦促我赶快找个女朋友成家的话外，有时也会跟我谈起父亲的熊。母亲告诉我，父亲养的熊太能吃了，她种来喂猪的南瓜，现在全部成了熊的食物，地里种的红薯、苞谷、萝卜，也全给熊吃了都还不够。听得出，母亲虽然也是在埋怨，但已没有了昔日的尖刻。每次通话的最后，母亲都不无担心地说，你妹妹和外孙要是还不来，我们的家底都要被这两头熊吃光了。

马雅雯背着我，把父亲养熊的事捅到了网上，等我发现的时候，父亲和他的熊已经走红了网络。很多人给马雅雯留言，希望来看父亲的熊。有些网友希望来跟父亲学养熊，把养熊事业开发成一个项目，专门养熊卖，发家致富。有些网友在网上问马雅雯，父亲的两头熊要不要出售，他们愿意出高价购买……网络上的点击率和留言让马雅雯兴奋不已，而我却对父亲和他的熊生出了隐隐的担忧。

这段时间马雅雯一直和我怄气，她把父亲和熊的照片发到网上，还在网上留下了我的联系方式，说谁不相信就可以打电话向我咨询。图片和电话引来众多网友的围观，让我不堪其扰。网上越来越多的留言对父亲和他的熊很不利，如果再这样顺其发展下去，父亲的熊有可能不保。我责备马雅雯不该多事，她就和我吵了起来，吵过后就不再理我了。在北方某大学读研的女友，看到马雅雯发的图片和我的联系方式，打电话质问我，为什么你父亲养熊，不是你在网上发消息，而是一个不相干的人以你的名义发消息？女友说我肯定是趁她不在期间，和马雅雯有了什么不清不楚的事情？不管我怎么赌咒发誓，女友都不依不饶，非得要我说出个子丑寅卯来。我的私生活被弄得一团糟，还不断有人打来电话向我咨询父亲养熊的事情。有人电话联系我，叫我带他们去找我父亲，向他学习养熊的经验，准备开个养殖场，专门养熊。还有人想让我带他们去购买父亲的熊，他们愿意出大价钱收购。如此等等，弄得我一天到晚疲于应付，我不得不重新换了个手机号。但还是经常有人跑到学校来找我，向我打听父亲养的熊在什么地方，希望我能带他们去看。甚至有人提出来，他们愿意给我一笔不菲的钱，叫我去动员父亲，把饲养的两头熊卖给他们。

在我的强烈要求下，马雅雯虽然删除了与父亲和熊相关的微博，但消息已经被人转了不知多少次，影响还是没办法消除。为这件事情，我和马雅雯彻底闹翻了，我们不再有任何接触和往来。

一天，我正在给学生上课，两个穿着警察制服的人到学校来找我，他们把我带到林业派出所，问我网上流传我父亲养熊是不是真的？得到我的肯定回答后，他们警告我，你是国家工作人员，你父亲不懂法你应该懂，你父亲私自养熊，是违法的事情。你不但不阻止，还拿到网上去显摆，这也是违法的。我告诉他们，父亲养熊不是有意而为，而是无意间收养的。其中一人不让我再啰唆，打断我说，你不用解释，过几天我们要到你家里去看，如情况属实，你要配合我们做好你父亲的工作，让你父亲把熊交出来，由我们派人把熊交给市动物园，把熊放到动物园去喂养。最好还是你先去做工作，由你父亲主动把熊交出来，如果由我们去执行，说不好你父亲就要受到法律的制裁了。

妹妹和湖南佬带着儿子到新疆帮人种棉花了，在新疆，妹妹给父母打来电话，说他们要在新疆待几年，等儿子大了才带他到内地来上学。这几年她和湖南佬都要在新疆找钱，找钱回湖南老家修房子，然后就不再出去，就好好在家陪儿子读书，不再到处闯荡折腾了。妹妹很抱歉地说这些年她就没时间来看望父母了，希望父母能够原谅她。挂掉妹妹的电话，父母的心情都很失落。特别是父亲，她以为妹妹会像她当初走时承诺的一样，会带她的孩子来看熊。他细心地照顾熊长大后，妹妹却不来了。电话中妹妹似乎忘记了当初的承诺，忘记了熊，直到父亲提醒，她才像记起来似的说："哎呀，熊还在呀，我还以为你们拿卖钱或者杀来吃肉了呢?"妹妹的话让父亲有点不太高兴,妹妹全然不理会父亲的不高兴,仍顺着她的话叮嘱父亲。"爸,熊养大了你们就赶快处理掉,是卖是杀我都不管,你们看着处理就行了。我们还要有六七年才回得了家,等我们回家,熊恐怕都老死掉了。"

父亲又喝醉酒了,父亲是在上房二叔家喝醉的酒。有几个人来看父亲的熊,其中一人是上房二叔的亲戚,看完熊后他把父亲拉到上房二叔家,在上房二叔家杀了一只鸡喝酒。自从养熊后,父亲就再没喝醉过酒。去二叔家喝酒的头天晚上,父亲刚好接到妹妹从新疆打来的电话,妹妹的电话让父亲的心情很郁闷,父亲就多喝了几杯,一发不可收拾。父亲喝醉后倒在熊舍边呼呼大睡,要不是有人看到后跑去告诉母亲,那晚上可能饥饿的熊就把父亲当食物吃掉了。

我和母亲劝父亲把熊卖掉,我们都认为这两头熊现在已经长得足够大,是不能再养下去了,卖掉最起码也能够给我们家挣来一笔不菲的钱,让父母的生活重新好过起来。这些年为养熊,父母的家几乎被折腾得一无所有。父亲一直很犹豫,我和母亲把口水都说得快干了,他都不表态。母亲说,王天成,我跟你说,这次无论如何必须得把熊卖掉,不能再养了,再养下去,把我们两个老骨头敲来卖了都不够这两头熊吃。前些年我是看在二妹的面上帮衬了你那么多,现在二妹叫我们处理,我们就赶快处理掉,处理掉我们还有点钱来过好日子。

我也劝父亲赶快把熊卖了,卖了熊还能得一大笔钱。我没敢把父亲养熊被马雅雯发到网上的事告诉父亲,父亲知道肯定会骂我多事。虽然父亲不知道网络是什么,有什么影响,但他知道他养熊的事是不能让更多人知道的,人知道多了麻烦也就来了,他养的熊就不会那么安全了。

在我和母亲的再三催促下,父亲终于答应卖熊了。但父亲又提出了卖熊的条件,要卖就只能卖给国家,不能卖给私人。他说这两头熊就像他的孩子一样,卖给国家,国家放在公园里,他还可以时时去看它们。如果给了私人,私人拿去宰杀吃肉,或者拿去抽熊胆卖钱,这两样对他来说都是很痛苦的事情。母亲认为卖给私人得钱多,熊卖出去，拿到钱就行了，哪管他什么私人和国家。母亲说："卖给国家，说不定几年养熊花去的钱，恐怕都找不回来。"

权衡利弊后，我站在了父亲一边，同意父亲把熊卖给国家。我对母亲说，卖熊是不对的，把熊卖给私人，一旦被发现，林业局的人就会来把卖熊所得的钱收去，还要罚款，到时就会变成竹篮打水一场空。经过我一番分析，母亲也同意了我们的意见。我离开家的时候，父亲对我说："达遒，你去跟政府说，我的熊只能卖到公园，卖去别的地方，我是坚决不卖的。"

八

王肖民把一颗炸子放到鼻子边，抽动鼻子猛吸一口气，一股肉香味透过鼻孔浸入胃腔，让他感到无比的陶醉。他把炸子从鼻孔边移开，摊开在手上，像是自言自语，也像是在跟王肖国说："这么香的东西，熊怎么就不咬呢？野猪怎么就不咬呢？那些野物们怎么都不咬呢？"

王肖国从王肖民手上把炸子轻轻拿过来，也放到鼻孔边，一股肉香味立即浸入心脾，让他生出了想张开嘴巴，把炸子吃下去的冲动。他也不明白，这么香的东西，就摆放在野兽们经常出没的林中小路上，只要稍微低下头，香味就会飘进鼻腔中，为什么野兽们都不去触动呢？野兽们只要动动鼻子，只要张开嘴，哪怕是轻轻地咬下去，炸子就会爆裂开来，别说是熊，就是比熊再大些的猛兽，也会一命呜呼。

两只小虫子飞到炸子上，站在炸子上煽动着翅膀，伸出长长的触须，贪婪地在炸子上不断地舔食。王肖国轻轻地合上手掌，就在五指将要闭合的瞬间，虫子飞离了炸子，但仍不肯离去，仍在王肖国的手指边绕来绕去地煽动着翅膀搜寻。王肖国把炸子递给王肖民，王肖民把炸子装进竹筒，封好口子，把竹筒装进手上提着的塑料袋，带着王肖国，继续在密林中穿行。

秋天的大青山，就像一幅五彩缤纷的水墨画，绿中透出黄，黄中显出红。那些在阳光下慢慢枯黄的树叶，在风中轻轻地摇曳，慢慢地飘落。那些点缀在密林中的枫树，火辣辣地突然绽放出充满野性的红霞，将大青山的秋景点染得热情奔放，妖娆媚人。那些一年四季常绿的树木，看似好像没有多大变化，但在黄红两种颜色的衬托下，绿得更加迷人，更加妩媚。

王肖民和王肖国都听到了一头麝的叫声。麝第一次叫起来的时候，他们还没有休息，他们一人点着一支烟，坐在岩缝边的一块大石头上，一边吞云吐雾，一边杂七杂八地聊着一些不着边际的话题。麝的声音传过来，先是悠长的一声，接着又连着长长的两声，声音透过山梁，在林子的上空传送得很清晰。

"这是一头公麝。"王肖民说。

王肖国说："能搞到一头就好了，听说现在麝香很值钱，一头麝就可以搞到上万元。"

王肖民抽出两支烟，递一支给王肖国，王肖国摆摆手。王肖民把一支烟放回烟盒，给另一支点上火，猛猛地抽了一口。吐出烟，王肖民说："麝不好搞，它们跑得快，没有枪是搞不到的。前几年拉岩的刘仁明安套索搞到过麝，但都没有公的，不是母麝就是小麝。这两年麝都学精了，刘仁明的套索也不管用了。上个月我碰到他，他说这一年多来，什么东西都没套到。有一次，他放的套索还套住了一个上山挖药的人，人家冲到他家找事，他赔了人家三百元钱才了事。现在他也不放套索了。"

麝又叫起来了，这次仍然先是悠长的一声，然后是连着长长的两声，声音似乎是向着王肖民和王肖国所在山梁过来的。王肖国从石板上站起来，睁着大大的眼睛望向声音传来的地方，仿佛是在寻找麝所在的位置。王肖民说："这头麝肯定要迁徙了，你听它叫得那样响，肯定是在呼唤那些母麝，也或许是在联络其他公麝。这肯定是一头健壮的公麝，声音才这么洪亮。"

"它好像是向我们这边走来的，它是不是要到这个山梁上来？"王肖国说。

王肖民也站了起来，将手里的烟猛抽了几口，把吸剩的烟头丢弃在石板上，用脚将烟头上的火踩灭。他也睁着大大的眼睛，在黑黝黝的夜空中搜寻着，捕捉着空气中的信息。

"离我们还远得很，最起码还隔着两个山梁。"王肖民说。

王肖民想起去年秋天他来大青山放炸子，碰到了在山上放套索的刘仁明，刘仁明陪着他在岩缝中住了一夜。那一夜他们也是听到了麝的叫声，当时他们也是坐在这块石板上抽烟。听到麝的叫声，刘仁明说麝们要搬家了，他的套索肯定又套不到麝了。王肖民问为什么？刘仁明说："一到秋天，母麝们就要带着它们的儿女，远离这片山野，去往它们过冬的地方，之后的很长一段时间，它们将不会在这片山活动了。公麝们要走晚一些，待母麝带着儿女走了一段时间后，它们才寻着母麝们留下的气味，追随它们的脚步，叫唤着远离这片山野。今年我不会有收获了，那些套索又白放了。"

麝的又一次叫声打断了王肖民的回忆，王肖民想问问王肖国，他们想炸的那些野猪、熊以及野猫、野狗、狐狸，是不是也会像麝这种动物一样，向别的地方迁徙过冬呢？话到嘴边，他又硬生生咽了回去。他即使问出来，王肖国也肯定跟他一样，弄不清楚这些动物们到底会走向何方？

麝的叫声并没有向这片山梁逼近，而是越往后越弱，越往后离这道山梁越远，最后麝的叫声听不见了，鸟的叫声就清晰地传了过来。

不远处的树林边，一群萤火虫在空中盘旋着飞来飞去，时不时划出清晰的亮光。天空中悬挂着一轮明月，将山影照射得朦朦胧胧。一排又一排的星星，眨巴着眼睛，紧紧追随着月亮的光泽，将蓝天扩展得深邃悠远。山岩下的树林里，时不时飞起一两只鸟，将树叶搅动得哗啦啦响彻夜空。平静的夜晚在这些动和静的景物点缀下，逐渐变得多彩绚烂。

王肖国自言自语地说："麝迁徙了，熊也要冬眠了，我们是不是也要回家了。"

从河谷吹来的风，将王肖国的话吹得缥缈零乱，缥缈零乱的话再飘进王肖民的耳中时，就不是听得很清楚。王肖民问王肖国说什么？

王肖国说:"睡觉吧,把瞌睡睡足了,明早才有精力去收猎物。"

钻进岩缝中,躺到干燥和暖的干草堆上,天地一下子就陷入了寂静中。几只萤火虫在岩缝外的夜空中飞来飞去,时不时划出一道光,在几棵木棒拦着的岩缝外闪闪发亮。风远离了岩缝,虫鸣也远离了岩缝,鸟的叫声也不再是那么清晰,树林中被夜飞的鸟儿搅动的喧哗,也被岩缝隔绝在了另一片天地里。

王肖民和王肖国都没有睡意。王肖国睁着眼睛,望着黑黝黝的岩壁,心中有些慌乱。在广东打工的老婆和他通电话时,流露出今年不想回家过年,来回跑太花车费的意思,他在电话上就对着老婆吼了起来,继而和老婆吵了一架,招来了老婆的一顿数落。从那以后,老婆好几天都不再和他通话,他打电话过去,老婆也不接,就感觉有些心烦意乱。这次与王肖民进山,他更多的是想到山上来散散心。王肖民则不同,王肖民就是想猎获猎物,只有猎获猎物,他才有钱尽快还上建房欠下的债务,才有理由把在外打工不愿回家的老婆喊回来过年。

王肖民和王肖国,揣着不同的心事,在黑黝黝的岩缝中,聆听着呼呼的风声和夜鸟的啁鸣,铺陈着各自杂乱的心绪。

又一个白天,王肖民和王肖国沮丧地穿行在密林中,王肖民的手上提着装着炸子的竹筒,王肖国背着他们用来装水喝的小铝壶。这又是他们一次没有任何收获的旅行。长期以来,大青山在他们的眼中就是一个宝库,收藏着他们想要获得的各种野生动物。他们每一次潜进大青山,都是带着满心的希望,每次从大青山撤离,他们不得不一次又一次地带走沮丧,把希望留在大青山的密林中。这样怀着希望而来,带着沮丧离开的大青山之旅,他们已经经历了不下三十次。他们不死心,在家休整一段时间,养精蓄锐待希望又满满地溢满心间,他们又背上米,带上锅,揣着那些见不得光的炸子,再次进入大青山。

王肖民和王肖国来到牛洞河边,猛喝了一顿水,又将小铝壶灌满后,坐到河坎边的一颗石头上歇息抽烟。刚把烟点上,一阵杂乱的脚步声从不远处的树林里传来,王肖民和王肖国警觉地向发出声音的地方望去,不一会儿,一个气喘吁吁的身影从河坎边的小树林里冒了出来。来人看到他们,感到很惊异,一瞬间的犹豫后,就向他们坐着的石头这里跑了过来。

看到来人，王肖国喊道："刘老三，有鬼追你呀，跑得那样急？"

刘老三来到他们面前，一屁股坐到石头上，王肖民给他烟他也不接。待气出匀了，他才伸手从王肖民的手里把烟接过来，对上王肖国凑上来的火，猛吸了两口，才心有余悸地说："妈呀。太吓人了，我在那边找木耳，找着找着，突然看到我前面不远的地方，站着一头熊。熊就像人一样站立着，目光一直盯着我，我吓得身子一歪就睡到了地上了。我想今天完了，我到熊的地盘了，熊肯定会一掌打烂我的脸，一屁股把我坐成肉酱。我不敢睁眼，睡在地上装死，动都不敢动，气也不敢出。等了好久都没见熊有动静，才慢慢睁开眼睛看，熊不知什么时候不见了。从地上爬起来，我转身就往河边跑来了。哎唷，一路上我都听到背后有响动，又不敢回头看，怕熊跟着追过来。见到你们我就放心了，有你们做帮手，我也就不害怕熊了。"

刘老三的话让王肖民和王肖国感到不可思议，他们就像听刘老三讲述一个天方夜谭的故事，好不容易等刘老三说完话，他们几乎异口同声地问："你讲哪样，你在那边看见熊了？"

刘老三先是看着王肖国，然后又看着王肖民，不满地说："哦，以为我在哄你们呀？不是熊我跑哪样？我发神经呀。我经常来大青山捡木耳，远远地看见过好几次熊，没想到这次距离这么近，熊就像站在我面前，吓死我了。哦，你们以为我看到的不是熊呀？跟你们说，肯定是熊，而且还是一头很少见的大熊。"

王肖民看着王肖国，王肖国看着王肖民，两人都不知道该说什么。刘老三还在那里说个不停，至于他后面说些什么，两人已经有些心不在焉了。刘老三与熊相遇的地方，就是前天他们放炸子的地方，他们的炸子在那个地方熊经常出没的林子里躺了一夜，第二天他们去收的时候还是平安无事，没有被动过，他们以为那个地方的熊已经走了，不会再出现了。也真是怪了，他们出现的时候熊没有出现，他们走了，熊就出来了。他们原以为，大青山的熊也像麝一样，迁徙到别的地方去，不再给他们机会。他们刚把炸子收走，熊就出现了，看来熊并没有迁徙。

"要不，我们不回去了，多待一晚，看看能不能找到那头熊？"王肖国征询地看着王肖民。王肖民猛抽了一口烟，把烟头抛进河水中，站起来说："熊肯定早就离开这个地方了，我们现在倒回去，也不会找到熊了。还是先回家吧，回家重新想别的办法。只要大青山的熊不走就好办，我们都还有机会碰到它们，有机会搞死它们，我不相信熊会比人还精明。"

　　刘老三看了一眼王肖民和王肖国说："哟，原来你们来这里是想搞熊的，干脆我和你们一起搞，我带你们去找熊，我也傍你们发一回财……"

　　不等刘老三把话说完，王肖民就起身往出山的小路上走去，一边走一边说："搞个屁，你以为熊是那么好搞的。王肖国边走边回头说，我们回家了，你跟不跟我们一起走？"

　　看着王肖民和王肖国的身影快要没入树林中，刘老三才像回过神来似的大声喊道："哎，哎！走慢点，我跟你们一道回去。"

九

　　说得好好的要把熊卖掉的父亲，突然就反悔了。反悔的父亲不敢对母亲说，怕母亲找他闹，给我打了电话，电话中，父亲吭哧了半天，我才知道他的心思。父亲不想卖熊了，他想把熊放掉，让两头熊重回大自然，他出去打工，找钱来补偿我和母亲。

　　我坚决制止了父亲的想法。为了打消父亲的这个念头，我警告父亲，如果不听我的劝告，把熊放进深山也活不长，那些偷猎的人会到山上去把他的熊搞死，到时候他连熊皮都看不到。跟父亲通话过后，我又给母亲打电话，叮嘱母亲这段时间要密切注意父亲和熊的动向，我这就去找林业部门，敦促他们赶快把父亲的熊弄走，免得夜长梦多。母亲在电话那头让我多跟国家要点钱，不要把熊卖得太贱了，太贱了我们划不来。母亲说："儿子，你放心，我就是不睡觉也要盯紧这死老头子，决不会让他把熊放走。"

网络给父亲和熊带来了麻烦。近段时间以来，到纳料来看熊的人越来越多，有的人抱着学习的态度，来学习父亲是怎样把熊养大的；有的人则带着钱过来，想来收买父亲的熊；还有的人是来劝父亲把熊放生，不能把野生的熊关在家里喂养，这样会消磨熊的野性，退化熊的功能；甚至于还有一些人，他们在晚上偷偷地来，想趁父亲不备把熊牵走。幸好父亲和村里人警惕性高，这些人的阴谋才没有得逞。

一段时间以来，在父亲和村民们的层层阻挠下，来看熊的人少了许多，特别是那些想购买熊的人，见父亲不肯把熊出卖给他们，就渐渐来得少了。只有那些力劝父亲把熊放归深山的人，不折不挠地一次次往返纳料。他们一来就待在熊舍里做父亲的工作，给父亲讲道理，要父亲无论如何都要把熊放归深山。这些人又极有耐性，有时候父亲在山上遛熊，他们也不顾山高路远，追到山上去，一路喋喋不休地搅扰着父亲，让父亲不得安宁。特别是一些女性，比男人更强势，跟父亲喋喋不休大半天，见父亲没有任何表示，就想砸掉父亲拴熊的链子。要不是母亲强悍地从中阻止，她们就会把熊链子砸开了。

我和母亲站在大青山边缘，望着莽莽群山和连绵起伏的森林，不知道父亲和他的熊隐没在大青山的哪一个山谷。沮丧的母亲有些无奈，也有些责怪我的意思。母亲认为父亲的失联，都是我一手造成的，如果当初不是我支持父亲要把熊卖给国家，他们早就把熊卖掉了，一大笔钱早就到手了。现在熊没有卖掉，父亲也不见了，弄得竹篮打水一场空不说，还要搭上父亲的一条老命。我已经顾不得和母亲争辩了，我要赶快去找我的两个没有出门打工的堂哥，让他们帮找几个人和我一道，到大青山去搜寻父亲。

那些力劝父亲放熊的人，赖在父亲的熊舍边。他们不相信父亲会把熊牵到深山去放掉，认为父亲肯定把熊牵到哪个地方去掩藏了，父亲是想把熊掩藏等他们离开后，再把熊拿出去卖掉。有几个女的甚至和母亲争吵，认为是母亲唆使父亲把熊牵出去卖了，母亲又在这里贼喊捉贼，转移大家的视线。父亲的失联，本来就让母亲内心窝着的火无处发泄，听到她们这样说，母亲就跳了起来。母亲抓住其中一个女的头发，局面一下子就失控了。幸好这时村领导赶来了，他抓住母亲的手，把母亲的手指从那女人的头发上弄开，顺势把母亲拉到一边。母亲还在那里不依不饶，跳着脚不住地谩骂。那些人也许是从未见过这样的阵势，刚才还在吵闹不休的他们，见到母亲如一头母熊一样暴跳如雷，知趣地退到一边，闭上了喋喋不休的嘴巴。村领导劝住母亲后，对那些人说，村里现在就安排人去寻熊，一定对大家有个明白的交代。村里已把我父亲和熊失踪的事报告给上级了。村领导要求大家不要在这里闹了，回县里去等待消息。

打发走那些人，村领导对我和母亲说，寻找父亲和熊的事只能靠我们自己，他们现在抽不出人手。怕我误解，村领导还诚恳地对我说，你也晓得的，村里出去的人太多，在家的不是老人就是小孩，他们是不可能去大青山找人的。还有就是我们村里比较穷，组织人去寻找，这个费用我们出不起。说完这话，他的眼睛就紧盯着我不放，我避开他的眼睛，说我自己会去寻找父亲，不要他们费神。听了我的回答，村领导有些失望，又有些如释重负。抽身离开我们的时候，他有些悻悻地说："这样也好，安全问题我们村里就没责任了。"

我和两个堂哥和堂哥喊来的一个亲戚，在大青山中一路追寻着父亲和熊的踪迹。我们一路走一路呼唤，除了高岩上回应出的呼唤声，回答我们的就是那些从耳边掠过的山风。大青山里的蚊虫完全不体会我们的心情，从我们进山那一刻起，就不断地在我们的耳边骚扰，"嗡嗡嗡"地唱个不停。我和一个堂哥一组，另一个堂哥和那个亲戚一组，有时我们呼喊的声音互相重叠，有时我们的声音分别向不同的方向扩散。我们找了五天，喊了五天，声音都快要喊哑了，仍听不到父亲的回答，更找不到父亲和熊的半点踪迹。

在大青山寻找的第二天，我们碰到了拉岩的刘老三。这个在山上捡木耳的刘老三，我给了他一包烟，问他见没见过父亲和两头大黑熊。他把烟拿到鼻子边嗅了嗅，贪婪地吸了一口气，说了一声"好烟"。刘老三把烟装进口袋里，告诉我，他没有见过我父亲，只看见过熊，但不是两头，是一头，一头很大的黑熊，站起来比人还高。刘老三心有余悸地说："哎呀，我快被吓死了，要不是我机灵，肯定会被熊坐成肉酱了。"我打断刘老三的唠叨，问他是什么时候看见的熊，在什么地方看见的熊？他告诉我是去年看见的……我和堂哥不愿再听他啰唆，转身向密林中走去。他在我们身后喊道："哎，哎，我说的是真的，是一头大黑熊，我还跟大洞的王肖民和王肖国讲过，不信你们可以去问他们。"

我们在牛洞河不远的地方发现了一堆动物粪便，有经验的堂哥低头用鼻子去嗅这堆粪便，抬起头对我说："不是熊的，也不是你父亲的，看样子是野猪留下的。"我们在一处腐叶上看到了一行脚印，堂哥用脚量了量，说应该是人的。我们又在旁边仔细搜寻，没有找到符合熊的脚印。堂哥认为父亲和熊肯定没来过这里，来过这里就会留下脚印。

我们走到哪里，密林中的那些蚊虫就跟到哪里，一刻不停地在我们的耳边"嗡嗡"不停。有一些还站在我们裸露的皮肤上，伸出长长的尖嘴吸食我们的鲜血。我和堂哥一边走，一边不停地驱赶蚊虫，那些吸食我们鲜血的虫子，好多都在我们的巴掌下陈尸于我们的皮肤上。山里的蚊虫这么多，它们既困扰着我们，也会不会困扰着父亲和他的熊呢？吸食我们鲜血的那些虫子也会不会刚刚吸过父亲身上的血呢？我都有了想抓住一只蚊虫的冲动，然后挤出它肚子里的血液，看看它吸食的血液里面有没有父亲的鲜血。可惜我做不到，就是真的抓住了，我也无法把父亲的血液和我身上的血液区别开来。

另一路的堂哥和那个亲戚在山梁上呼喊着我们，他们在山梁的一个岩缝里发现了一堆干草，一个小铝锅和两个碗，叫我们去看。我和堂哥气喘吁吁爬到山梁上，在山梁上的一个高崖下面，一个深深的岩缝里，堆着一层厚厚的干草，我把身体躺到干草上，感觉很舒适，也很暖和。我确定这个地方父亲没有来过，那个铝锅和那两个碗也不是父亲用的。走累了的我们今晚决定住宿这个岩缝，一个堂哥说，正好这里有锅，我们可以烧一锅野菜汤喝。

我们站在高高的山梁上喊了一通，除了那些山岩反馈的回声，我们的声音都消失在了山梁下密密的林子里。我们继续寻找着，在另外一片大树林中发现了熊的踪迹，寻着熊的踪迹一路追寻下去，走着走着，熊的踪迹不见了，我们还差点在林子中迷了路。要不是那个亲戚有经验，我们就出不来了。走出林子，亲戚说，光是这么没头没脑地找下去，也不是办法，还要得另想其他法子才行。两个堂哥早就不想找了，碍于我每天给他们每个人一百元钱，他们才没有怨言，现在见亲戚这么说，他们就坡下驴，建议我们先回家去，说不定我父亲和熊只是到山上来散散心，早就回家去了。我不同意他们的观点，希望再继续寻找下去。我了解父亲，他带锅带米出来，不吃完那些米，他是不会回去的。他既然要把熊放了，就肯定会在山上陪着熊，看到熊适应山上的生活，能够在山上生存下去后才会回家，不然他不会放心的。

堂哥和亲戚只想回家，不想再陪我找下去了，他们说如果我还想继续找下去，他们就不要我的钱，就当这几天是帮我的忙了。无论如何他们是不愿意陪着我在这么大的山上，像无头苍蝇一样瞎转悠了。见他们都不愿意再寻找，不熟悉环境的我也不敢一个人在山上转悠，只好同意他们先回家再想办法。

见我们没有把父亲和熊带回家，母亲哭了。母亲边抹泪边叮嘱我，叫我坚决不要放弃，无论花多少钱都要把父亲找到。母亲说，熊我们不要了，它们本来是山上的东西，丢了就丢了，但无论如何要把你父亲找到，找不到你父亲，我连死都不会心安。

十

王肖民邀约王肖国再次进山。他说，快到冬天了，熊出来得就更勤了。我们这次去，弄不好就可以搞到熊了。

王肖明和王肖国在岩缝边生火做饭，这是他们进山的第二天。袅袅的炊烟随风升起，在山梁上空飘荡盘旋，慢慢消失在大青山的林海深处。夕阳扯开的夜幕罩向大青山，罩向幽深冗长的山谷。低吟浅唱的牛涧河，在夕阳缓慢地离去后，轻曼地舞动着薄如蝉翼的轻纱，拂过河坎边的树丛，拂过树梢，拂向山梁，拂向大青山的更深处。

夜幕罩下来的时候，王肖民和王肖国已经吃好饭了。他们站在高崖头上，任凭河谷吹过来的风或轻或重地在他们的耳边呢喃。王肖民掏出烟，丢一棵给王肖国，顺手用打火机帮王肖国点上，吐出一口烟。王肖国问王肖明："肖民，你说我们会不会碰上王天成那老鬼和他的熊？"王肖民也吐出一口烟，抖了抖手腕，把烟头上的一长条烟灰抖落到石板上。王肖民说："只要他没走出大青山，我们就能碰上。只要他把熊放到大青山上，熊就不是他的了，我们把熊抓住，他也没话可说了。"

尽管在大青山放炸子，也时不时地搞到一些小野兽，但最让王肖民和王肖国惦记的还是熊。炸到一头熊，不光能卖到大价钱，还能显示出一种能耐。大青山虽然时常有熊出没，王肖民和王肖国合作这么多长时间，一头熊都没有碰到过。那些出没于大青山摘木耳、挖药材、捡蘑菇的人，时不时带回在大青山看到熊的消息。奇怪的是，这些熊就像知道王肖民和王肖国在寻找它们，总是选择远离他们，不和他们碰面。听到熊出没的消息越多，他们的心中就越着急，想炸到熊的欲望也就更加强烈。

养熊的王天成失踪一个多月了，连同他养的两头熊。有人看到他们进了大青山，进去后再没见出来。大青山的林海就像一个仓库，无论是该装的和不该装的，只要到了那里面，想要再找出来就不容易了。王天成家亲属组织人找了一个多月，愣是没有把王天成和他养的熊找出。王天成的儿子王达遒来找王肖民和王肖国，希望他们再次到大青山放炸子的时候，顺便帮找找王天成，找找那两头熊。王达遒对王肖民和王肖国说："你们只要帮我找到父亲，我一定会让父亲把熊送给你们，我说话算话。"

王肖民一直惦记着王天成的熊，熊越大越让他上心。每次从大青山两手空空归来，王肖民都有一种冲动，都想把王天成的熊搞到手。没事的时候，他就跑到王天成的小屋去看熊，有时他自己去，有时他也和王肖国结伴去，尽管他们没有偷的意思，但去的次数一多，王天成对他就有了防范。每次看到他走近熊舍，王天成就像防贼一样紧跟在他身后，一步不离，生怕他对他的熊使坏。

王肖民把烟头丢到大石板上，用脚把火捻灭。没有月的夜晚，大青山的幽暗、神秘仿佛更加深不可测。林子的上空，时不时掠过一些闪闪发光的东西，瞬间明亮，瞬间熄灭。远处的山梁上，泛出一两点白光，那是头上的星星反射在一些石头上发出来的光点。一望无际深不可测的林海，吞噬着鸟儿们的身影，吞噬着动物们的骚动，也吞噬着两个偷猎者的希望。王肖民说："只要王天成和他的熊进了大青山，他们就不会走出去。大青山这么大，我们多走一些地方，就肯定会碰到他们。"

王肖国摆弄着手上的打火机，掀起一束火光，灭掉，然后又掀起一束火光，再灭掉，再掀起……直到王肖民说不想看见那火光，王肖国才把打火机收进口袋。

王肖国说："这死老头硬是怪，辛辛苦苦把熊养大，不拿来卖钱，却要牵到山上去放，还把自己也放到山上不归家。早晓得这样，偷偷把他的熊搞走算了，还省得他家人出那么多钱来找他。"

王肖民说："我早就想偷偷地搞来着，但那死老头看得紧，没办法下手。你没看见每次我们一去，他就像防强盗一样防着我们，不离开我们半步。晚上他也警觉得很，除了给熊舍上锁，还在拴熊的铁链子上挂一把大锁，想偷偷把熊牵走都不容易。"

两人在大石块上又扯了一会，眼看着夜深了，露珠开始在他们的头发和衣服上凝结。王肖民站起来对王肖国说："睡觉吧，明天我们就到另一面后山去寻找，也把炸子拿到后山去放。"

王肖国说："已经一个多月了，王天成说不定已经死在哪个旮旯角角了，即使还活着，恐怕也成野人了，我们就是碰到，可能也不认识了。"

"管那么多，王天成是死是活都不关我们的事，我们只要找到熊就行了。王天成死了更好，死了我们抓到熊就更没人阻拦了。"王肖民边走边说。

曼妙的雾霭将大青山扯成一匹无边无沿的绸缎，清晨的阳光洒在这匹绸缎上，释放出五颜六色的光彩。王肖民和王肖国走出栖身的岩缝，立即被清晨的绸缎包裹着，牵引着融进这曼妙的景致中。林子里的雾还没有散尽，没有来得及升华的露珠随风从树枝上脱落，一些浸到地上的腐叶中，一些掉进王肖民和王肖国的衣服上、头发上，浸出凉凉的寒意。

又是一个一无所获的白天，收完昨天安放的炸子，太阳已经当顶了，刚才被露珠打湿的衣服，在阳光的蒸发下，粘乎乎地贴在人身上，蒸腾着说不出的难受。尽管难受，王肖民和王肖国也不敢把衣服脱下来，密林中，随着露珠和太阳而来的，是那些一直围着他们"嗡嗡"飞舞的蚊虫。他们的手上、脸上、脚上，凡是没有被衣服遮蔽的地方，都留下了蚊虫亲吻出来的红印子。

在牛洞河边吃了昨夜剩下的饭菜，王肖民和王肖国决定顺着牛洞河往下游走，去十多公里外大青山另一面坡的大森林再碰碰运气。牛洞河是一条石头和水组合而成的大河，水在石与石之间绕来绕去地行进着，一会儿跌宕成瀑布，一会儿平静成湖泊；一会儿收缩成涓流，一会儿又扩展成长滩。石头则在水与水之间，时而兀立成巨人，时而又粉碎成卵石；时而与山崖连成一体，时而又在水流中滚动前行。王肖民和王肖国顺着水流前行，他们的身影时而隐没在河坎边的树丛中，时而又出现在水流中的巨石上。他们有时攀岩，有时涉水，有时钻林。直到太阳西斜，他们都还没有走到牛洞河遁入地下的那道山梁。

钻出一片水柳林，王肖民和王肖国看到了一个岩缝，岩缝里似曾有人来住过。岩缝外拦着几棵树枝，拨开树枝，他们看到了岩缝里铺着的干草。王肖民抓了一把草放在鼻子边，草的馨香立即在他的鼻尖弥漫开来。王肖民说，住在这里的人刚走不久，草还没有发出霉味。说不定这就是王天成和他的熊住过的地方。

王肖国说："天黑了，今晚我们就住在这里吧，明天再继续走。"

王肖民说："晓得了他们的踪迹，我们就能够找到他们了。肖国哥，你把火烧起，我去河边提水来做饭。"

第二天一早，河谷的雾还没有被阳光抬升，王肖民和王肖国就上路了。晨雾弥漫的河谷里，露珠将露出水面的石头浸润得很湿滑，稍不注意就会摔跤，王肖民还差一点掉到水里。王肖民和王肖国不得不将脚步放慢下来。越往前，路越来越难走，河道也变得越来越宽阔，河里的石头也变得越来越高大。有些地方，直接就变成了高崖，无路可行，他们不得不从树林中绕一个大圈，再回到河坎边才能够继续前行。

终于爬到牛洞河遁地的山梁上了，将牛洞河的水流声远远地抛在了身后。此时的太阳，火辣辣地直射在王肖民和王肖国的头顶上，蒸发出满头满脸的汗水，像水流一样"噗噗"地往下掉，浸湿他们的衣服，模糊他们的双眼。山梁的另一边，被当地人称作"后山"的山坡，一片一眼望不到头的大森林出现在他们眼前。

下到树林边，王肖国就想往林子里钻，王肖民叫住他："肖国哥，把刀拿出来做记号，这片林我们都不大熟悉，容易迷路。前年我来这边放炸子，差不多走到广西十万大山那边去了，要不是碰到几个来捡木耳的广西佬，我就找不到回家的路了。"

在林中一个背风的地方寻到一处休息的处所，王肖明和王肖国放下做饭吃的工具，隐藏好从家背来的粮食，就到林中放炸子去了。王肖明说，我们只能在这片山待三天，三天不管有没有收获，我们都要离开。但愿这次山神能给我们好运，让我们搞到一头熊，熊搞不到搞到野猪也行，这样也不枉费我们跑这样远的路。

大森林的夜是不平静的夜，尽管栖身在岩缝里，尽管王肖民和王肖国选的地点很背风，风吹动树林发出的"呼呼"声仍在他们耳边回荡。猫头鹰的叫声，鸟起飞搅动树枝发出的喧哗声，以及夜行动物穿过树林踩出的"噗噗"声，都比他们栖息在山梁上来得更清晰和直接。蚊虫们自由出入在他们身边，"嗡嗡"地吵个不停，吸食他们的血液。为了驱蚊，他们在岩缝外燃起了一堆柴火，不久他们就发现，岩缝外的火也不管用，除了让他们增加热量，流汗不止外，根本就挡不住蚊虫的进攻。他们只好每人手上拿着一把树叶，不断地和蚊虫搏斗，一直搏斗到筋疲力尽，才迷迷糊糊地入睡。

王肖国是被蚊虫咬醒的，醒来后看到岩缝外已经出现了亮光，他摇醒了王肖民。王肖民从躺着的地方坐起来，揉了揉眼睛，看着外面射进来的亮光，伸了一个懒腰，对王肖国说："肖国哥，赶快整东西吃，吃东西好去检查炸子。"

王肖国一边烧火做饭，一边抱怨这里的蚊子太多太恶，搅得他一晚上都睡不好。王肖民说："前半夜我也没睡好，后半夜我就睡着了，还做了个好梦。梦见自己流血了，而且流了很多。我听老人讲过，梦到自己流血是发大财的吉兆，今天我们肯定有收获，说不定还是个大家伙。"

王肖民在前，王肖国在后，顺着他们昨天安放炸子的路径，一路检查下去。检查到第十六颗炸子的地方，走在前面的王肖民兴奋地大喊起来："肖国哥，熊！你快过来看，我们炸到熊了！"王肖民边叫边提着装有炸子的竹筒，向那头熊躺着的地方狂奔而去。拖后的王肖国虽然还没有看到王肖民所说的熊，但也被王肖民兴奋的情绪感染着，急急忙忙拨开树丛，向王肖民发出声音的地方奔去。

"妈呀！"随着一声惨叫，跟着后边的王肖国清清楚楚地看到一头熊向王肖民挥动了熊掌，熊掌落到王肖民头上，王肖民像一条面口袋一样瘫软下去。这时王肖国才注意到，王肖民的面前还躺着一头熊，王肖民倒下的身体正好压在熊身上。血从他的嘴和鼻孔喷出来，喷溅到黑熊油黑的毛发上。

"肖民……"王肖国刚来得及叫出一声，一阵狂风就从他后脑勺卷了过来……